JN324412

訳文庫

秘書綺譚

ブラックウッド幻想怪奇傑作集

ブラックウッド

南條竹則訳

kobunsha classics

光文社

Title : The Empty House
1906
A Case of Eavesdropping
1900
Smith : an Episode in a Lodging-House
1906
Keeping His Promise
1906
The Strange Adventures of a Private Secretary in New York
1906
With Intent to Steal
1906
Tongues of Fire
1923
The Goblin's Collection
1912
The Heath Fire
1912
The Destruction of Smith
1919
The Transfer
1911

Author : Algernon Henry Blackwood

『秘書綺譚　ブラックウッド幻想怪奇傑作集』目次

秘書綺譚　ブラックウッド幻想怪奇傑作集

空家

ある種の家は、ある種の人間と同様、のっけから邪悪な性格を示している。人間の場合、とくに決まった顔つきによってそれがわかるとは限らない。その手の輩《やから》は正直な顔をして、天真爛漫《てんしんらんまん》な笑《え》みを浮かべているかもしれない。だが、しばらく同席すれば、かれらには何か大元《おおもと》から良からぬところがある——邪悪なのだという確信を抱かずにはいられない。かれらは秘密や悪い考えの雰囲気を否応《いやおう》なく発散するようで、間近にいる者は、病気にかかった動物を避けるように、遠ざかって行くのだ。

家についてもおそらく、同じ原理が働くのだろう。ある家の屋根の下で行われた悪《あ》しき行為の余韻が、当事者が死んだずっとあとになっても、鳥肌が立ち、髪の毛が逆立つような思いを人に味わわせるのである。悪事を行った者の激情と被害者の感じた恐怖の幾分かが、何も知らぬ観察者の心に忍び入り、神経が突然チリチリしたり、肌に粟《あわ》が立ったり、血が凍ったりするのだ。これという原因もなく、恐怖にとり憑《つ》かれるのだ。

その家の外見には、家の中を領《りょう》するという恐怖の物語を裏書きするようなものは、何もなかった。べつだん寂しい場所にあったわけでもないし、荒れ放題でもなかった。広場の隅に押し込められるようにして立っていて、見た目は両隣の家とそっくり同じだった。窓の数も隣と同じだし、同じようなバルコニーが庭を見下ろし、同じ白い石段を上がると、重厚な黒い玄関の扉がある。裏手にはやはり同じような狭い芝生があって、小綺麗《こぎれい》に刈り込んだ柘植《つげ》の木に縁取《ふちど》られ、隣家の裏庭と塀でへだてられている。見たところ、屋根の煙出《けむだ》しの数も同じなら、庇《ひさし》の幅や角度、勝手口の汚れた手摺《てすり》までそっくりだった。

しかし、広場のこの家は、五十軒の見苦しい隣人たちと同じに見えて、じつはまったく違った――恐ろしく違ったのだ。

著《いちじる》しい目に見えぬ違いがどこにあったかを、口で説明することはできない。すべてを想像力のせいにするわけにもゆかない。なぜなら、この家にしばらくいた人間は、何も事情を知らされていないにもかかわらず、これこれの部屋は不気味で、入るのは二度と御免だとか、家全体の雰囲気に真の恐怖を感じた、などと断言したのだ。一方、罪のない借家人が次々とここに住み込んでは、たちまち退散を余儀なくされたことは、まったく町の汚点というに近かった。

　ショートハウスが「週末」を過ごしにジュリア叔母を訪ねて、町外れの海岸通りにある小さな家へやって来た時、叔母は全身から謎と興奮が溢《あふ》れんばかりだった。叔母から電報が来たのはつい今朝のことで、どうせ退屈な週末になるだろうと予想していたのだが、叔母の手をとって、林檎の皮のようにしわの寄った頬に接吻した時、叔母にたまっていた電気がビリッと伝わって来た。今回客はほかにおらず、電報で呼んだのは特別な目的があるからだと聞かされた時、この印象はますます深まった。

　何かが起ころうとしており、その「何か」は必ず結果を生みそうだった。年老《としと》った独《ひと》り者の叔母は心霊研究に夢中で、頭脳《あたま》もあれば意志力もあり、どんな手段を用いてもたいてい目的を達するのだった。話を打ち明けられたのは、お茶が終わってからすぐだった。夕暮の海岸通りをブラついている時、叔母がにじり寄って来たのだ。

「わたし、鍵を持ってるのよ」と嬉しそうな、しかし半分恐ろしそうな声で言った。

「日曜日まで借りているの！」

「更衣車[1]の鍵ですか？　それとも——」ショートハウスは海から町の方に目を向けて、のほほんとたずねた。叔母に肝腎なことを早く語らせるには、愚かな真似《し》をするに如

くはないのだ。

「いいえ」叔母はささやいた。「広場の幽霊屋敷の鍵を持ってるのよ――それで、今夜行こうと思うの」

ショートハウスは、背筋をかすかな震えが走るのを感じた。焦《じ》らすようなしゃべり方はやめにした。叔母の声と態度にある何かが、彼を戦慄《せんりつ》させた。この人は、本気なのだ。

「でも、一人じゃ行かれないでしょう――」と彼は言いかけた。

「だから、あなたに電報を打ったのよ」叔母はキッパリと言った。

ふり返って叔母を見ると、醜い、しわだらけの、謎を湛《たた》えた顔は興奮に生き生きしていた。情熱の輝きが後光のように顔をつつんでいた。眼はキラキラ輝いていた。彼は叔母から興奮の第二波を受けとったが、そこには、最初の戦慄よりも、もっとはっきりした戦慄が伴っていた。

1 昔、海水浴の際に使われた。小さな小屋に車が付いたようなもので、水際まで運び、そこで着替えをした。

「ありがとう、ジュリア叔母さん。恐縮です」彼は丁寧に言った。

「わたし一人じゃ、ちょっと行かれないけど」叔母は声をやや高くして、「でも、あなたと一緒なら楽しいでしょう。あなたは何も怖《こわ》がりませんものね」

「おそれいります」彼はもう一度礼を言った。「あの――何か起こりそうなんですか？」

「いろんなことが、すでに起こったのよ」と叔母はささやいた。「うまいこと揉《も》み消しているけどもね。ここ二、三カ月の間に、借家人が三所帯《しょたい》も入っては出て行ったんです。あの家はもう永久に空家《あきや》のままだろうって言われてるのよ」

ショートハウスは思わず興味をそそられた。叔母はそれほど真剣だったからだ。

「あの家はすごく古いの。それで、話も――いやな話だけど――うんと昔にさかのぼるの。家の女中とねんごろな仲だった馬丁が嫉妬して、女中を殺したことが始まりでね。その男はある晩、地下室に隠れて、人が寝静まった頃に、こっそり女中の部屋へ上がって行ったのよ。そして娘をそばの踊り場まで追いつめて、助けが来ないうちに、手摺から玄関へ投げ落としたの」

「その馬丁は――？」

「つかまって、殺人罪で絞首刑になったんだと思うわ。でも、百年前の話だから、それ以上くわしいことは聞けなかったの」

ショートハウスはすっかり興味津々《しんしん》となった。しかし、自分は平気でも、叔母のことを思うと少し逡巡《ためら》われた。

「一つ、条件があります」彼はしまいに言った。

「わたしは何があっても行くわよ」叔母は断固として言った。「でも、条件というのを聞いてあげてもいいわ」

「何か本当に恐ろしいことが起こっても、取り乱さないと保証してくださることです。つまり――あんまり怖がらない自信があれば、ということです」

「ジム」叔母は嘲《あざけ》るように言った。「わたしはたしかに若くないし、神経だってか細くなってるわ。でも、あなたと一緒なら、この世に怖いものなんかありませんよ！」

もちろん、これで話は決まった。ショートハウスは所詮《しょせん》普通の青年にすぎず、虚栄心をくすぐられると、嫌とは言えなかったからだ。彼は行くことを承知した。

本能的に、いわば潜在意識の戦闘準備として、彼はその晩ずっと自分自身と自分の力をしっかりと掌握し、あらゆる感情を次第に遠ざけて封印する、あのいわく言い難

い心的過程によって、自制力を蓄えていった。その過程を説明するのは難しいが、素晴らしく有効なものであることは、精神の峻烈《しゅんれつ》な試煉《しれん》をくぐり抜けて来た者なら、みんな良く知っている。これはあとで大いに役に立った。

しかし、十時半になって玄関の広間に立つと、この時はまだ温《あたた》かいランプの明かりに照らされ、心地良い人間的な気分につつまれていたのだが、そうやって蓄えた力に早くも頼らねばならなかった。ドアが閉まり、月影の中に白々《しろじろ》と伸びている無人のひっそりした街路《とおり》を見た時、今夜の本当の試煉は、一つではなく二つの恐怖と闘わねばならぬことだ、とハッキリ知ったからである。自分だけでなく、叔母の恐怖も引き受けなければならない。彼は叔母のスフィンクスのような表情をチラリと見て、これは本当の恐怖が押し寄せて来たら、愉快な顔つきにはなるまいと思った。しかし、冒険にあたって、一つだけ満足できることがあった——それは、どんな衝撃にも耐えられる自分の意志と力への信頼だった。

二人は人気《ひとけ》のない町の通りをゆっくりと歩いて行った。皎々《こうこう》と明るい秋の月が家々の屋根を銀色に染め、深い影をおとしていた。そよとの風も吹かなかった。海岸通りの、いずれを見ても形式張った庭園の樹々は、二人が行くのを無言で見送った。叔母

は時々話しかけたが、ショートハウスは返事をしなかった。叔母はただ精神的な緩《かん》衝物《しょうぶつ》で自分のまわりを取り囲んでいる——つまり、ありきたりなことを言って、異常なことを考えまいとしているだけだったからだ。明かりの点《つ》いている窓は少なく、煙突からも煙や火の粉《こ》はほとんど出ていなかった。ショートハウスは早くもあらゆることに、ほんの些細《ささい》なことにさえ、注意を払っていた。二人はやがて街角に立ちどまり、月光を一杯に浴びた家の側壁についている標札を見上げた。そして、心を合わせて、だが何も言わずに広場へ入り、蔭《かげ》になった側へ向かって行った。

「あの家の番号は十三番よ」傍《かたわ》らでささやく声がした。どちらもこの縁起の悪い番号のことは言わず、一面に広がった月光を踏んで、舗装された広場を、黙々と進みはじめた。

中程まで行ったところで、ショートハウスは叔母の腕が、そっと、だが意味ありげに自分の腕をつかむのを感じた。冒険がいよいよ本当にはじまったのだ。叔母はもう、敵対する影響力を知らず知らずのうちに受けている——支えを必要としているのだ。

二、三分後、二人は間口《まぐち》が狭くて高い家の前に立ちどまった。夜空に聳《そび》え立つその建物は、不格好《ぶかっこう》で、白塗りだが薄汚れていた。鎧戸《よろいど》も日避《ひよ》けもない窓々が上から睨《にら》みつけ、月影を浴びて、ところどころ光っていた。壁には雨風の染みがあり、ペンキはひび割れていた。二階からは、バルコニーがいささか不自然に張り出していた。しかし、空家に共通するこうした物寂しい様子を別とすれば、この家の悪い噂を裏づけるようなところは見あたらなかった。

うしろをふり返って、随《つ》いて来る者がいないことを確かめると、二人は勇敢に段を上がり、厳《いかめ》しく立ちはだかっている黒い大きな扉の前に立った。不安の第一波がもうすでに二人を襲っていて、ショートハウスは鍵をなかなか鍵穴に差せず、長いことといじくりまわしていた。本当のところを言えば、二人共、扉が開かなければいいと一瞬思ったのだ。というのも、そこで霊的冒険の門口《かどぐち》に立っている間、いろいろと不快な感情にとらわれたからだ。腕にずっしりかかる重みに邪魔されながら、鍵をいじっていたショートハウスは、この瞬間の厳粛さを痛感した。まるで世界中《じゅう》が耳を澄まし——その刹那《せつな》、彼の意識の内には、全体験が凝縮されているように思われた——鍵の擦《こす》れる音を聴いているような気がした。無人の通りに迷い込んだ一陣の風が、背後の樹々をいっときカサカサといわせたが、それを除けば、聞こえるのは、この鍵のガチャガチャいう音だけだった。そのうち、やっと鍵が錠の中でまわり、重い扉が開《あ》いて、向こうに暗闇がぽっかりと口を開けた。

二人は月明かりの広場に最後の一瞥《いちべつ》を与えると、素早く中へ入った。背後にドアが大きな音を立てて閉まり、人気《ひとけ》のない広間や廊下にわんわんと谺《こだま》した。だが、そのとたん、谺のほかにべつの音が聞こえた。ジュリア叔母がいきなりずしりともたれかかって来たので、彼は倒れないように一歩足を引かなければならなかった。

すぐそばで男が咳《せき》をしたのだ――本当にすぐそばだったので、その男は暗闇の中で、隣に立っているように思えた。

誰かが悪ふざけをしているのかも知れないと思って、ショートハウスはすぐさま音のした方向に、重いステッキを振りまわしたが、空気よりも固い物にはあたらなかった。叔母が隣で息を呑むのがわかった。

「誰か、ここにいるわ」と叔母はささやいた。「声がしたもの」

「しっ、静かに!」彼は厳しく言った。「玄関のドアが鳴っただけですよ」

「ねえ、明かりを点けて――早く!」そう言われて、甥はマッチ箱を出したが、逆さまに開けてしまったため、マッチはみんな石の床にこぼれ落ちた。

しかし、怪しい音はそれっきりせず、遠ざかる足音も聞こえなかった。やがて葉巻入れの空蓋《からぶた》を台にして、蠟燭《ろうそく》を点《つ》けることが出来た。燃えはじめの大きな焔がおさまると、ショートハウスはこの即席ランプを高く差し上げて、周囲《あたり》を見まわした。まことに寒々《さむざむ》しい光景だった。およそ人間の住家《すみか》のうちでも、薄明かりに照らされた家具のない家ほど寂しいものはない――静寂で、打ち棄《す》てられ、しかも、邪悪と暴力の記憶が住むという噂まであるときては。

二人は広い玄関に立っていた。左手には、大きな食堂のドアが開け放しになっていた。正面は玄関の広間が次第に狭くなって、長く暗い廊下につづき、その先は台所へ下りる階段に通じているらしかった。敷物もない広い階段が目の前にあって、どこもかしこも影の掛布《かけぬの》に覆われているが、半分ほど上がったところに、ぽつんと一点、月影が窓から射し込み、板を輝《かが》やかに照らしていた。その光の輻《や》が上下にほのかな明るみを投げ、あたりの物におぼろな輪郭《りんかく》を与えていて、それはまったくの闇よりもずっと暗示的で不気味だった。物を透《す》かして入って来る月の光は、暗がりにさまざまな顔を描くように思われるものだ。真っ暗な吹き抜けを見上げて、この古家《ふるや》の上の階にある数知れない空部屋や廊下のことを考えた時、ショートハウスは安全な月明かりの広場や、一時間前あとにして来た居心地の良い明るい客間をなつかしく思い浮かべた。

しかし、こうした考えが危険なものであることに気づくと、雑念を払いのけて全精力をふるい起こし、意識を現在に集中させた。

「ジュリア叔母さん」彼は厳しい声で言った。「これから、この家を上から下まで、徹底的に調べなければいけませんよ」

声は建物中に響いて、谺がゆっくりと消えて行った。そのあとの張りつめた沈黙の中で、彼はふり返って叔母を見た。蠟燭の明かりに照らし出された叔母の顔は、すでに不気味なほど青白かったが、叔母はしばらく彼の腕を放し、前に進み出ながらヒソヒソ声で言った――

「承知したわ。誰も隠れていないことを確かめなきゃね。まずはそれからよ」

彼女が無理をしているのは明らかで、ショートハウスは感心して叔母を見た。

「ほんとに大丈夫ですか？　今なら、まだ間に合いますよ――」

「平気だと思うわ」叔母はささやきながら、背後の暗影をチラチラと見やった。「全然平気よ。ただね――」

「何です？」

「ほんの一瞬でも、わたしを一人にしては駄目よ」

「そのかわり、何か音がしたり、怪しいものが現われたら、すぐ調べなければいけませんよ。ためらうのは怖いと認めることです。それは命取りになります」

「わかったわ」叔母は一瞬ためらってから、声を少し震わせて言った。「やってみるわ——」

二人は腕を組んで、ショートハウスは蠟のしたたる蠟燭とステッキを持ち、叔母は外套を肩に引っかけていた。他人が見たらまったく喜劇の人物と言うよりない、そんな格好で、順序立った探索をはじめた。

こっそりと、爪先《つまさき》立ちで、蠟燭に手をかざしながら——というのは、鎧戸のない窓から光が洩《も》れて、かれらがここにいることを知られるといけないからだ——二人はまず大きな食堂に入った。そこには家具一つ見あたらなかった。裸の壁と見苦しいマントルピースと空《から》っぽの火床が、こちらを睨《にら》んでいた。すべてがこの二人の侵入に腹を立て、いわば帷《とばり》に被《おお》った眼で監視しているのが感じられた。ささやき声がうしろから随《つ》いて来た。影が音もなく右左へ飛び交《か》った。何かがいつも背後から監視し、危害を加える隙《すき》をうかがっているようだった。部屋が無人だった時に行われていた活動が、邪魔者が出て行くまで、一時《いっとき》中断されているような感じを抱かずにはおれなかった。

この古い建物の暗い内部全体が悪意を持つ〝存在〟と化し、立ち上がって、もうやめろ、余計《よけい》なことにかまうな、と警告しているようだった。刻々と神経への圧迫がつのって来た。

二人は陰気な食堂を出て、大きな折りたたみ戸から、書斎か喫煙室のような部屋へ入った。ここも同じく沈黙と、暗闇と、埃《ほこり》につつまれていた。ふたたび玄関から続いている廊下に出たが、そこは裏階段の上だった。

ここには、下の階へ続く真っ暗なトンネルが目の前に口を開《あ》いていて――本当のところを言うと――二人は怯《ひる》んだのだ。とはいっても、ほんの束の間だった。これからまだ、もっともっと恐ろしいことがあるのだから、何物にも背を向けてはいけない。ジュリア叔母は、揺れる蠟燭の明かりにかろうじて照らされた、暗い下り階段の最初の段でつまずいた。ショートハウスでさえ、少なくとも決意の半分は両脚から脱けてしまったような気がした。

「さあ、来て！」彼は断固たる口調で言った。その声は階下の暗い、うつろな空間に谺して消えた。

「今行く」叔母はよろめいて、彼の腕にしがみついた。

石の階段を危《あぶな》っかしい足取りで下りると、冷たい湿った空気が顔にあたった。むっとして嫌な匂いだった。狭い通路になった階段を下りて行くと、台所に出たが、そこは広く、天井も高かった。ドアがいくつも開いており——あるドアの向こうは食器戸棚で、棚には今も空瓶《あきびん》が並んでいた。また、あるドアの向こうは気味悪い小さな物置で、どこもここも寒く、入って行く気がしなかった。黒い甲虫《こうちゅう》があわてて床を走り、一度などは、隅にあった樅《もみ》のテーブルを叩くと、猫くらいの大きさの物がどっと跳《と》び下りて、石の床を走って暗闇に逃げ込んだ。どこに行っても、ついこの間まで人が住んでいたような気配があり、悲しく憂鬱な印象を与えた。

主厨房《だいどころ》を出て、次に洗い場へ行った。半開きになっていた扉を一杯に押し開けた時、ジュリア叔母は耳をつんざくような金切り声をあげたが、すぐさま口を手でふさいで、悲鳴を圧《お》し殺そうとした。ショートハウスも一瞬、息を呑んで棒立ちになった。背中が突然空洞になり、そこに誰かが氷の粒を入れたような感じだった。

ドアの支柱の間に、女の姿が真っ向から立ちふさがっていたのだ。女は髪をおどろに乱し、目を剥《む》いて睨み、その顔はおびえて死人のように真っ白だった。

女はそこにものの一分間も、身じろぎもせずに立っていた。やがて蠟燭がゆらめき、女は消えた――まったく消えてしまった。四角いドアの枠の向こうには空虚な暗闇があるだけだった。

「忌々《いまいま》しい蠟燭の光が跳びはねただけですよ」ショートハウスはすぐにそう言ったが、その声は別人のようで、半ば冷静さを失っていた。「行ってみましょう、叔母さん。あすこには何もありませんよ」

　彼は叔母を引きずって、前へ進んだ。カタコトと足音を立て、いかにも颯爽《さっそう》と入って行ったが、膚《はだ》の上を蟻《あり》が這《は》いまわっているようにゾクゾクし、腕によりかかった重みから、自分が二人分の力で歩いていることがわかった。洗い場は寒く、がらんとしていて、何もなかった。刑務所の大きな部屋によく似ていた。二人は中を一《ひと》まわりし、裏庭へ出る扉ど窓をたしかめたが、どれもしっかり閉めてあった。叔母は夢うつつのように、彼のわきを動いていた。目をきつくつむり、ただ腕に引かれて随いて行くだけのようだった。彼は叔母の勇気に感服した。と同時に、奇妙な変化がその顔にあらわれているのを見てとったが、それは何とも解釈のつかぬ変化だった。

「ここには何もないね、叔母さん」彼はもう一度声に出して、早口に言った。「階上《うえ》へ上がって、ほかのところを見てみましょう。それから、腰を据える部屋を決めましょう」

叔母はおとなしく横にぴったりと随いて来た。二人は台所のドアに鍵をかけた。ふたたび階上へ上がると、ほっとした。広間は前よりも明るかった。月が少し階段の下へおりて来たからである。用心して、上の階の暗い穹窿《きゅうりゅう》の中へ上がって行ったが、足元の板が重みで軋《きし》んだ。

二階には二間続きの広い客間があったが、調べても何も見つからなかった。ここにも家具はなく、最近人が住んでいた形跡もなかった。打ち棄てられて、埃と暗影があるばかりだ。二人は表裏《おもてうら》の客間を仕切っている大きな折りたたみ戸を開けて、それからまた踊り場に出、階段を上がった。

ところが、十歩と上がらないうちに、二人共立ちどまって耳を澄ました。新たな不安にかられて、揺らめく蠟燭の明かりごしに、相手の目を覗《のぞ》き込んだ。十秒前に出て来た部屋から、ドアが静かに閉まる音がしたのだ。聞き違いではない。重い扉が閉まる時のずっしりした音、それからカチャリと錠がかかる音がした。

「戻って、見て来なきゃいけない」ショートハウスは小声でそっけなく言うと、ふり向いて、階段を下りた。

叔母は何とか随いて来たが、足に服の裾《すそ》がからまり、顔は土気色だった。

表の客間に入ってみると、折りたたみ戸を誰かが——つい今し方——閉めたことは歴然としていた。ショートハウスは躊躇《ちゅうちょ》なくその戸を開けた。向こうの部屋に誰かがいて、顔をつき合わせることを半ば期待していたのだが、彼を迎えたのは闇と冷気だけだった。客間を両方とも検《あらた》めたが、変わったものは何も見つからなかった。ドアがひとりでに閉まらないかとあらゆる方法で試してみたが、蠟燭の火が揺れるほどの風もなかった。ドアは強い力で押さないと動かなかった。あたりは墓場のように静まり返っていた。間違いなく部屋は無人で、家の中はまったくの静寂だった。

「はじまったわね」そばでささやき声がしたが、叔母の声とはとても思えなかった。

ショートハウスはうんとうなずき、懐中時計を出して時刻を見た。あと十五分で真夜中だ。これまでに起こった事を手帳に書き込むため、蠟燭の台を床に置いた。壁際に安全に立てようとして、一秒か二秒時間がかかった。

ジュリア叔母がいつも言うことだが、この時、彼女は甥を見ずに奥の部屋を向いていたそうである。その部屋で何か動く音が聞こえたようだというが、いずれにしても、二人共はっきりと認めているのは、こちらへ走って来る足音がして——それは重いが、非常に素早い足音だった——次の瞬間、蠟燭が消えていたことである！

しかし、ショートハウス自身が体験したのは、それだけではなかった。彼はそれが自分だけに起こり、叔母は知らずに済んだことを、幸運の星にいつも感謝している。というのは、蠟燭を立てるために屈《かが》んでいた位置から立ち上がると、蠟燭が消える直前、目の前に一つの顔がニュッと突き出して来たのである。唇が触れそうなほど近くに迫ったそれは、激情に駆られて引きつった男の顔で、髪は黒く、鼻筋は太く、怒った兇暴な目つきをしていた。平凡な男が、ふつうに悪い表情をしているにすぎなかったのだが、そうはいっても強烈な攻撃的感情に燃え立ち、憎しみに満ちた恐ろしい形《ぎょう》相《そう》だった。

空気は少しも動かなかった。突進して来る足音——靴下か何かを穿《は》いた足音と、顔の幽霊。それとほとんど同時に、蠟燭が消えた。

ショートハウスは思わず小さな悲鳴を上げてしまい、姿勢をくずして倒れそうになった。叔母が一瞬、耐えがたい真の恐怖を感じて、全身の体重をかけてしがみついたからだ。叔母は声こそ立てなかったが、身体ごとすがりついた。だが、幸い何も見てはおらず、突っ込んで来る足音を聞いただけだったので、すぐに自制心を取り戻した。彼は身をふりほどいて、マッチを擦《す》ることができた。

火が燃え上がると、影は四方に散り、叔母はかがみ込んで、大切な蠟燭の入っている葉巻入れを手探りでさがした。その時、二人は蠟燭が吹き消されたのではないことを発見した——蠟燭はつぶされて消えたのだ。芯《しん》が蠟の中にめり込み、蠟はなめらかな重い道具で伸《の》したように、ぺしゃんこになっていた。

叔母がどうやってあんなに早く恐怖を克服したのか、ショートハウスにはついにわからなかったが、彼女の自制心に対する讃嘆の念はこれで十倍にも増し、それは同時に、消えかかった彼自身の勇気の火を焚《た》きつけてくれた。彼はこのことを、しかと恩に感じた。もう一つ彼にとって不可解だったのは、物理的な力が働いた証拠を歴然と見たことだった。「物理的霊媒」とその危険な現象については色々な話を聞いているが、そんなことを思い出すのはやめた。というのも、もしそうした話が本当であって、叔母か自分が無自覚な物理的霊媒なのだとしたら、自分たちは、すでに充満している幽霊屋敷の力に焦点を与える役割を果たしていることになる。いわば、覆いのないランプを持って火薬庫を歩いているようなものだ。

そこで、彼はなるべくものを考えないようにして、ただ蠟燭に火を点け、上の階へ上がった。叔母の腕は震えていたし、彼自身の足取りもしばしば乱れたが、とことんまでやるという覚悟で進み、ひとわたり調べて何もないとわかると、最上階へ向かって最後の階段を上がった。

ここには小さな使用人部屋が巣のようにかたまっていた。部屋には、壊れた家具や、汚れた籐《とう》の椅子や、整理簞笥、ひびの入った鏡、ガタガタの寝台などがあった。天井は低く傾斜していて、そこかしこに蜘蛛《くも》の巣が張っていた。小さい窓、漆喰《しっくい》をぞんざいに塗りつけた壁——気の滅入《めい》るような陰鬱な場所で、二人はここを出るとほっとした。

真夜中の鐘が鳴った時、二人は四階の階段に近い小部屋へ入り、冒険の終わりまで快適に過ごせるように支度《したく》をした。そこはまったくのがらんどうで、例の部屋——当時は衣装部屋として使われていたが——怒り狂った馬丁が被害者を追いかけ、最後につかまえた部屋だと言われていた。外には、狭い踊り場を挟《はさ》んで、さいぜん調べた使用人部屋へ上がる階段があった。

夜の寒さにもかかわらず、この部屋の空気には何か、窓を開けてくれと叫んでいるものがあった。だが、それだけではなかった。ショートハウスにはそれをこんな風にしか表現することができなかったが――彼はこの家のどの部分よりも、この部屋にいる時の方が、自分を律することが難しかったのである。何か神経に直接働きかけ、決意を鈍《にぶ》らせ、意志を弱めるものがあった。そのことには、部屋へ入って五分と経たないうちに気づいたが、活力が急激に消耗するのを感じたのは、ここにいた短い間だけで、彼にとっては、この夜の体験の中でももっとも恐ろしいことだった。

蠟燭を食器戸棚の床に置き、戸棚の扉を二、三インチ開けておいたので、焰に目が昏《くら》むこともなく、壁や天井を影が動きまわることもなかった。それから床に外套を敷き、壁を背に坐り込んで待った。

ショートハウスは、踊り場に面した戸口から二フィートと離れていなかった。その位置からは、暗闇に下りて行く中央階段も、上の階へ行く使用人用の階段も良く見えた。重いステッキは傍《かたわ》らの、すぐ手のとどく場所に置いてあった。

月はもう家の真上にさしのぼっていた。なごやかな空の星が優しい目のように見下ろしているのが、開いた窓から見えた。一つ、また一つと町の時計が真夜中を告げ、それらの音が静まると、風のない夜の深い沈黙《しじま》がふたたびすべてに被《おお》いかかった。ただ遠くから聞こえて来る物悲しい海のどよめきが、うつろなつぶやきのようにあたりを満たしているばかりだった。

家の中の静寂は恐ろしいものになった。恐ろしいのは、それがいつ恐怖を予兆する音によって破られるかも知れないからだ。待つことの緊張が次第に神経を圧迫した。二人は、時たま話す時はヒソヒソ声で話した。普通に声を立てると、おかしな不自然な声に聞こえたからだ。夜気のせいだけではない肌寒さが部屋に入り込んで、身体を冷やした。敵対する影響力が、その正体は何であれ、徐々に自信と決断力を奪って行った。二人の力は衰えて行き、真の恐怖を感ずることが、今までとは違う恐ろしい意味を帯びた。彼は傍らにいる老婦人のことを思うと、心配で震えが出た。彼女がいくら気丈だといっても、ある限度を超えたら、耐えられまい。

血が血管の中で歌うのが聞こえた。その音は時々ひどく大きくなって、家の奥からごく微《かす》かに聞こえて来たべつの音を掻き消すようだった。その音は、耳を澄ますと、すぐに熄《や》んだ。こちらへは近づいて来なかった。だが、下の階のどこかで何かが動きはじめたという考えを、ふり払うことができなかった。ドアが奇妙な具合に閉まった客間の階は、近すぎるような気がした。音はもっと遠くでしている。黒い甲虫が走りまわる大きな厨房や、陰気な洗い場のことも考えたが、そこから聞こえて来るようでもなかった。家の外からでないことは間違いない。

その時突然、真実が頭に閃《ひらめ》いて、ものの一分間も血の流れが止まり、氷りついたように感じた。

音は階下《した》から聞こえて来るのではない。上の階でしているのだ。上の階のあの嫌な、陰気な、小さな使用人部屋——家具は壊れ、天井は低く、窓は狭い部屋のどこかで——かつて男が被害者を襲い、追いつめて殺した上の階でしているのだ。

出所《でどころ》がわかったとたん、音ははっきりと聞こえて来た。それは足音で、頭上の廊下を忍び歩き、部屋から部屋へ、家具の間をすり抜けて動きまわっていた。

ショートハウスは素早くふり返って、傍らにじっと坐っている叔母の姿をチラリと見た。叔母も気づいたかどうかを知りたかったのだ。食器戸棚の扉の隙間から射すかすかな蠟燭の光が、白い壁を背景にして、彼女の彫りの深い顔をくっきりと浮き上がらせていた。しかし、彼が息を呑んでもう一度目を凝《こ》らしたのは、そのためではなかった。何か異常なものが叔母の顔にあらわれ、仮面のごとく目鼻を覆ってしまったからだ。それは深い皺《しわ》を伸ばし、皮膚全体を少し引き締《し》めたので、小皺《こじわ》も消えた。顔に——年老った眼は別として——若い、子供のような外見が戻ったのだ。

彼は驚いて、物も言えずに見つめていた――その驚きは危険なほど恐怖に近かった。それはたしかに叔母の顔ではあったが、四十年前の顔――あどけない少女の顔だった。彼は恐怖心が及ぼす奇妙な作用について、色々な話を聞いたことがあった。恐怖は人間の顔つきから他の一切の感情を拭《ぬぐ》い去り、それまでのあらゆる表情を消すことがあるという。しかし、それが文字通りの事実で、自分が今見ているような恐ろしいことが起こるとは、思ってもみなかった。というのも、傍らの、虚《うつ》ろになった少女のような顔には、圧倒的な恐怖のおぞましい刻印がくっきりと押されていたからである。叔母が見つめられているのに気づいて、こちらをふり返った時、彼はその顔を見まいとして、思わずきつく目をつぶった。

だが、しばらくすると気を取りなおして、叔母の方をふり返った。有難いことに、そこには別の表情があった。叔母は微笑《わら》っていて、顔は死人のように白かったが、恐ろしい面紗《ヴェール》は上げられ、ふだんの顔つきが戻っていた。

「大丈夫ですか?」というのが、彼の思いついた精一杯の言葉だった。叔母の返事は、そのような女性の発する言葉としては雄弁だった。

「寒いわ――それに少し、怖い」

彼は窓を閉めましょうかと言ったが、叔母は彼にしがみついて、片時《かたとき》もそばを離れないでくれ、と懇願した。

「上の階ね、わかってる」叔母は妙な薄笑いをして、ささやいた。「でも、とても上がって行けないわ」

しかし、ショートハウスの考えは違った。自制心を保つには、行動するのが一番良いことを知っていたからである。

彼はブランデーの携帯用瓶《フラスコ》を取り、生《き》の蒸溜酒をグラスに一杯注《つ》いだ。これだけ強い酒を飲めば、誰だって千人力だ。叔母は小さな身震いをして、ブランデーを一気に飲んだ。今、ショートハウスの念頭を占めているのは、叔母が倒れないうちに、この家から出ることだった。しかし、安全に脱出するには、尻尾《しっぽ》を巻いて敵から逃げてはいけない。じっとしていることは、もはや不可能だった。刻々と自制心がなくなりつつある。思いきった攻撃的な手段にただちに訴えねばならない。しかも、行動は敵に背を向けてではなく、敵に向かって起こさなければならない。現象の山場を迎えることが必要不可避であるなら、それに正面から対決しなければなるまい。今ならできるが、もう十分もしたら、二人を救うことはおろか、自分一人のために行動する力も残されていないかも知れない！

階上の音は次第に大きくなり、近づいて来て、床板が時折軋《きし》った。誰かがこっそりと歩きまわり、家具に時々身体をぶつけた。

大量の強い酒が効き目をあらわすまでしばらく待ち、その効き目も、こんな状況下では短時間しか保《も》たないことを承知しながら、ショートハウスはやがて静かに立ち上がると、決然として言った——

「さあ、ジュリア叔母さん、階上《うえ》に上がって、あの音が何なのか探りましょう。あなたも来なきゃいけませんよ。そういう約束をしたんだから」

彼はステッキを取り上げ、食器戸棚へ蠟燭を取りに行った。叔母の弱々しい姿が荒い息をしながら、そばでよろよろと立ち上がった。蚊の鳴くような声で「いいわよ」と言うのが聞こえた。彼はこの女性の勇気に目を瞠《みは》った。彼自身よりも、ずっと勇気がある。しずくが垂れる蠟燭を高く掲げて先へ進む間、傍らで震えているこの蒼白な顔の老女から、何か言い知れぬ力が発散して、それこそが彼の霊感の源泉となった。そこには何か本当に偉大なものがあり、彼を恥じ入らせ、力づけた。この力づけがなかったら、あのように窮地を切りぬけることは、とてもできなかっただろう。

二人は暗い踊り場を通った。手摺の向こうの深い真っ暗な空間は見ないようにした。それから例の音に立ち向かうため、狭い階段を上《のぼ》りはじめたが、音は刻々と大きくなり、近づいて来た。階段の真ん中あたりでジュリア叔母がつまずき、ショートハウスはふり返って彼女の腕をつかんだ。その瞬間、頭上の廊下で、恐ろしい物音がした。つづいて苦悶に満ちた甲高い叫び声が聞こえたが、それは恐怖の叫びと、助けを求める叫びが一緒になったものだった。

わきへ退《の》くことも、一歩下がることもできないうちに、誰かが頭上の廊下を突進して来た。狂ったように無我夢中で、二人が立っている階段を三段ずつひとっ跳びに駆けおりて来たのだ。その足音は軽く、乱れていたが、すぐあとに別人の重い足音が響いて、階段が揺れるようだった。

入り乱れた足音が飛ぶように近づいて来た時、ショートハウスと叔母は壁にぺったりと身を寄せるのがやっとだった。二つの足音は、ほとんど間髪《かんはつ》を入れず、疾走して通り過ぎた。人気《ひとけ》のない建物の真夜中の静寂に、まさしく音のつむじ風が巻き起こったようだった。

追いつ追われつする二人は、ショートハウスたちが立っている前を通り越して、階下の床にドスンと一人が、次いでもう一人が降り立った。だが、姿はまったく見えなかった――手も、腕も、顔も、ひらめく服の端も見えなかった。

一瞬の間《ま》があった。それから最初の方が――足音の軽い、追われている方が、不確かな足取りで、ショートハウスと叔母がついさっき出て来た部屋へ入った。重い足音がそのあとを追った。揉み合う音とあえぐ声、押し殺された悲鳴が聞こえた。やがて外の踊り場へ出て来たのは――人間が一人、重たげに床を踏む足音だった。

死んだような静寂が三十秒程つづき、そのあと何かが空中をどっと過《よぎ》るのが聞こえた。そして、家の下の方に――玄関広間の石の床に、ドサッという鈍い音が響いた。

そのあとはまったくの静寂だった。何も動くものはなかった。蠟燭の焰はしっかり燃えていた。その焰はさいぜんから揺らぐことはなくて、空気を乱す運動は少しもなかったのだ。ジュリア叔母は恐怖のため気が動転して、連れを待たずに、手探りで階下《した》へ下りはじめた。小声でしくしく泣いており、ショートハウスは叔母の身体を腕で抱きかかえるようにして連れて行ったが、彼女は木の葉のように震えていた。彼は例の小部屋に入り、床から外套を取り上げた。二人は腕組みしてソロソロと歩き、口も利《き》かず、うしろをふり向きもせずに、三つの階段を下りて、玄関広間へ出た。

広間では何も見なかったが、階段を下りて行く間ずっと、誰かがひたひたと随《つ》いて来るのを感じた。足早に歩むと、そいつは取り残され、ゆっくり行くと追いついて来るのだった。だが、二人は一度もうしろをふり返って見なかった。階段の曲がり角へさしかかるたびに、随いて来る恐ろしいものが見えることをおそれて、目を伏せた。

震える手で、ショートハウスは玄関の扉を開けた。二人は月明かりの中へ歩み出ると、海から吹いて来る冷たい夜風を胸一杯に吸い込んだ。

壁に耳あり

　ジム・ショートハウスという男は、しょっちゅう面倒を惹《ひ》き起こす性《たち》だった。何であれ、あいつの手や精神《こころ》がそれに触れると、果てしない混乱に陥《おちい》るのだ。あいつの大学時代は滅茶苦茶《めちゃくちゃ》で、二度も停学処分をうけた。学校時代も滅茶苦茶で五、六回転校したが、そのたびに評判は落ち、滅茶苦茶の度合いはつのった。少年の頃はどうだったかというと、習字帳や辞書に大文字の「M」で書いてある類《たぐい》の滅茶苦茶で、赤ん坊の頃は——いやもう、わめくわ、唸《うな》るわ、金切り声を張りあげるわの滅茶《めちゃ》だった。

　だが、四十歳《しじゅう》になると、あの男の難儀《なんぎ》な人生にも転機が訪れた。五十万ポンドの財産を持つ娘と出会い、その娘は結婚を承知して、あいつの出鱈目《でたらめ》な生活を建て直し、秩序を打ち立てることを、またたく間にやってのけた。

　ジムの生涯に於けるある種の出来事——重大な事件であれ、些細《ささい》なことであれ——それをここでお話しするのは、次のような理由による。すなわち、あの男は〝滅茶苦茶〟の渦《うず》の中へ出たり入ったりする際、奇怪な状況や不可思議な事件の世界へもぐり込んでゆくからなんだ。肉に蠅《はえ》がたかり、ジャムに雀蜂《すずめばち》が寄って来るのと同様、あいつの行く径《みち》には決まって人生の奇妙な冒険が寄って来る。あいつが色々面白い経験をしたのは、いわば人生の肉とジャムのおかげだが、後年の奴の人生といったら、まるきしプディングばかりで、食い意地のはった子供たちしか寄って来なかった。結婚と共に、あいつの人生は、一人を措《お》いてほかの誰にも興味の持てないものとなり、あいつの行く径は彗星《すいせい》の軌道のように気まぐれではなく、太陽の道筋のように規則正しいものになってしまった。

あいつが僕に語り聞かせた体験のうちで、時代順にいって最初の出来事を良く考えると、あいつの混乱した神経組織の裏側には、どこかに異常なほどの心霊的感性が隠れていたことが察せられる。二十二歳の頃――二度目に大学を停学になった後《あと》のことだと思うが――あいつの父上の財布は空《から》に、堪忍袋《かんにんぶくろ》は緒《お》が切れてしまって、気がつくと、ジムはアメリカの大都市に一文無しで往生していた。まったくの素寒貧《すかんぴん》だ！それに穴のあいていない洋服は、質屋にしっかり保管されていた。

街の公園のベンチでつらつら考えた末、ジムはこういう結論に達した――かくなるうえは、どこか日刊新聞の編集長をつかまえるしかない。僕は注意深い心と達者な筆を持っています、「貴紙のために、記者として良い仕事が」できますと説得するしかあるまい、と。あいつはその通りにした。洋服の穴を隠そうとして、編集長と窓の間に何とも不自然な角度で立ちながら。

「ためしに一週間やってもらおうか」と編集長は言った。この男は常日頃ひょんな特ダネを探していて、群れなす新人をこうやって網にかけては、一群れにつき一人ぐらいの割合で雇うのだった。ともあれ、これでジム・ショートハウスは洋服の穴を繕《つくろ》い、質屋から質草を取り返す金ができた。

それから住む家を探しに行ったが、この段になって、先に述べた彼独特の性癖が――神智学の徒なら〝業《カルマ》〟とでも呼ぶであろうものが――はっきりとあらわれて来たのである。というのも、これからお話しする悲惨な出来事は、彼がやがて選んだ家で起こったのだから。

アメリカの都会には英国風の下宿はない。収入の少ない者に選べる住居はいささか不快なもので――賄《まかな》いつき下宿屋か、食事が朝食さえも出ない貸間のどちらかである。金持ちはむろん豪邸に住んでいるが、ジムは「そういう連中」とはつきあいがなかった。彼の地平は賄いつき下宿屋と貸間とに限られていて、商売柄、食事や就寝の時間が不規則なことから、彼は後者を選んだ。

そこは裏通りにある大きな荒れ果てた様子の家で、窓は汚なく、鉄の門はキーキーと鳴ったが、部屋は広々していた。ジムが借りて家賃を前金で払ったのは、最上階の部屋だった。大家の女将《おかみ》は家と同じくらい荒れ果てて、埃《ほこり》をかぶった骨董品だった。緑の目はかすんでおり、顔立ちは大づくりだった。

「さあ」女将はゾッとするほど鼻にかかった西部訛《なま》りで言った。「部屋はこれだし、部屋代はさっき言った通りだよ。借りたければ、そうおっしゃい。あんたが借りなくたって、こっちは痛くも痒《かゆ》くもないよ」

ジムは女将を小突きまわしてやりたかったが、相手の服に積もった埃が舞うといやだったし、家賃も部屋の広さも頃合いだったので、借りることに決めた。

「この階には、ほかに誰かいますか?」とジムはたずねた。

女将は答える前に、かすんだ目で変なふうにこちらを見た。

「うちの下宿人は、今まで誰もそんなこと訊《き》かなかったよ。でも、あんたは違う人種みたいだね。あのね、この階には、もうここに五年も住んでる年寄りの紳士がいるだけですよ。その人の部屋はあすこさ」と言って、廊下の突きあたりを指さした。

「そうですか」ショートハウスは力のない声で言った。「それじゃ、こっちには僕だけですね？」

「まあ、そんなものさ」女将は鼻声でそう言うと、新しい「客人」にプイと背を向け、足元に気をつけながらソロソロと階段を下りた。

新聞の仕事のため、ショートハウスは毎晩のように外出した。週に三回は午前一時に帰り、三回は午前三時に帰った。部屋はなかなか居心地が良く、翌週の部屋代も払った。深夜に帰宅するため、今のところほかの住人とは会わなかったし、同じ階に住む「老紳士」の部屋からは、コソリとの物音も聞こえて来なかった。じつに静かな家のようだった。

ある夜──それは二週目の中頃だったが──彼は長い一日の仕事に疲れ果てて、帰って来た。ふだんは玄関に夜通し灯《とも》っているランプが燃え尽きていたので、暗い階段を手さぐりで上がらねばならなかった。そのために大分やかましい音を立てたが、誰も気にする様子はなかった。家中《いえじゅう》が静まり返り、みんな眠っているらしい。ドアの下から洩《も》れる光はなかった。あたりは真っ暗だった。もう午前二時を回っていた。昼間来たイギリスからの手紙を読み、それから本を開いて二、三分経《た》つと、眠気《ねむけ》がさして来たので、寝仕度《ねじたく》をした。シーツの間にもぐり込もうとした時、ふとやめて、聴き耳を立てた。この夜中に、どこか家の下の方で足音がしたのだ。耳を澄まして聴いていると、誰か階段を上がって来るらしい——重い足取りで、静かに歩こうという気づかいはない。足音は階段を上がって来た。どし、どし、どし——足音の主《ぬし》は大男らしく、少し急いでいるようだ。

火事か警察かという考えが、すぐにジム・ショートハウスの脳裡《あたま》をよぎったが、足音はしても人声《ひとごえ》はないので、待てよと思い直した。例の老紳士が遅く帰って来て、暗闇の中を転《ころ》びながら上がって来ただけかもしれない。ガス灯を消して寝床に入ろうとした時、家はまた静寂を取り戻した。足音が、彼の部屋の前でふっつり熄《や》んだからだった。

ショートハウスはガス灯に手をかけたまま、消すのを一瞬ためらった。足音がまた聞こえるかどうか様子を見ようとしたのだが、その時、誰かが部屋のドアをやかましく叩いたので、ハッとした。彼は奇妙な説明しがたい本能に従って、すぐさま明かりを消した。部屋の中は一面の闇となった。

ドアを開けようとして一歩踏み出すと、ほとんど同時に、壁の向こう側から声がした。声は近く、まるで耳の中で鳴っているようだったが、ドイツ語でこう叫んだ。

「父さんかい？　お入りなさい」

そう言ったのは隣の部屋の男で、ノックの音は、じつはショートハウスの部屋ではなく、空部屋《あき》だと思っていた隣室のドアを叩く音だったのだ。

廊下の男がドイツ語で「早く入れてくれ」と言うよりも早く、誰かが床を横切ってドアの錠を外した。それから、ドアがバタンと閉まり、部屋を歩きまわる足音がした。椅子をテーブルに寄せようとして、あちこちの家具にぶつける音が聞こえた。男たちは、隣近所のことなどまったく考えていないらしく、死人も目を覚ますような騒ぎだった。

「こんな安宿を借りるから、この始末だ」とジムは暗闇の中で思った。「隣の部屋を一体どんな奴に貸したんだろう」

女将の話によると、この二間《ふたま》はもとは一間《ひとま》だった。部屋代を多くとるため、間に薄い板仕切りを入れたのだ。ドアは隣り合っていて、真ん中に太い柱があるだけだから、片方のドアを開け閉《た》てすると、もう片方もガタガタ鳴った。

他人の安眠を乱すことには一向《いっこう》おかまいなく、二人のドイツ人は大声を上げて、いちどきにしゃべりだした。断固たる口調で、喧嘩《けんか》ごしのようでもあった。「父さん」「オットー」という言葉がさかんに使われた。ショートハウスはドイツ語を解したが、一、二分不本意ながら立ち聞きしていたけれども、話の内容はつかめなかった。二人とも相手の話を聞かずにしゃべりまくるので、喉《のど》から出る音や尻切れとんぼの言葉が乱雑に入り混じって、何を言っているかわからなかったのだ。やがて、両者の声はまったく唐突に熄んだ。そのあと一瞬間《ま》があり、「父さん」とおぼしき男が太い声で、はっきりと言った——

「それなら、オットー、断わるというのか？」

返事が来る前に、誰かが椅子を擦《す》り寄せる音がした。「僕が言いたいのは、どうしたら用意できるかわからないってことです。あまり大金《たいきん》なんだもの、父さん。大金すぎます。いくらかならー——」

「いくらかだと！」もう一人は腹立たしげに悪態をついて、言った。「会社がつぶれて恥をさらしたら、金がいくらか入ったって、糞《くそ》の役にも立たん。半分何とかできるものなら、全額だって用立てられるだろうが、この薄ら馬鹿め！　中途半端なことをやっても、関係者全員が破滅するんだ」

「だって、このあいだの話じゃ——」相手は強く言い返そうとしたが、しまいまで言わせてもらえなかった。口汚ない悪態が彼の言葉を掻《か》き消し、父親は怒りにふるえる声でしゃべりつづけた——

「おまえが言えば、いくらでもくれることはわかってるじゃないか。あの女と結婚して、まだ二、三カ月だ。もっともらしい口実をつくって頼めば、必要以上の金をよこすだろう。一時《いっとき》借りるだけでいいんだ。いずれ全額返す。その金で会社は持ち直すし、向こうは何も事情を知らずに済んでしまうだろう。あの金があれば、オットー、わしはこのひどい損失を埋め合わせて、一年も経たんうちに皆済《かいさい》できる。だが、あれがなければ……何としてももらって来るんだ、オットー。いいか、何としてもだ。わしが横領罪で逮捕されてもいいのか？　わしらの誉《ほま》れある家名が呪われて、人に唾《つば》されてもいいのか？」老人は怒りと絶望のあまり、言葉を詰まらせた。

ショートハウスは暗闇に立って震えながら、心ならずもこれを聞いていた。話の内容につられて、つい聞き入ってしまったが、隣の部屋に自分がいることをなぜか知られたくなかったのだ。しかし、こうなると、さすがに話を聞きすぎたので、隣の二人に、声が筒抜けになっていることを教えなければいけないと思った。そこで大きな咳《せき》払いをして、ドアの取っ手をガチャガチャ鳴らした。しかし、効果はなかった様子で、隣は依然高声《たかごえ》でしゃべりつづけ、息子は抗議し、父親はますます激昂《げっこう》した。ショートハウスはもう一度たてつづけに咳払いをし、暗闇の中でわざと仕切りにぶつかった。仕切りの薄板は彼の体重で容易に撓《たわ》み、相当な音がした。しかし、隣ではおかまいなしに話をつづけて、声がますます高くなった。さっきの音が聞こえなかったなどということがあり得ようか？

この頃になると、ジムは隣人の秘事《ひめごと》を立ち聞きすることの善《よ》し悪《あ》しよりも、自分の安眠が気になってきたので、廊下に出て、隣室のドアを強く叩いた。そのとたん、魔法の如く声は熄んだ。あたりは森《しん》と静まり返った。ドアの下に明かりは見えず、ささやき声一つしなかった。もう一度ノックしたが、返事はなかった。

「おとなりさん」ジムはやがて鍵穴に口を近づけ、ドイツ語で言った。「どうか、そんなに大きな声を立てないで下さい。隣の部屋にいても、お話がすっかり聞こえますよ。それに、もう遅いから寝たいんです」

黙って耳を澄ましたが、返事はなかった。取っ手を回してみたが、ドアには鍵がかかっていた。夜の静寂《しじま》を破る物音といえば、風が天窓の上でかすかに鳴っているのと、下の階のそこかしこで板が軋《きし》る音だけだった。明け方の冷気が廊下に忍び込んで来て、彼はブルッと身震いした。家の中の静けさが、だんだん薄気味悪いものに思われて来た。彼は背後《うしろ》やまわりを見まわした――何物かが静寂を破るのを期待し、かつ恐れながら。隣の声はまだ耳の中に鳴り響いているようだったが、ドアをノックした瞬間に訪れた突然の沈黙は、声よりもずっと不愉快に感じられて、色々と妙な考えが頭に浮かんだ――認めたくない、嫌な考えが。

彼は戸口から忍び足で立ち去り、手摺《てすり》ごしに階段の下を覗《のぞ》き込んだ。そこはさながら深い穴蔵《あなぐら》のようで、暗がりにどんな悪性《あくしょう》のものが潜んでいるやもしれなかった。気のせいか、下の方を、ぼんやりした影がウロついているようだ。あれは誰かが階段に坐り込み、凶々《まがまが》しい目でこちらを斜めに見上げているのだろうか？　あれは暗い玄関と寂しい踊り場で、誰かがささやきながら、足を引きずって歩く音だろうか？　夜の模糊《もこ》としたつぶやき以上の何かだろうか？

風は吹きつのり、天窓の上で歌っていた。背後のドアがガタガタと鳴って、彼を驚かせた。ふり返って、自分の部屋へ戻ろうとすると、隙間風《すきまかぜ》が目の前でドアをゆっくりと閉めた――まるで誰かが向こう側から押しているかのように。ドアを押し開けて中に入ると、おびただしい影法師《かげぼうし》が部屋の隅や隠れ場所からサッととび出し、無言でまたもとの場所に引っ込むようだった。だが、隣室の物音はすっかり熄み、ショートハウスはベッドにもぐり込んで、この家も間借り人も、起きていようと寝ていようと、勝手にするがいいとばかりに、夢と沈黙の世界へ歩み入った。

翌日、陽の光がもたらす常識に気を強くした彼は、女将に苦情を言って、夜更けに大声を立てないよう注意してもらおうと思った。しかし、女将はたまたま姿を見せず、夜中に仕事から帰って来た時では、もう遅すぎた。

部屋へ戻る時、ドアの下の隙間を見たが、明かりは点《つ》いていなかったから、ドイツ人たちはいないのだと思った。いなくて良い塩梅《あんばい》だ。一時頃寝《しん》に就《つ》いたが、あの連中がもしも上がって来て、やかましい音で起こしたら、女将を叩き起こそうと腹を決めていた。あの一言一言が金属の鞭《むち》で打つような、鼻にかかった横柄な声で、あいつらをとっちめてもらおう。そうしない限り、眠るものか。

しかし、そういう強硬手段に訴える必要はなかった。ショートハウスは一晩中ぐっすりと眠って、彼の夢は——それは主に、遠い故国の父親の農園にある畑や羊の夢だったが——破られずに、空想の道を辿《たど》ることができたのである。

しかしながら、その二日後、彼は厄介な仕事にくたびれ果て、おまけに未曽有《みぞう》の大嵐に吹きまわされて、濡れ鼠《ねずみ》となって戻って来た。その晩の夢は――畑と羊の夢は――安らかに見られない運命にあった。

濡れた服を脱いで、暖かい毛布の下にもぐり込むと、何とも良い気持ちになった。そのまどろもうとしかかった時、夢うつつの彼の意識は、漠然とある物音に悩まされた。その音は、どこか家の下の方からぼんやりと聞こえて来て、突風と豪雨の合間に耳へとどき、不安と嫌な感じを与えた。音はある種の規則性をもって夜の空気に乗り、吠え猛《たけ》る風に掻き消されては、嵐のさなかにふと訪れる深い静寂の中に、ふたたび遠く聞こえて来るのだった。

数分間、ジムの夢は一色に塗りつぶされた――どこからか恐怖がひそかに忍び寄って来るような印象に染められたのだった。彼の意識は初めのうち、さまよっていた夢の世界から引き戻されるのを拒んで、なかなか目が覚めなかった。しかし、夢の性格が不愉快なものに変わって来た。羊たちは、近づいて来る敵に怯《おび》えたように、突然走って身を寄せ合った。波打つ麦畑はざわめいて、みっしりと生えた茎の間を何か怪物が不器用に動きまわっているようだった。空は暗くなり、夢の中では、おそろしい響きが雲のどこかから聞こえて来た。実際には、階下の音がいっそうはっきりと聞こえて来たのだった。

ショートハウスは苦しげに呻《うめ》き、寝床の中でモゾモゾと動いた。次の瞬間に目が覚めて、背中をまっすぐに起こし――耳を澄ましていた。あれは悪夢だったんだろうか？　自分は悪い夢のせいで肌に粟《あわ》が立ち、髪の毛が逆立っているんだろうか？

部屋は暗く静かだったが、外には風が陰気な唸《うな》り声をあげて、ガタガタ鳴る窓に雨を幾度となく叩きつけていた。彼はふと思った――風がすべて西風のように、日が暮れるとおさまったら、どんなにか良いだろうな！　風は夜になると、怒った声のようなおそろしい音を立てる。昼間は全然違う音なのに。もし――

あの音は何だ！　やはり夢ではなかった。音は刻々と大きくなり、その原因であるものが階段を上がって来る。あれは一体何だろうとぼんやり考えていたが、音はまだハッキリしないので、結論は出せなかった。

二時を告げる教会の鐘の音《ね》が風音《かざおと》にまじって聞こえた。三日前の晩、ドイツ人たちが騒ぎはじめたのは、ちょうど今頃の時刻だ。連中がまた騒ぎだしたら、今度はもう我慢していないぞ、とショートハウスは心に決めた。しかし、寝床を出るのが億劫《おっくう》な

 こともたしかだった。背中の下に敷いた服がじつに温かくて、良い気持ちだった。音は相変わらずひしひしと近づいて来たが、今は嵐の喧騒からはっきりと聞き分けられて、一人か二人の足音であることがわかった。

「ドイツ人どもだ、畜生！」とジムは思った。「それにしても、おれは一体どうしたんだろう？　こんな変な気分になったことは一度もないぞ」

彼は全身が震え、まるで凍てつく空気の中にいる《い》ような気がした。神経は落ち着いていたし、肉体的な勇気が萎《な》えるのは感じなかったが、妙に気分が悪くて、手足が震えた。いたって元気な人間が何か恐ろしい死病にとりつかれた時、体験するような感覚だった。足音が近づいて来るにつれて、この嫌な感じは強まった。不思議な倦怠《けだる》さ、一種の疲労感が全身を覆い、それと共に手足の先がだんだんしびれ、頭が朦朧《もうろう》として来た。まるで意識が脳の中のふだんの居場所を離れ、べつの次元で活動しようとしているかのようだった。だが、妙なことに、肉体から活力が失われてゆくに従い、五感は冴《さ》えて来るようだった。

一方、足音はすでに階段を上がりきった。ショートハウスはベッドに身を起こしたまま聞いていたが、重い物が彼の部屋のドアと廊下の壁をこすって通り過ぎ、そのあとすぐ、誰かが拳《こぶし》で隣室のドアをドンドンと叩いた。

するると、今までは何の音もしなかった隣の部屋で、椅子をうしろへ引く音が、薄い仕切りの向こうから聞こえて来た。男がツカツカと床を横切り、ドアを開けた。

「ああ、あなたですか」と息子の声がした。してみると、この男は今までずっと音も立てず椅子に坐って、父親を待っていたのだろうか？　そう考えると、ショートハウスは良い心持ちがしなかった。

父親は息子の気のない挨拶にこたえず、ドアがすぐに閉まった。それから鞄か包みが木のテーブルに投げ出されて、少し滑《すべ》ってから止まるような音がした。

「それは何です？」息子が不安の滲《にじ》む声で、言った。

「行く前に教えてやる」相手は突《つ》っ慳貪《けんどん》にこたえた。実際、その声は突っ慳貪という以上に、抑えきれぬ激情をあらわしていた。

ショートハウスは、二人のやりとりがそれ以上進むのを止めたかったが、なぜかしら意志が挫《くじ》け、寝床を出られなかった。会話はつづき、二人の声の調子も嵐の音にまぎれないで、はっきりと聞き取れた。

父親は低い声で語りつづけた。初めのうちは少し聞き取れなかったが、終わりはこうだった――「……だが、連中はみんな行っちまったから、なんとかここへ来た。何しに来たか、わかってるだろうな」その声には、明らかに脅迫の響きがあった。

「ええ」と相手はこたえた。「待っていたんです」

「それで金は？」父親はもどかしげに言った。

返事はない。

「時間は三日もあっただろう。わしは今までなんとかこらえて、最悪の事態を喰い止めたが――明日になったらおしまいだぞ」

返事はない。

「何とか言え、オットー！　わしのためにいくら用意してくれた？　おい、息子よ。頼むから言ってくれ」

一瞬の沈黙があり、老人の震える声が部屋中に谺《こだま》するようだった。それから、低い声で返事がかえって来た――

「お金は全然ありません」

「オットー！」相手は激昂して叫んだ。「全然ないだと！」

「僕には用立てられません」ささやくような声で、息子は言った。

「嘘だ！」相手は半ば押し殺した声で言った。「嘘に決まってる。金をよこせ」

椅子が床をこする音が聞こえた。男たちはテーブルごしに向かい合っていたらしいが、一人が立ち上がったのだ。例の鞄か包みをテーブルの上で引っ張る音が聞こえて、それから、一人が戸口へ向かって歩いて行くような足音がした。

「父さん、その中に何が入ってるんです？　教えてください」オットーは決然たる意志を初めてあらわにして、言った。それから、息子は問題の包みを取ろうとし、父親は渡すまいと頑張ったらしい。包みは二人の間の床に落ちた。床にぶつかると、妙なガラガラという音がした。とたんにドシンバタンと大騒ぎがはじまった。鞄を奪おうと取っ組み合いをしているのだ。老人は悪態をつき、呪詛《のろい》の言葉を口走った。もう一方はゼイゼイと喘《あえ》いで、いかにも力をこめているようだった。取っ組み合いはすぐに終わり、若い方が勝ったらしい。すぐに、憤激《ふんげき》の叫びが聞こえた。

「こんなことだろうと思った。彼女の宝石じゃないか！　悪党め、こいつは渡さないぞ。犯罪じゃないか」

父親は喉の奥から短い笑い声を発したが、ジムはそれを聞いて血が凍り、身の毛がよだった。どちらもしゃべらず、張りつめた沈黙がものの十秒間も続いた。やがて、ドサッという音がして空気が震え、そのあとすぐ呻き声がして、重い身体がテーブルに倒れかかったと思うと、テーブルから床へよろめいて倒れ、部屋の仕切りにどうとぶつかった。一瞬、ベッドが衝撃で震えたが、不浄な魔力は彼の魂から離れ、ジム・ショートハウスはベッドからとび出して、床を一《ひと》っ跳《と》びに横切った。凄惨な殺人が行われたのだ——父親が息子を殺したのだ。

震える指で、だが決然たる心でガス灯を点けると、今まで聞いていたことを裏づける最初の証拠が目に入った。それは、仕切り壁の下の方が不自然に張り出している奇怪な光景だった。その部分を覆っていたけばけばしい壁紙が押し破られ、薄板がこちらへ突き出しているのだ。その向こうにどんなおぞましい物があるかを考えると、ぞっとした。

これらすべてを、ショートハウスは一秒足らずのうちに見て取った。男が壁にぶつかってから、隣の部屋からは呻き声も足音も、まったく聞こえて来なかった。聞こえるのはただ風の唸り声ばかりで、そこには勝ち誇る恐怖の響きが混ざっているようだった。

ショートハウスは部屋を出て、家中の者を起こし、警察を呼ぼうと思った——実際、彼はドアの取っ手に手をかけていたのである。だが、その時、部屋の中の何かが注意を引いた。何か動くものが目の隅《すみ》にチラと見えたような気がした。その方へ目を向けると、果たして見間違いではなかった。

何かがゆっくりと床を這《は》って、こちらへ向かって来る。黒い蛇のような形をしたもので、仕切り壁が出っ張《ば》った場所から発していた。この上ない嫌悪感をおぼえながらも、かがみ込んでよく見ると、そいつは壁の向こう側からこちらへ動いて来るのだった。彼の目は釘付けになり、一瞬、身動きもできなかった。その何かは音もなく、ゆっくりと、平《ひら》べったい蚯蚓《みみず》のように、こちらの部屋へ這い進んで来た。彼は恐怖にかられて見ていたが、やがて耐えられなくなり、腕を伸ばしてそれに触ってみた。その瞬間、小さな悲鳴を洩らして手を引っ込めた。そいつは蛞蝓《なめくじ》のようにヌルヌルして――温かかった！　指が生々しい真っ赤な色に染まっていた。

次の瞬間、ショートハウスは廊下に出て、隣室のドアの取っ手を握った。ドアには鍵がかかっていた。満身の力をこめて体当たりすると、錠は外《はず》れ、真っ暗な薄《うす》ら寒い部屋の中に転がり込んだ。彼はすぐに立ち上がって、暗闇に目を凝《こ》らした。音はせず、動くものもなかった。人のいる気配もない。部屋は空っぽ――惨めなほど空っぽだった！

向こうに窓の輪郭《りんかく》がうっすらと見え、外には雨が滝のように流れて、街の明かりがぼんやりと遠くに滲《にじ》んでいた。しかし、部屋は呆《あき》れるほど空っぽで、静かだった。彼はそこに氷のように冷たくなって立ち尽くし、凝視し、震え、耳を澄ましていた。と、突然背後に足音がして、部屋の中にサッと明かりが射した。彼は悪漢の一撃を防ごうとするように腕をかざして、素早くふり向いたが、目の前に立っていたのは大家の女将だったので、拍子抜けした。

時刻は明け方の三時に近く、ショートハウスは裸足で、縞《しま》のパジャマを着て立っていた。慈悲深い明かりに照らし出された小部屋はまったくのがらんどうで、絨毯《じゅうたん》もなければ家具一つなく、窓の日避《ひよ》けも付いていなかった。彼は突っ立って、不愉快な女将をじっと見つめていた。女将も目をまじまじと見開き、無言で立っていた。黒い部屋着を着て、頭はほとんど禿《は》げ、顔は白墨のように白く、パチパチいう蠟燭の上に骨張った手をかざし、緑の眼をしばたたきながら、蠟燭の明かりごしにこちらを見ていた。まったく醜悪な姿だった。

「大丈夫かい？」と、女将はしまいに言った。「音が聞こえたんでね。眠れなかったらしいね。それとも、ちょっとウロツキまわっていただけなのかい――そうなのかい？」

空っぽの部屋、今し方の悲劇がまったく跡もとどめていないこと、静寂と、この時刻と、縞のパジャマで裸足の格好——こうしたことが一緒くたになって、彼は言葉もなく、ぽかんと相手を見るばかりだった。

「大丈夫かい？」と割れ鐘を叩くような声が響いた。

「女将さん」彼はやがて大声で言った。「おそろしいことがあったんです——」そこまで言いかけたが、気を取り直して、現実に戻ろうとした。

「ああ、そりゃあ何でもありゃしないよ」女将は依然こちらを見ながら、おもむろに言った。「あんたも、他の連中と同じものを見たり聞いたりしたんだろう。この階には人が居つかなくてね。みんな、遅かれ早かれ気づいちまうのさ——敏感な性《たち》の人はね。でも、あんたはイギリス人だから、気にしないかと思ったんだ。実際はなにも起こらないのさ。気の迷いみたいなものだよ」

ショートハウスは頭に血が上った。この女を蠟燭もろとも、手摺の向こうに突き落としてやろうかと思った。

「ごらんなさい」彼は滲《し》み出した血に触った指を、女将のショボショボした目の前に突き出した。「ごらんなさい、あなた。これが気の迷いですか？」

女将は彼の言うことが呑み込めないように、じっと指を見ていたが、しまいに言った。

「そう思うけど」

その視線を追って指先を見ると、驚いたことに、指はふだん通り真っ白で、十分前についていたおそろしい染みはなかった。血の跡は微塵《みじん》もない。目をいくら凝《こ》らして見ても、無駄だった。おれは気が違ってしまったんだろうか？　おれの目と耳は、そんな悪戯《いたずら》をしたんだろうか？　おれの五感は嘘つきの天邪鬼《あまのじゃく》になってしまったんだろうか？

何てことだ！……彼は女将のわきを通り抜けて廊下へとび出し、急いで自分の部屋へ戻った。古い絨毯の上を這って来たものも消えていた。仕切りはもう出っ張ってはいない。壁紙も破れていない。色褪《あ》せた

「もう終わったのさ」背後からキンキン声がした。「あたしゃ、もう寝るよ」

ふり返ると、女将はゆっくり階段を下りて行くところだった。蠟燭に手をかざして、下りながら、時折こちらを見やった。黒くて醜い害毒のかたまりめ、と思って見ているうちに、女将の姿は下の暗闇に消えて行き、蠟燭の最後のゆらめきが、壁と天井に奇怪な形の影を投げかけた。

ショートハウスは一瞬も躊躇《ためら》わず、洋服を着て家から出た。あの恐ろしい最上階にいるよりは嵐の方がまだましなので、夜明けまで街路《とおり》を歩いた。夕方になると、女将に明日出て行くと告げたが、この先はもう何も起こらないと女将は保証するのだった。「あれはけっして戻って来ないんだよ――つまりね、あの男が殺されたらおしまいなんだ」

ショートハウスは絶句した。

「家賃のわりには、結構な部屋を貸してくれましたね」と彼は唸った。

「べつに、あたしがやってるわけじゃない」と女将は言った。「あたしゃ霊媒じゃないからね。運不運なのさ。ぐっすり眠って、なんにも聞かない人もいる。かと思えば、あんたみたいにしまいまで聞く人もいるんだ」

「あの老紳士ってのは何者なんです――その人にも聞こえるんですか?」とジムはたずねた。

「老紳士なんか、いないよ」女将は平然とこたえた。「あれはね、もし何か聞こえた時に心強いだろうと思って、ああ言ったのさ。この階には、あんた一人きりなんだよ」

「ねえ、ちょいと」女将はしばしの沈黙ののちに言ったが、その間、ショートハウスは人前では言えないような罵詈雑言《ばりぞうごん》しか思いつかなかった。

「ちょいと聞きたいんだけどさ、あの見世物がつづいてる間、寒かったかい？　つまりね——くたびれて、力が抜けて、このまま死んじまいそうな気がしたかい？」

「そんなこと、言えるもんか！」彼は乱暴にこたえた。「僕が感じたことは神様だけが御存知だ」

「でも、神様は教えてくれないからね。あたしゃア、どんな気分だったのかしら、と思って聞いてみただけなんだ。なぜって、最後にあの部屋を借りた人は、ある朝ベッドで——」

「ベッドで？」

「死んでたんだよ。あなたの前に借りた人さ。まあ、そんなに興奮することはないよ。あんたは無事だったんだから。それに、あれは実際にあったことなんだそうだよ。この家は、二十五年ばかり前は個人の住宅で、シュタインハルトっていうドイツ人の家族が住んでたんだ。ウォール街で大きな商売をして、ずいぶん羽振りが良かったんだよ」

「ああ！」

「まったく、いいとこまで登りつめたんだけども、ある日みんなおじゃんになって、爺さんは一切合切《いっさいがっさい》持って夜逃げしたんだ――」

「夜逃げ？」

「そう。有金《ありがね》持ってトンズラしたのさ。息子は家で死んでいた。自殺だろうってことだったけど、自分の身体をあんなふうに刺して、あんな姿勢《かっこう》で倒れるはずはないっていう人もいた。殺されたんだって、みんな噂をした。父親は牢屋で死んだ。警察じゃ殺人の罪を被《き》せようとしたが、動機もないし、証拠もなかった。くわしいことはもう忘れちまったけどね」

「なるほど」とショートハウスは言った。

「ちょっと階上《うえ》に来てくれれば」と女将は言った。「面白いものを見してあげるよ。あたしは足音や声を何度も聞いたけど、気色の悪《わり》いもんだよ。犬が吠える方がマシさね。新聞を見れば、顛末《てんまつ》がすっかり書いてあるよ――ここで起きることじゃなくて、ドイツ人の一家の話がさ。ここの話を書かれた日にゃア、うちは破産だ。あたしゃ損害賠償を訴えるよ」

二人は寝室に上がった。女将は部屋へ入って、絨毯の端をめくった。前の晩、血が滲んでいるのをショートハウスが見たところだった。

「見たければ、そこを見てごらん」と老婆は言った。かがんで見ると、床板に黒ずんだ染みがあり、彼が見た血だまりと形や位置がぴったり符合していた。

彼はその夜ホテルに泊まり、翌日新しい宿を探した。会社の資料を長いこと調べた揚句、二十年前の新聞に、シュタインハルト商会の破綻に関する詳細な記事を見つけた。内容はおおむね女将の言った通りで、代表社員は逃亡後逮捕され、息子のオットーは自殺したか、殺害されたということだった。女将の貸間は、もとはかれらの私宅であった。

スミス——下宿屋の出来事

「医学生だった頃、私は——」博士は暖炉の明かりの中で丸く輪になった聴き手に顔を向けながら、語りはじめた。「変わった人間に一人二人出会ったけれども、一人、とくに忘れ難い男がいる。その男は私に、あとにも先にもないくらい鮮烈な、そして不愉快な感情を抱かせたからなんだ。

スミスのことは、何カ月も名前だけ知っていた——上の階の住人として、だ。その名前は、私には何の意味も持たなかった。それに私は講義や読書や臨床講義などで忙しかったから、同宿の人間と近づきになるために、わざわざ何かする余裕などはなかった。ところが、ひょんな偶然から知り合いになって、このスミスという男は、のっけから私に深い印象を焼きつけたんだ。この第一印象の強さは、あの時はまったく不可解なものに感じられたけれども、知識を積んだ今となってふり返ると、こういうことだったんじゃないかと思う。あの男は私の好奇心を異常に刺激すると同時に、恐怖感を——医学生の抱き得る恐怖感が、どの程度のものであれ——目覚めさせた。

〝私〟という神経組織に於いて可能なギリギリの極限まで、この二つの感情を深く、消し難く掻《か》き立てたんだ。

私が言語学に関心を持っていることを、あの男がどうして知ったのかは説明できない。ともかく、あいつはある晩、何の予告もなしに私の部屋へそっと入って来た。そして、ヘブライ語の発音を知りたいのだが、君はわかるか、と藪《やぶ》から棒に訊《き》くんだ。その方面のことはもとより嫌いじゃないから、私は得意になって彼に教えてやった。しかし、あいつが礼を言って帰って行ったあとで、異様な人物だったことに初めて気づいたんだ。私があいつのどんな点を驚くべき個性と感じたのかははっきりと言えないが、ともかく、あいつは常人ではない――あの男の精神は、通常の人間関係や利害とはかけ離れた方向に進んで行って、不思議な世界に踏み込んでいる。だから、あの男と一緒にいると、何かこの世とは遠い、雲の上を歩くような、冷たいものを感ずるのだと確信した。

あいつがいなくなったとたん、私は二つのことに気づいた。この男と、この男が関心を持っているものについて、もっと知りたいという強烈な好奇心が芽生えたこと――そしてもう一つは、肌に粟《あわ》が立ち、髪の毛が逆立って来たという事実だ」

博士はここで一休みして、パイプをしきりにふかしたが、パイプの火は消えていて、マッチを使わねばならなかった。一座はしんと静まり、聴き手は話に興味をそそられている様子だったが、沈黙の中で誰かが火を搔き立て、焔が少し上がった。一人か二人、肩ごしに大きな広間の暗い片隅をチラと見やった。

「思い出せば、目に浮かんで来るのは」博士は火床に束の間燃え上がった焔を見ながら、話をつづけた。「背が低くて、がっちりした身体つきの男だ。年の頃は四十五くらいで、いやに肩が張っているが、手は小さく、ほっそりしていた。それはいかにも際立《きわだ》った対照をなしていて、こんな巨人のような骨格とこんなに細い指の骨が同一人のものだなんて、稀有《けう》なことだと思ったのを憶えている。頭も大きくて非常に長く、まごうかたなき観念論者の頭だったが、顎《あご》と顎の先は異常にがっしりと発達していた。これも大分矛盾しているようだが、私はあれから観相術の経験を積んだので、今ではその意味を十分に理解できる。あの骨相はもちろん、熱烈な観念主義が意志と判断力――ふつう、夢想家や幻視者には欠けている要素――によって、バランスをとり、抑制されていることをあらわしていたのだ。

ともかく、あの男は、幅広い可能性を持っていそうな存在、振幅がたぶん異常に大きい振子《ふりこ》を持つ機械だった。

あの男の髪の毛はじつに立派で、鼻から口にかけての輪郭は、繊細な鋼鉄の鑿《のみ》で蠟を彫ったようだった。目のことは最後に言おうと思っていたんだが、その目は大きくて変わりやすく、瞳の色だけでなしに、表情や大きさ、形まで変わるのだった。時によると別人の目のようになり――私の言う意味をわかってもらえるだろうか――また、青や緑や、何とも言われぬ一種の暗灰色に変化する瞳には、ある不吉な光があって、どうかすると顔全体に剣呑《けんのん》な相が浮かぶのだった。それに、私は人間の目があれほど光るのを見たことがない。

さて、少々説明が長かったかもしれないが、あの冬の晩、エディンバラのむさ苦しい下宿で初めて会ったスミスは、そんな男だった。むろん、彼の真実の部分については触れていない。それは言葉に表わし難いし、容易に近づけないものだからだ。あいつが人を警戒させる冷淡な空気を漂わせていたことは、すでに話した。一緒にいると、常に私の心に伝わって来た小さなショックを、これ以上分析することは不可能だが、ともかく、あいつが現われたとたん、私は警戒し、全神経を尖《とが》らせて、身構えた。あいつにはそういうものがあったのだ。といっても、あいつがわざと危険を感じさせたのではなく、むしろ、あの男の行く先々に集まって来る諸々《もろもろ》の力が、私の神経の芯《しん》に自動的に警告を与えたのだ。

あれ以来、私は色々な経験をしたし、不可解な出来事もたくさん見て来た。しかし、邪悪なものと馴れ親しんでいるような不快な印象を与え、一緒にいると〝背筋が寒く〟なってくる人間には、今まで一度しかお目にかかったことがない。その好もしからぬ人間がスミス氏だった。

彼が日中何をしているのかは、ついぞ知れなかった。夕暮れまで眠っていたんだと思う。あの男に昼間、階段で行き会ったり、部屋の中で何かする物音を聞いた者はいなかった。あいつは影の生き物であって、光より闇の方が好きらしかった。大家の女将さんも何も知らなかった。知っていて言わなかったのかもしれない。ともかく、この下宿人に何も不平不満はないようだったが、一体あの男はどんな魔法を使って、平凡な下宿屋の平凡な女将を、口のかたい人間に変えてしまったのだろう。このこと一つとっても、ある種の天才を示しているではないか。

『あの人はうちへ来て何年にもなります――あなたよりか、ずっと前に来たんですよ。それに、あたしゃア部屋代を払ってくださる限り、他人《ひと》のことに干渉したり、よけいなことを聞いたりしないんです』あの男について女将から聞いたのはこれだけで、まったく何もわからないし、それ以上問いたずねる気にもならなかった。

しかしながら、試験はあるし、そうでなくても医学生の生活はせわしないので、私は一時《いっとき》スミスのことを完全に忘れていた。あれ以来ずっと部屋には来ないし、招かれざる訪問のお返しに、こちらから訪ねて行く気にもならなかった。

だが、そのうち、私に細々と仕送りをしてくれる人の事情が変わって、私は一階をあきらめ、安い屋根裏部屋へ移ることになった。そこはスミスの部屋の真上で、彼の部屋の前を通らねば行けなかった。

その頃、私は出産の臨床研修のため、夜中にたびたび呼び出された。四年生は、一時期、必ずこの研修を受けなければいけないのだ。ある時、そうして出かけて行って、午前二時頃に戻って来たが、スミスの部屋の前を通ると人声が聞こえたので、驚いた。それに、お香《こう》の匂いに似ていなくもない奇妙な甘い香りが、廊下に洩《も》れていたのだ。

こんな夜更けに何をしているんだろうと思いながら、私はそっと階上《うえ》へ上がった。私の知る限り、スミスの部屋に客が来たためしはなかった。私は一瞬、ドアの外で、階段に片足をかけたまま立ちどまった。あの風変わりな男への関心が甦《よみがえ》り、好奇心がつのって何かをしたくなった。夜と暗闇を愛するこの男の習慣について、やっと何かわかるかもしれないのだ。

話し声ははっきりと聞こえたが、スミスがもっぱらしゃべっていて、もう一人は、彼の声の滔々《とうとう》たる流れに、時折ポツリポツリと口を挟むだけだった。声は高く明瞭だったが、一言《ひとこと》も聞き取れなかった――少なくとも、私に理解できる単語は。あとになって気がついたが、スミスはあの時、外国語でしゃべっていたに違いない。

足音も声と同じくらいはっきり聞こえた。二人の人間が部屋の中を動きまわって、ドアの前を行ったり来たりしている。一人は身の軽い、すばしっこい人間で、もう一人は重く、身動きがぎこちない。スミスは床を行ったり来たりしながら、奇妙な一本調子の声を時には高め、時にはひそめて、たえまなくしゃべり続けている。もう一人も動いているが、スミスとは違って動きが不規則だった。素早く歩いて蹴つまずいたり、急に身動きして、壁や家具にどしんと突きあたったりするのが聞こえた。

私は耳を澄ましてスミスの声を聞いているうち、だんだん心配になって来た。その声には、彼が進退窮《きわ》まっていることを直感させる何かがあり、ドアを叩いて『大丈夫か』と訊きたい気持ちが、ほんのかすかにだが、湧き起こった。

しかし、その気持ちが行動となるよりも早く――それどころか、頭でそれをしかるべく吟味するよりもずっと早く、どこか私のすぐそばで声がした。一種のささやき声だったが、間違いなくスミスがしゃべっていて、しかも、ドアごしに聞こえて来るのではないようだった。まるで彼がすぐそばに立っているかのように、耳元で聞こえた。私は驚きのあまり階段を踏み外して、大きな音を立てそうになり、あわてて手摺につかみかかった。

『僕の助けになるようなことは、君には何もできない』その声はハッキリと言った。『君は自分の部屋にいた方が安全だ』

私は暗い階段を一目散《いちもくさん》に最上階まで駆け上がると、震える手で蠟燭を点け、ドアにかんぬきを差した。思い出すと今でも恥ずかしいが、事実はその通りだったのだから、仕方がない。

この何とも奇妙な真夜中の体験は、それ自体は些細《ちいさ》なことにすぎなかったが、スミスに対する私の好奇心を焚《た》きつけた。それに私はこの一件のせいで、あの男を恐怖や疑惑と結びつけて考えるようになった。彼と顔を合わせることはなかったが、あの陰気な下宿屋の上の階にいると、しばしば彼の存在を意識して、嫌な気分になった。スミスの謎めいた生活と怪しげな研究は、私の無知と安逸《あんいつ》を掻き乱すような考えを目覚めさせた。前にも言った通り、あいつには一度も会わなかったし、何の連絡を交わしたわけでもない。それなのに、彼の精神《こころ》は私の精神と接しているような気がして、彼の発する不思議な力が私に浸透し、平安を乱すのだった。日が暮れると、あの下宿の上の階は私にとって幽霊屋敷と化し、表面上、私たちの生活に接点はなかったが、私は彼が熱中している研究の一部に否応《いやおう》なく巻き込まれた。彼が私の意に反して、何か到底理解できぬやり方で、私を利用しているのを感じた。

それに、当時の私は、疑いを知らぬ極端な唯物主義に染まっていた。これは医学生にありがちなことで、かれらは人体の解剖学的構造や神経組織について、いっぱしのことを習いおぼえると、自分は宇宙を支配し、生死《しょうじ》の鍵をピンセットに握っているという結論にすぐとびつくのである。私は『何でも知っており』、物質を超越した何かを信ずることは、愚昧《ぐまい》な、良くても未熟な精神の迷いだと思っていた。むろん、こうした精神状態は、下の階から発散して、私を徐々に虜《とりこ》にしつつあった不安をいっそう強めたのだ。

そのあとに起こった出来事について、私は逐一《ちくいち》何かに書きとめたわけではないが、印象があまりに強かったから、忘れようにも忘れられない。スミスとの冒険の次の段階は難なく思い出すことができる。というのも、それは急速に冒険となりつつあったんだ」

博士は一息入れて、うしろのテーブルにパイプを置いてから、話をつづけた。暖炉の火は弱まっていたが、掻き立てようとする者はなかった。大広間の沈黙は深く、語り手のパイプがテーブルに触れると、その音が遠くの暗い隅に谺《こだま》した。

「ある晩本を読んでいると、部屋のドアが開いて、スミスが入って来た。礼儀作法も何もなかった。時刻は十時過ぎで、私は疲れていたけれども、あの男があらわれたとたんに活力が充満した。おざなりの挨拶をしようとしたが、彼はすぐにそれをさえぎって、ヘブライ語についてたずねた。いくつかの言葉に声音符をつけて、それから発音してみてくれ、というのだ。その通りにしてやると、今度はいきなり、ユダヤの律法学に関する稀覯本《きこうぼん》の名前を言って、君はこの本を幸運にも持っていないか、と訊いた。

私が持っていることを一体どうして知ったのか、不思議でならなかったが、それよりもっと驚いたことには、彼はこちらが『うん』と返事もしないうちに、つかつかと部屋を横切り、書棚から問題の本を抜き取ったのだ。明らかに、それが置いてある場所を正確に知っていた。私は好奇心をとんでもなく掻き立てられて、彼に質問を浴びせた。相手への敬意から、気をつかって遠回しにたずねたのだが、答は一つしかあり得なかった。彼は非凡な顔立ちに万事わかっているという表情を浮かべ、本のページから視線を上げて私を見ると、かすかにうなずいて、おごそかに言った。

『そいつは、たしかに、もっともな質問だな』――彼から引き出すことのできた答はこれだけだった。

この時、彼は私の部屋に十分か十五分くらいいただろう。それからすぐに私の律法学の本を持って、自分の部屋へ下りて行った。扉を閉め、かんぬきを差す音が聞こえた。ところが、そのあとすぐ――私は本をふたたび読みはじめるひまもなければ、彼の訪問がもたらした驚愕も冷《さ》めなかった――ドアの開く音がして、スミスがふたたび私の椅子のわきに立った。二度も邪魔をすることの言い訳《わけ》もせずに、読書灯の高さまで首をかがめて、焔の向こうから、まっすぐ私の目を覗き込んだ。

『ちょっときくが』と彼はささやいた。『夜中にうるさいことはないだろうね？』

『えっ？』私は口ごもった。『夜中にうるさい？　いや、御心配かたじけないが、僕の知る限り、そんなことはないよ――』

『よかった』彼は重々しくこたえたが、私が驚き慌《あわ》てたのには気づかない様子だった。

『だが、いいかい。もしそんなことがあったら、すぐに教えてくれたまえよ』

彼はそう言って階段を下り、部屋へ戻った。

私は数分間坐ったまま、彼の奇妙な振舞いについて思いめぐらしていた。あの男は狂ってはいない、と私は考えた。しかし、孤独な生活を送っているために、何か無害な妄想がだんだんと心に広がって来ている。そして彼が読む書物から判断すると、その妄想は中世の魔術か、古代ユダヤの神秘主義説に関係があるらしい。私に発音してくれと頼んだ言葉は、たぶん〝力の言葉〟だろう。強い意志を持ってその言葉を発すると、物理的な結果を生じたり、自らの心の内奥《ないおう》に震動を起こして、それが帷《とばり》を部分的に引き上げる効果をもたらす、とされている。

私は腰かけたまま、あの男のこと――彼の暮らしぶりや、その危険な実験が長い間にどんな結果をもたらすかというようなことを考えていた。そして失望感に襲《おそ》われたのを、今でもはっきり憶えている。自分はこれであの男の精神異常にレッテルを貼《は》ってしまった――従って、もう好奇心をそそられることはないだろう、と思って。

しばらくの間、私は独り坐って、こうした考えに耽っていた——十分間だったかもしれないし、三十分間だったかもしれない——そのうち、ふと夢想から醒めたのは、誰かがまた部屋に入って来て、私の椅子の傍らに立っているのを知ったからである。スミスが例の素早い不可解なやり方で戻って来たのかと思ったが、そんなはずはない、と悟った。ドアは私の真向かいにあり、あれから一度も開いていないからだ。

それでも、誰かが部屋の中にいた。用心深くソロリソロリと動きまわって、私を監視し、私に触れんばかりだった。そいつが部屋にいることは自分がいるのと同じくらいたしかで、あの時は特に恐ろしくもなかったと思うが、一種の衰弱感に襲われ、何も行動を起こしたくないという奇妙なけだるさを感じた。それはおそらく、真の恐怖がもたらす恐ろしい麻痺状態の始まりなのである。私は可能ならどこかに隠れたかった。部屋の隅か扉の蔭か、どこでも良いから、監視され観察されないように、身を縮《ちぢ》めてもぐり込みたかった。

だが、私は意志力をふり絞って不安に克《か》ち、椅子からサッと立ち上がって、読書灯を高くかざした。光がサーチライトのように部屋の隅々を照らし出した。

部屋には誰もいなかった！　少なくとも目で見る限りは誰もいなかったが、私の神経はそうではないと告げていた——ことに、ある一つの感覚ではなく、五感のすべてが複合してつくり上げる感覚作用にとっては、私のすぐわきに、ある人格が立っていたのだった。

〝人格〟と言うのは、ほかに適当な言葉を思いつかないからだ。たとえ、あれが人間だったとしても、私はそうではないという圧倒的な確信を持っていた。その正体も性質も私にはまったく未知な、何らかの生命形態だと確信していた。そいつは途方もない力を感じさせて、あの時のおそろしさは今でもありありと憶えている。私は何か目に見えない存在のそばにいる。その存在は、私が蠅をつぶすのと同じくらい容易に私をひねりつぶすことができ、自分は見られずに、私の一挙手一投足を見ている——そう悟った時の恐怖は如何《いか》ばかりだったろう。

しかも、この〝存在〟は、何かはっきりした目的があって、ここにいるのだということが確かにわかっていた。その目的なるものが私の幸福、いや、私の生命《いのち》すら左右することも確かだった。というのも、まるで身体から活力がどんどん流れ出て行くかのように、疲労感が増して行ったのだ。心臓の鼓動が初めは不規則になり、やがて弱まった。ほんの二、三分間に全身の生命力が枯渇《こかつ》し、自制心が消えて、眠気と無感覚が近づいて来るのをはっきりと感じた。

身動きしたり、抵抗の手段を考えたりする力が急速に失《う》せて行った時、遠くの方で凄まじい動揺が起こった。ドアがガチャッと鳴って開き、断固たる命令的な調子の声が、私には理解できない言語で呼びかけているのが聞こえた。同宿人のスミスが階段の下から呼びかけているのだった。彼の声が響き渡って二、三秒と経たないうちに、何かが私の存在から、私の身体——じつに皮膚そのものから離れて行くのを感じた。一陣の風が吹いて、何か大きな生き物が、肩のあたりをかすめ去って行ったかのようだった。そのとたん、心臓にのしかかっていた圧力が除《の》けられ、空気が正常な状態に戻ったようだった。

下の階でスミスの部屋のドアが静かに閉まり、私は震える手で読書灯を置いた。一体何が起こったのか、わからない。ただ、私はふたたび一人になり、消えて行った活力は急速に回復しつつあった。

私は部屋の向こうへ行って、鏡に映った自分の姿を見た。肌はひどく青ざめ、目はとろんとしていた。体温を計ってみると、ふだんより少し低く、脈は弱くて不規則だった。だが、そんな小さな症状は、自分が——外面的な兆候はそれを裏づけてはいないが――間一髪《かんいっぱつ》で恐ろしい破滅を免れたという感覚に較べれば、何でもなかった。私は何だか、自分の存在の根本まで揺るがされたような気がしていた」

博士は椅子から立ち上がり、消えかけた暖炉に寄ったので、誰もその表情を見ることはできなかった。彼は火床に背を向けたまま、奇怪な物語を語りつづけた。

「今になって」博士は声を低めてそう言いながら、私たちの頭上を見やった。彼の目には今もエディンバラの下宿屋の薄汚れた最上階が見えているかのようだった。「あの時の気持ちをあれこれ分析してみてもつまらないし、私があの時自分の知的、感情的、肉体的な全存在をとことん見つめ直したことなどを話しても、退屈なだけだろう。ただ、これだけは言っておきたい。この奇妙な体験のあとに残った支配的な感情は――自分が度を失って、かくも馬鹿馬鹿しい妄想の虜《とりこ》になったことへの憤慨だった。しかし、この憤慨には無理があったし、気が晴れなかったことも憶《おぼ》えている。これは理性だけの抗議であり、私のそれ以外の部分は戦闘準備をして、この理性の結論に異をとなえていたからだ。

しかし、〝妄想〟との交渉は、その晩それで終わったのではなかった。明け方の三時頃、部屋の中をこっそりと動きまわるような音がして、目を覚まされた。次の瞬間、書棚の本がまるごと床に落ちたような大きな音がした。

だが、今度は恐ろしくなかった。私は大声でありったけの悪態をつきながら、ベッドからとび起きると、すぐに蠟燭を点けた。マッチがぽっと燃え上がり——しかし、蠟燭の芯《しん》には火が点かないうちに——私は間違いなく見たと思った——人間の頭のようなものが付いた不格好《ぶかっこう》な暗灰色の影が、私から一番遠い壁面をすばしこく通り過ぎて、ドアの隅の暗影に消えるのを。

私はほんの一秒だけ待って、蠟燭が点いたのを確かめると、急いでそいつに向かって行った。ところが、二歩と進まないうちに、絨毯の上に重なっている硬いものにつまずいて、危うく頭から倒れそうになった。起き上がって見ると、私が〝語学の棚〟と呼んでいるところに入っていた本が、そっくり床に散らばっていた。一方、部屋には誰もいないことが、ひとしきり調べてみてわかった。私は部屋の隅々まで、一つ一つの家具の裏側までたしかめたし、部屋代が週に十二シリングの学生の住む屋根裏部屋には、隠れる場所などそうありはしない。

しかし、大きな音がした理由は説明がついた。現実の物理的な力が、本を置き場所から放り出したのだ。それだけは疑問の余地がなかった。私は本を棚へ戻し、一冊もなくなっていないことを確かめたが、その間、ずっと考えていたのは、次のような難問だった――すなわち、このささやかな悪ふざけをした者は、どうやって部屋に入り、逃げ出したかということだ。というのも、ドアには鍵をかけて、かんぬきまで差してあったのだから。

夜中にうるさくないか、というスミスの奇妙な問い。そして、もしうるさかったら、すぐに知らせてくれという警告の言葉――私は明け方、絨毯の上で寒さに震えながら、当然そのことを思い出した。しかし、少しばかり生々しい悪夢とあの男に関係があるなどとは、到底《とうてい》認め難いこともわかっていた。たとえ、こういう不可解な訪問が百ぺん起ころうとも、あんな男に原因を訊くくらいなら、我慢した方がましだった。

私の考えはドアをノックする音に中断され、私はハッとして、蠟燭の脂《あぶら》を飛び散らした。

『入れてくれ』とスミスの声が聞こえた。

ドアの鍵を外すと、スミスが正装して入って来た。その顔は妙に青白かった。青白さは皮膚の下から透《す》けて、輝やいているようだった。目はいやにキラキラ光っていた。

私は何と言ったら良いかわからず、こんな時間にやって来たことをスミスがどう説明するかと思っていると、彼はドアを背後に閉め、私のそばへ——不愉快なほどそばへ寄った。

『すぐに呼べば良かったんだ』彼は大きな目で私の顔を見据え、ヒソヒソ声で言った。

私は恐ろしい夢を見て云々《うんぬん》とたどたどしくこたえたが、彼はまったく聞かなかった。

その目はさまよい——あの瞳の動きを『さまよう』と形容できるとすれば——書棚に留《と》まった。私はスミスから目を離すことができなかった。この男は何らかの理由で、私をおそろしく魅了したのだ。そもそもこいつは何だって、午前三時に正装しているのだろう? 私の部屋で異常なことが起きたのを、なぜ知っているのだろう? やがて、彼はまたささやきはじめた。

『こういう厄介な目に遭うのは、君の驚くべき生命力が原因だ』そう言って、また私の目を見た。

私は絶句した。彼の声と仕草には、何か私の血を凍りつかせるものがあった。

『それに誘引されるんだ。しかし、こんなことが続くようなら、我々のうちどちらかは、ここを出て行かなきゃならんね』

私には返す言葉が見つからなかった。言葉の流れが涸《ひ》上がり、ただ相手をじっと見つめて、次に何と言うか待ち受けていた。私は一種の夢の中で彼を見ていたが、彼は私に、この次はもっと早く呼ぶと約束させたように記憶している。スミスはそれから奇妙な声を発し、両腕と両手で何かの動作をしながら部屋の中を歩きまわった。戸口まで来るとさっさと行ってしまい、私はドアを閉めて鍵をかけた。

このあと、スミスの冒険は急速にクライマックスへ向かった。あれは一、二週間後のことで、私は出産の研修に出かけて、午前二時から三時の間に帰宅したのだが、その研修のことで気になる問題があり、スミスのことは少しも考えずに、部屋の前を素通りした。

踊り場のガス灯はまだ燃えていたが、焔は弱かったので、階段にかかる深い暗影には影響がなかった。天井にはほんのかすかな灰色の明かりが見え、朝の遠くないことを告げていた。天窓の向こうに星が二つ三つ、光っていた。家は墓場のようにひっそりして、沈黙を破るものは、壁や屋根に吹きつける風の音だけだった。しかし、それも急に鳴っては消える切れぎれの音で、沈黙をいっそう際立《きわだ》たせるだけだった。

私は自分の階の踊り場に上がった時、強烈な衝撃を受けた。それは自動的で、ほとんど反射運動に等しかった。というのも、ドアの取っ手を握って、早く寝床へもぐり込みたいと思っていたその時、すぐそばで声がしたのだ。前に聞いたのと同じ声で、助けを求めているようだったが、私はちょうどその時、ドアを押して部屋へ入ってしまった。そんな声は無視するつもりで、足元の床板が軋《きし》んだか、風の音を聞きちがえたのだと思おうとした。

しかし、蠟燭の立っているテーブルに近づいたとたん、声はまたはっきりと聞こえて来た——『助けてくれ！　助けてくれ！』しかも今度は、生々しい触覚的幻覚とでも言うよりないものを伴っていた。私は触られたのだ——腕の皮膚を指でつかまれたのだ。

まるで世界中の幽霊がうしろから押しているように、うむを言わせぬ力が私をまっしぐらに階下へ追い立てた。私はスミスの部屋の前で立ち止まった。何かあったら、すぐ助けを求めるように、と言った彼の警告が突然力を発揮して、私は扉板に体あたりした。助けてもらうどころか、こちらが助けを求められるとは夢にも思わなかったが。

ドアはすぐに開き、部屋の中へとび込むと、そこには噎《む》せかえるような蒸気が充満し、雲になってゆっくりと動いていた。そのために、初めのうちは何が何だか見分けもつかず、ただ巨大な影のようなものが、靄《もや》の中から出たり入ったりしているのが見えるだけだった。そのうち次第にわかって来たのは、炉棚《マントルピース》に置いた赤いランプが唯一の照明であること、そして私が今初めて入ったこの部屋には、家具がほとんどないことだった。

絨毯は巻いて部屋の隅に片づけてあった。剝《む》き出しの白い床板には、何か黒い塗料で大きな円が描いてあり、その塗料は微光を発し、煙を上げているようだった。この円の中には――また外にも、一定の間隔を置いて――同じ黒い、煙を上げる物質で奇妙な図形が描いてあった。これらも、かすかな光を放っているように見えた。

この部屋に入った時の第一印象は、人が大勢いるということだった――いや、そうではない。かれらはたしかに存在ではあるけれども、人間ではないことを、私は疑問の余地もなく悟った。生ける知的な実体たちを一瞬チラと見たことは疑いないが、それらの実体は、人間とはまるで異なる進化を遂《と》げたもので、肉体を持つと否とを問わず、通常の人間生命とは無縁のものだったことを、私は――証明はできないけれども――信じている。

しかし、かれらが何だったにせよ、目に見えるその姿はきわめて儚《はかな》いものだった。私にはもう何も見えなかったが、連中がすぐ間近にいることは感じていた。しかも、かれらはこの前の晩、私の寝室にやって来た奴と同族であって、今度は一匹ではなく、大勢で私のそばにいるのだ。私の心は恐怖に圧倒された。私はガタガタと震えだし、顔から汗が滝のように流れた。

連中は私のまわりをひっきりなしに動いていた。私の横に立ち、背後《うしろ》へまわり、肩をかすめて行き、額の髪の毛を揺すり、まわりをグルグルと回って、けっして触れはしないが、少しずつ近づいて来た。ことに頭上の空気には絶え間ない運動があり、ささやきと歎息《ためいき》の入りまじった音がそれに伴って、今にも明瞭な言葉として聞こえて来そうだった。しかし、有難いことにはっきりした言葉は聞こえず、音は私の思いつく限りでは、風が立ったり、熄んだりする時の音に何よりも似ていた。

しかし、こうした〝存在たち〟の特徴として、もっとも印象に残り、あれ以来ずっと忘れられないのは、各々《おのおの》が震動する中心のようなものを持っていて、それが途方もない力でかれらを推進し、私のそばを通り過ぎる時、空気の急速な回転運動を引き起こすことだった。あたりには、ブンブンとうなりながら回転するこうした小さな渦巻が一杯に満ちていて、そいつが近くに寄ると、何とも嫌な感じがした。その部分の神経が文字通り引っ張り出され、生気が完全に抜けて、すぐに元の場所へ戻りはするけれども――死んで、弛緩《しかん》し、役に立たぬものとなってしまうようだった。

突然、私の目はスミスに留まった。彼は私の右側の壁を背に、身を護るような姿勢でうずくまっていた。窮地に陥っているのは明らかだった。その顔には恐怖が浮かんで気の毒なほどだったが、嚙《か》みしめた歯と口元にはべつの表情があり、自制心をまだ完全には失っていないことを示していた。私が人間の顔に見たことのある、もっとも断固たる表情をしていて、今は恐ろしく不利な局面にあるが、自分を信じ、怖《こわ》がりつつも好機をうかがっているように見えた。

私はというと、自分の知識も理解もまったく超えた状況に直面して、子供のように無力だった。

『僕を――早く――あの円の中に戻してくれ』スミスは漂う蒸気の中で、泣くように、ささやくように言った。

私の唯一の取柄《とりえ》は、行動をおそれないことにあったと思われる。相手にする力のことを何も知らなかったので、いかに致命的な危険を冒しているかという考えもなく、とびかかってスミスの両腕をつかんだ。彼は私に全身の体重をあずけ、二人、力を合わせて、やっと彼の身体は壁から離れ、よろめきながら円に向かって進んだ。

とたんに、煙の立ちこめる部屋の空気の中から、ある〝力〟が私たちに襲いかかった。それはまるで狭い空間に閉じ込められた大風が、ものを押しやるような力だった。爆風のように、身体全体に働きかけるようだった。その力は疾風《しっぷう》のような音を立てて襲いかかり、一瞬、建物の壁と屋根が真二つに裂けたかと思った。この第一撃を受けた私たちは、よろよろと壁の方へあとじさった。敵は、私たちが床の真ん中に描いた円の中に戻るのを邪魔しているのだった。

汗だくになって息を切らし、筋肉という筋肉を極限まで緊張させて、私たちはようやく円の端にたどり着いた。その瞬間、凄まじい力に妨害されて、私はスミスからも ぎ離され、両足が浮いて、窓の方へ振りまわされるのを感じた。何か巨《おお》きな機械が私の服をつかんで渦に巻き込み、殺そうとしているようだった。

私は傷だらけで息もできず、壁に倒れかかった。だが、その時、スミスが円の中にしっかりと両足をつけて、おもむろに立ち上がろうとしているのが見えた。そのあとの二、三分、私は彼の姿から片時《かたとき》も目を離さなかった。

彼は立ち上がって、背をしゃんと伸ばした。大きな肩を聳《そび》やかした。頭をやや仰向けにしたが、顔の表情は、見る間《ま》に恐怖の表情から、絶対的な命令のそれに変わった。

彼は落ち着いて部屋の中を見まわし、それから彼の声が振動しはじめた。最初は低い調子だったが、だんだんと高まり、いつかの晩、階段の下から私の部屋に呼びかけた時の、あの大きさと強さになった。

その声は奇妙に高まっていって、人間の声というより、楽器の響きに似ていた。声が力を帯び、部屋中に満ちるにつれて、大きな変化がゆっくりと確実に生じつつあることに気づいた。ざわめきと空気の動揺はおさまり、オルガンの低音ペダルが奏するのに似た、長い一様な振動の連続に変わった。空中の動きはさほど激しくなくなり、やがて一段と弱くなって、最後にはまったく熄《や》んだ。ささやきとため息は次第にかすかになり、ついには聞こえなくなった。何よりも奇妙なのは、例の円と、そのまわりの図形が放つ光が増して、はっきりと輝きはじめ、スミスの顔をいとも無気味に照らし出したことである。ゆっくりと、声の力で――その裏には、音を操る秘密の知識があるにちがいない――この男は本来の領域から逃げ出した諸力を支配し、部屋にはやがて静寂と完全な秩序が甦った。

それと共に、私の神経には大きな安堵感が伝わって来た。危機は去り、スミスは状況を完全に掌握したらしい、と私は感じた。

だが、私がそれを喜び、気持ちを落ち着けはじめたとたんに、彼は一声高く叫んで円の中から跳び上がった。まるで空中に——虚空に突っ込んで行くかのようだった。床に激しく叩きつけられると思って、私は息を呑んだが、彼は空中で何か実体のあるものにドスンとぶつかり、次の瞬間、私にはまったく見えない何か重い物と格闘して、部屋はその勢いで揺れた。

かれらはよろめき、行ったり来たりしていたが、私のすぐそばから離れなかった。私は壁にへばりついて震えながら、様子を見守っていた。

それはせいぜい一、二分のことで、始まりと同じように唐突に終わった。スミスが思いがけない仕草をして両腕を差し上げ、安堵の声を上げた。同時に私の傍らから、つんざくような悲鳴が上がり、大きな鳥の群れが過ぎて行くような音を立てて、何かが私たちのそばをかすめ去った。二つの窓がガタガタと鳴り、割れて窓枠から落ちそうだった。部屋には突然、空虚な感覚と平和が訪れ、私はすべてが終わったことを悟った。

スミスは真っ白な顔をしていたが、妙に落ち着いて、私の方をふり返った。

『いやはや——もし君が来なかったら——君が流れの向きを変えて、断ち切ってくれた——』と彼はささやいた。『君に救われたよ』」

博士はここで話をやめた。やがて暗闇の中でパイプを探しはじめ、私たちのうしろのテーブルの上を両手でゴソゴソやった。しばらくの間、誰も口をきかなかったが、博士がマッチを擦《す》った時に焰が上がるのを、みんな恐れている様子だった。炉の火は消えかかり、大広間は墨を流したように真っ暗だった。

しかし、話の語り手はマッチを擦らなかった。何か人には言わぬ理由があって、時間を稼いだにすぎなかった。彼はやがて、前よりも声をひそめて語りつづけた。

「あれからどうやって自分の部屋に帰ったかは、忘れてしまった。ただ、そのあと朝まで、蠟燭を二本点けたまま横になっていたことは知っている。朝になって最初にしたのは、週末にこの家を出て行くと女将に告げたことだ。

スミスは今でも私の律法学の本を持っているはずだ。あの時返してくれなかったし、返してくれと言おうにも、あれ以来会っていない」

約束

夜の十一時。マリオット青年は自室《へや》に閉じ籠《こ》もって、根限《こんかぎ》り詰め込み勉強をしていた。彼はエディンバラ大学の四年生で、この学科の試験に何度も落ちたものだから、両親《おや》はこれ以上学費を払えないと宣言していた。

彼の部屋は安くて汚なかったが、それは授業料に金がかかるからだ。マリオットもそこでようやく覚悟の臍《ほぞ》を固め、今度こそは死んでも合格するぞと心に決めて、この数週間、超人的な猛勉強をしていた。失った時間と金を取り戻そうと思ったのだが、そんなやり方は畢竟《ひっきょう》、彼がそのいずれの値打ちも理解していないことを示していた。というのも、普通の人間が——マリオットはあらゆる点で普通の人間だった——このところの彼のように精神を酷使すれば、早晩《そうばん》ツケを払わされるに決まっているからだ。

彼には、学生仲間に友達も知り合いもわずかしかいなくて、そのわずかな友達は、彼がようやく本気になって勉強を始めたことを知っているから、夜は邪魔をしないと約束していた。だから、この夜呼鈴《よびりん》が鳴り、訪問客が来たことを知った時、彼が感じたのは単なる驚き以上のものだった。こんな時はさっさと布か何かで鈴《りん》の音を押し殺して、平然と勉強を続ける者もいるだろうが、マリオットはそういう人種ではなかった。神経質なのだ。もしそんなことをしたら、訪問客が誰だったのか、どういう用事があったのかということで、一晩中悩みつづけるだろう。従って、訪問者をできるだけ早く中に入れ——そして追い返すしかなかった。

下宿の女将《おかみ》は毎晩必ず十時になると就寝し、それ以降は、呼鈴を押しても聞こえぬふりを決め込むのだった。だから、マリオットは忌々《いまいま》しげに一声発して、机から離れると、自分で客を迎え入れる用意をした。

エディンバラの街の通りは遅い時間なので——十一時は、エディンバラでは遅いのだ——静まり返っていた。マリオットはF——街の四階に住んでいたが、この閑静な界隈では物音一つしなかった。床を横切って行く間に、呼鈴がふたたびやかましく鳴った。彼は扉の錠を外して狭い廊下に出たが、二度も鈴を鳴らす無礼者に内心かなり腹を立てていた。

「試験勉強をしているのは、みんな知ってるはずだ。一体何だって、こんな時間に邪魔しに来るんだろう？」

この家の住人はマリオットのほかに、医学生と一般の学生、「シグネット」[1]の貧乏な物書き、それに職業のはっきりしない連中だった。石の階段は、各階についている、あまり焔の立たないガス灯にぼんやりと照らされ、敷物も手摺《てすり》もなく、地階までグルグルと回って降りていた。あるところは他所《よそ》よりも清潔だったが、それはそこの掃除を受け持つ婦人によるのだ。

螺旋《らせん》階段の音の響きは特殊なようだ。マリオットは本を片手に、開いた戸口に立って、足音の主《ぬし》があらわれるのを今か今かと待っていた。靴音はすぐ近くに大きく聞こえた。音の主よりも、妙に先まわりして聞こえて来るようだった。マリオットは一体誰だろうと思いながら、勉強を邪魔する不埒《ふらち》者に手厳しい挨拶をしてくれようと、言い草《ぐさ》を考えていた。しかし、男は現われなかった。足音はつい目と鼻の先でしているのに、人の姿は見えなかった。

突然、奇妙な恐怖感が身の内をよぎった——気の遠くなるような感じと震えが背筋を走った。しかし、それはほんの一瞬のことだった。見えざる訪問者に大声で呼びかけてみようか、それともドアをバタンと閉めて机に戻ろうかと考えていると、人騒がせな相手が廊下の角《かど》からゆっくりと姿を現わした。

見知らぬ人間だった。背は低く、肩幅の広い若い男だった。顔は白墨のように真っ白で、輝く眼の下には濃い隈《くま》ができていた。頰や顎《あご》は鬚《ひげ》ぼうぼうで、全体にだらしない印象を与えたが、紳士にはちがいない。身形《みなり》も良く、物腰に品があるからだ。それにしても奇妙なのは、帽子を冠《かぶ》らず、手に持ってもいないことだった。今夜はずっと雨が降りどおしだというのに、外套も傘も持っていないようすだった。

マリオットの心には百も質問が思い浮かび、口をついて出ようとした。ことに肝腎な質問は、「君は一体誰なんだ？」「一体全体、何をしに来たんだ？」ということだった。だが、どれ一つとして言葉にする時間《ひま》がなかった。来訪者は現われるとほとんど同時に、首を少し横に向けたので、廊下のガス灯の明かりが、違う角度から顔に照《あ》たった。その瞬間、マリオットは相手が誰かを知った。

「フィールド！　何だ、君だったのか？」彼は絶句した。

四年生は勘《かん》の鈍い男ではなかったので、これはただごとではない、とすぐに察した。いずれそうなると予言されていた破局がついに現実となり、父親がこの男を家から追

1　アメリカのペーパーバックのシリーズ、シグネット・ブックスのことか。

い出したのだ、と。二人は何年も前に、私立学校で一緒だった。その後ほとんど会っていないが、時折詳しい噂が耳に入った。家が近所で、お互いの女兄弟がごく親しい仲だったからである。フィールド家の息子はその後、身を持ちくずした。酒、女、阿片《あへん》――何かそんなようなことだったが、正確には思い出せなかった。

「入れよ」マリオットは腹立ちも忘れて言った。「何か困ってるようだね。入って、すっかり話してくれ。力になれるかもしれない――」彼は何と言ったら良いかわからず、訥々《とつとつ》としゃべり続けた。人生の暗黒面とその恐ろしさは、彼自身が暮らしている書物《ほん》と夢想の小ぢんまりした空気の中とは、遠くかけ離れた世界に属していた。それでもマリオットには俠気《おとこぎ》があった。

彼は玄関のドアを注意深く閉めると、先に立って案内した。その時に気づいたのだが、相手はたしかに素面《しらふ》ではあるけれども、足がよろよろして、ひどく弱っている。マリオットは試験には通らなくても、飢餓の徴候を目《ま》のあたりにして、それとわからぬほどではなかった。これは――自分の間違いでなければ――極度の飢餓だ。

「来たまえ」彼は明るい声に、心からの同情を滲《にじ》ませて言った。「会えて嬉しいよ。ちょうど何か食おうと思ってたところだ。一緒に食べよう」

相手は一言《ひとこと》も返事をせず、弱々しく足を引き摺って歩いたので、マリオットは腕をとって支えてやった。相手の服が気の毒なほどダブダブなことに、彼は今初めて気づいた。肩幅の広い身体は、骨と皮ばかりだった。骸骨のように痩せていたのだ。だが、友に手を触れると、あの気の遠くなるような感じと恐怖感が蘇った。それはほんの一瞬のことで、旧友のこんな惨めな様子を見た悲しみと驚きのせいだろうと思った。

「僕につかまった方がいい。暗くてお話にならないからね――ここの玄関は。始終苦情を言ってるんだが」軽い口ぶりでそう言ったが、腕にずっしりとかかる重みからすると、支えてやらなければ歩けそうになかった。「でも、あの老いぼれ猫は約束するだけで、何もしちゃくれないんだ」マリオットは相手をソファーのところまで連れて行きながら、こいつは一体どこから来たんだろう、どうやって僕の住所を知ったんだろうと不思議に思っていた。私立学校で親友だった頃から、もう七年は経っているはずだ。

「ちょっと失敬させてもらって、夜食を用意するよ――ささやかなものだけどね。何も言わなくていい。気を楽にしてソファーに坐っていてくれ。死ぬほど疲れているんだろう。話なら、あとですればいい。二人で相談しよう」

相手はソファーの端に腰かけ、黙ってじっと見ていた。マリオットは茶色いパンの塊《かたまり》と、スコーンと、エディンバラの学生がいつも食器戸棚にしまっておく大きなマーマレードの壜《びん》を出した。あいつ、いやに目が光ってるが、麻薬でもやってるんじゃないかな――マリオットは食器戸棚の蔭からチラリと盗み見して、そう思った。真正面から見る気にはなれなかった。具合の悪いこの男をじろじろにらみつけて説明を待つのは、まるで試験でもするようではないか。それに、あいつは見たところ口も利《き》けないほど衰弱している。彼はそうした気づかいから――一つには、自分でもはっきりわからぬ理由があって――見ないふりをして訪問客を休ませ、せっせと夜食の用意に取りかかった。ココアをつくるためアルコールランプに火を点《つ》け、お湯が沸く間に、食べ物をのせたテーブルをソファーに引き寄せたのは、フィールドが椅子に移らなくても済むようにだった。

「さあ、食おうぜ」とマリオットは言った。「それから、あとでパイプを吸って、おしゃべりしよう。僕は今、試験勉強中でね、いつも今ぐらいの時間に何か食べるんだ。相手がいてくれて楽しいよ」

面《おもて》を上げると、こちらをじっと見ている来客とまともに視線が合った。とたんに、頭の天辺《てっぺん》から爪先まで、ゾッと戦慄《せんりつ》が走った。目の前にいる相手の顔は死人のように白く、苦痛と心の悩みをおそろしい表情に浮かべていた。

「おやおや、何だ！」マリオットはとび上がって、言った。「すっかり忘れてた。どこかにウイスキーがあるはずなんだ。僕は馬鹿だなあ。今みたいに勉強している時は、自分じゃ手をつけないもんだからね」

食器戸棚のところへ行き、なみなみと一杯注《つ》いで来たが、相手は水もなしにいっきに飲み干した。それを見ながら、マリオットはべつなことに気づいた——フィールドの上着は埃《ほこり》だらけで、片方の肩には蜘蛛《くも》の巣がついていた。上着は全然濡れていなかった。この土砂降《どしゃぶ》りの雨の晩に、帽子も傘も外套もなしでやって来て、まったく濡れず、埃さえかぶっている。ということは、どこか屋根の下にいたのだ。どういうことだろう？　この建物の中に隠れていたんだろうか……？

じつに奇妙だった。しかし、フィールドは何も言おうとしないし、マリオットは彼が食べて眠るまで、何も訊《き》かないことに決めていた。この可哀想な男が今一番必要としているのは、食べ物と睡眠なのだ——彼は自分に診断能力があることを喜んだ——少し回復するまでは、あれこれ問いただしてはいけない。

一緒に夜食を食べている間、部屋の主《あるじ》は一人でしゃべり続けた。話は主に彼自身のこと、試験や「老いぼれ猫」とあだ名をつけた下宿の女将のことで、客は一言も話す必要がなかったし――実際、しゃべる気はなさそうだった。マリオットは食欲がわかず、食べ物をおもちゃにしていたが、相手はガツガツと食べた。飢えた男が冷たいスコーンや、古くなったオートケーキや、マーマレードを塗った茶色いパンを貪《むさぼ》り食うさまを見ることは、この世間知らずの学生にとって、目の醒めるような驚きだった。彼は、少なくとも一日三度の食事を欠かしたことがなかったからだ。こいつはどうして喉を詰まらせないのだろう――マリオットはそう思いながら、ついつい相手の食べっぷりに見入っていた。

しかし、フィールドは空腹なだけでなく、眠いようだった。一度ならず頭《こうべ》を垂れて、口の中の食べ物を嚼《か》むのをやめた。マリオットが揺り起こしてやると、また食べ続けた。強い感情は弱い感情に打ち克《か》つが、真の飢えと、圧倒的な睡魔という魔法の催眠剤との闘いは、医学生にとって興味深いながめであり、彼は不安と驚きの入り混じった気持ちで見ていた。飢えた人間に物を食べさせて見物する快楽については聞いたことがあったが、実際にそんな光景を見たことはなかったので、これほどのものとは思いも寄らなかった。フィールドは獣のように食べた——詰め込み、かっ込み、鵜呑《うの》みにした。マリオットは勉強のことも忘れて、胸が切なくなった。

「本当に、これっぽっちしかなくてすまないね」ついに最後のスコーンがなくなり、客一人だけのせわしない食事が終わると、彼はやっとのことでそう言った。フィールドはそれでも返事をしなかった。坐ったまま居眠りしていたのである。彼はただ倦怠《けだる》そうに面を上げて、感謝の意を示した。

「それじゃ、少し寝なきゃだめだ」とマリオットは言った。「さもないと、へたばっちまうぜ。僕は忌々《いまいま》しい試験があるから、夜通し勉強するんだ。遠慮なく僕のベッドを使ってくれ。明日はゆっくり朝御飯を食べて——どうしたら良いか考えよう——作戦を立てるんだ——知っての通り、僕は作戦を立てる名人だからね」彼は快活さを装《よそお》って、最後の一言をつけ加えた。

フィールドは相変わらず「死ぬほど眠い」沈黙を保っていたが、言うことをきく様子なので、マリオットは寝室に案内しながら、飢え死にしかけた準男爵の息子に——この男の家ときたらまるで宮殿なのだ——部屋の狭さを詫《わ》びた。疲れ果てた来客は礼も言わなければお愛想《あいそ》もなかった。ただ友の腕に縋《すが》ってよろよろと部屋を歩き、服を着たまま、憔悴《しょうすい》した身体をベッドに横たえた。一分としないうちに、ぐっすり眠り込んだ様子だった。

マリオットは開いた戸口に立って、しばらく彼を見ていた。自分はこんな窮状に陥ることがないようにと神に祈り、明日になったら、この招かれざる客をどうしたものだろうと思い迷った。だが、いつまでもそんなことを考えてはいられなかった。勉強を続けなければいけない。試験には何があっても合格しなければいけないのだ。

廊下への扉にまた錠を差すと、坐って書物に向かい、薬物学に関するメモを取りはじめた。鈴《りん》が鳴って中断した個所からだ。だが、しばらくの間は、なかなか心を集中できなかった。考えがあらぬ方《かた》へ向かって、あの男の姿が頭に浮かぶのだ――真っ白い顔で、おかしな目をして、飢えて薄汚なく、服も靴も脱がないでベッドに寝ている男。二人が別れわかれになる前の学校時代が思い出された――永遠の友情を誓い合ったことや何かが。それが今は、何というひどいありさまだろう！　人間、どうしてあそこまで放蕩に取り憑かれてしまうのか！

しかし、マリオットは二人が交わした誓いの一つをすっかり忘れていたようだった。ともかく、今は記憶の底に埋もれていて、思い出せなかった。

半開きのドアから――寝室は居間の隣で、ほかにドアはなかった――深々と長いいびきが聞こえて来た。疲れきった人間の規則正しい呼吸だ。聞いているマリオット自身も眠くなるようだった。

「睡眠が必要だったんだ」と医学生は思った。「ことによると、もう少しで手遅れになっていたかもしれない！」

おそらく、そうだろう。外には、フォース湾の向こうから吹いて来る烈風が無慈悲に吠え立て、冷たい雨が窓ガラスを叩きつけて、無人の街路《とおり》を流れていた。マリオットは読書に身が入るまで大分長いことかかったが、その間、隣室に眠る男の深い寝息を、いわば書物の行間から聞いていた。

二、三時間後、あくびをして本を取りかえた時も、寝息はまだ聞こえていた。彼はそっとドアに近づいて、様子を見た。

初めのうちは部屋の暗さが彼を欺《あざむ》いたに違いない。あるいは、ついさっきまで読書灯の強い光のそばにいたため、目が眩惑《げんわく》されたのかもしれない。一、二分間は、家具の暗いぼんやりした形と、壁際の整理簞笥と、床の真ん中に置いてある白い湯舟以外、何も見えなかった。

そのうち、やっとベッドが見えて来た。眠っている男の輪郭《りんかく》が、暗闇に妙に慣れて来た目の前で徐々に形をなし――白いベッドの上掛けに、長く黒い人影がくっきりと浮かび上がった。

マリオットは微笑を禁じ得なかった。フィールドはあれからほんの一インチたりとも動いていないのだ。マリオットはしばらくの間彼を見ていたが、やがて机に戻った。風と雨の歌声に満ちた夜だった。車馬の通る音はしなかった。丸石の上をカタコトと走ってゆく二輪馬車もなかったし、まだ時刻が早いので、牛乳売りの荷車は出て来なかった。彼は黙々と勉強を続けた。時々一服して本を替えたり、眠気を払って頭の働きを良くする有毒な飲み物を啜《すす》ったりしたが、そんな時も、フィールドの寝息は部屋の中からはっきりと聞こえていた。外では依然嵐が吠え狂っているが、家の中はひっそりと静かだった。読書灯の笠《かさ》が散らかった机の上に光をあつめているので、部屋の向こう側の隅は暗かった。寝室の扉は、彼が坐っている場所の真正面にあった。勉強を邪魔するものといえば、時折風がどっと窓に吹きつけるのと、腕に少し痛みをおぼえることだけだった。

その痛みはどこから来るのかわからなかったが、一、二度非常に鋭く痛んだ。彼は気になって、そんなひどい打撲傷をどこでこしらえたのか思い出そうとしたが、無駄だった。

しまいに、目の前の本のページが黄色から灰色に変わり、下の通りから車輪の音が聞こえだした。四時だった。マリオットは椅子の背に凭《もた》れて大あくびをし、それからカーテンを開けた。嵐は鎮《しず》まり、城山《カッスル・ロック》[2]は白い霧につつまれていた。彼はもう一つあくびをすると、物寂しい景色に背を向け、朝食までの四時間ばかり、ソファーで眠る支度《したく》をした。フィールドは相変わらず隣の部屋で大きないびきをかいており、彼はもう一度様子を見に、爪足《つまあし》で歩いて行った。

半開きのドアからそっと覗き込むと、視線は初め、灰色の朝の光にはっきりと見分けられるベッドに落ちた。彼は注意を凝《こ》らして見た。それから、両目をこすった。それからまた目をこすって、ドアの端から顔を突き出した。目を皿のようにして凝視《みつ》めに凝視めた。

しかし、何の変わりもなかった。彼が覗いているのは、無人の部屋だった。

2　エディンバラ城が建つ岩山。

フィールドが最初に現われた時の恐怖感が、突然蘇った。しかし、今度の方が、前よりもずっと恐ろしかった。それに左腕がひどくズキズキ痛むのに気づいた。彼は奇《き》態《たい》に思って、目を瞠《みは》りながら、考えをまとめようとした。全身が震えていた。

意志の力をふり絞って、盾にしていたドアから離れ、思いきって部屋の中へ入った。ベッドの上の、フィールドの寝ていたところが、人の形にくぼんでいた。枕には頭をのせた跡があり、足元の上掛けは、靴の跡が少し皺《しわ》になっていた。そしてそこから、今までよりはっきりと――というのは、近づいたからだが――いびきが聞こえたのである！

マリオットは落ち着こうとした。やっと声が出るようになって、友の名を大声で呼んだ！

「フィールド！　君なのか！　どこにいるんだ！」

返事はなかったが、いびきは途切れずに続き、ベッドからじかに聞こえて来た。自分の声が聞き慣れない別人の声のように響いたので、マリオットは呼びかけるのをやめた。そのかわり床に膝をついて、ベッドを上から下まで調べ、しまいにはマットレスを外して、寝具を一枚ずつめくってみた。しかし、いびきは聞こえるのにフィールドの姿は見えず、たとえ小柄な人間でも身を隠せるような隙間《すきま》はなかった。壁からベッドを引き離したが、音は元の場所から聞こえて来た。ベッドと共に動きはしなかった。

　マリオットは疲れて自制を働かせることができなかったので、部屋を徹底的に調べはじめた。食器戸棚も、整理箪笥も、洋服が掛かっている壁の小さな凹《くぼ》みも——どこもかしこも調べてみたが、人のいる形跡はない。天井のそばの小窓は閉まっているし、どのみち猫も通れない大きさである。居間のドアは内側に錠が差してあって、そこから出たはずはない。マリオットの頭はしだいに奇妙な考えに悩まされ、そのあとに嫌な感覚がつづいた。彼はますます興奮した。もう一度ベッドを調べたが、しまいにベッドは枕投げでもしたようになってしまった。無駄だと知りながら、両方の部屋を調べ——それから、また調べ直した。冷たい汗が全身から吹き出た。しかも、大きないびきはその間もずっと、フィールドが眠っていた隅から聞こえて来たのである。

　やがて、彼はべつなことを試みた。ベッドを完全に元の位置に戻し——客人が寝ていた場所に、自分で寝たのである。だが、そのとたん、毬《まり》のように跳ね上がった。いびきが頬のすぐそばから、自分と壁の間から聞こえたのだ！　その隙間には、子供を押し込むこともできなかった。

マリオットは居間へ戻り、ありったけの陽光《ひかり》と空気を入れようとして、窓を開けた。それから、この一件を落ち着いて考えようとした。勉強をしすぎて寝不足な人間は、非常に生々しい幻覚に悩まされることがある。そう思ってもう一度、昨夜《ゆうべ》の出来事を一つひとつ冷静にふり返ってみたが、諸々の感覚や、鮮やかな細部、心の内に湧き起こったさまざまな感情、あの恐ろしい宴――単一の幻覚がこれらすべてを兼ねそなえ、こんなにも長時間つづくことはあり得なかった。けれども、たびたび気の遠くなるような感じがしたことや、一、二度襲って来た奇妙な恐怖感、それに腕の激しい痛みなどを考えると、どうもわからなくなってきた。こうしたことにはまったく説明がつかない。

その上、こうして分析と吟味を始めたところ、突然、啓示の如く気づいたことがあった。フィールドは最初から最後まで、一言も口を利かなかったではないか！　しかし、彼の考えを嘲笑《あざわら》うかのように、奥の部屋からは今も、長く深い規則的な呼吸の音が聞こえて来た。信じ難いことだ。馬鹿げている。

脳炎と狂気の幻想に取り憑かれて、マリオットは帽子と防水外套《マッキントッシュ》を引っ被《かぶ》り、家を出た。アーサーの御座《みくら》[3]で朝風にあたれば、頭から蜘蛛の巣がとれるだろう——ヒースの香りを嗅《か》いで、何よりも海の景色を見れば。ホーリールード公園の上の濡れた斜面を二、三時間ぶらつき、戻って来た頃には、運動したおかげで恐怖もいくらか薄らぎ、おまけに無性に食欲が湧いた。

部屋に戻ると、窓際にべつの男が一人、外の光に背を向けて立っていた。学生仲間のグリーンという男で、同じ試験のために勉強をしているのだった。

「ゆうべは徹夜で猛勉強したんだけどね、マリオット。こちらへ寄って君の意見を聞きながら、朝飯でも食おうと思ったんだ。朝の散歩かい？」

頭痛がしたので、散歩に出かけたら治った、とマリオットが答えると、グリーンはうなずいて、「ふうん」と言った。しかし、下宿の女中がテーブルに湯気の立つ粥《かゆ》を置いて、また出て行くと、ややぎこちない調子でたずねた。

「君に酒を飲む友達がいたとは知らなかったよ、マリオット」

鎌《かま》をかけていることがわかったので、「へえ、そりゃあ僕も初耳だ」とマリオット

3　ホーリールード公園の中にある山の名。

は冷淡にこたえた。

「でも、誰かがあすこで一眠りして、酔いをさましているみたいじゃないか？」相手は寝室の方を顎でしゃくり、興味津々《しんしん》といった顔つきで友を見た。二人は数秒間見つめ合っていたが、やがてマリオットが真面目な調子で言った。

「それじゃ、君にも聞こえるんだな、やれやれ！」

「聞こえるとも。ドアが開いてるもの。聞いちゃいけなかったんなら、ごめんよ」

「いや、そんなことはないんだ」マリオットは声をひそめて、「おかげでホッとしたよ。まあ、わけを話すから聞いててくれ。君にもあれが聞こえるなら問題はないんだ。しかし、僕は、口には言い尽くせないくらい恐ろしい思いをしたんだぜ。脳炎か何かになりかけているんじゃないかと思った。今度の試験が僕にとってどれだけ大事か、知ってるだろう。ああいう病気は必ず音や、幻や、ある種のいやらしい錯覚から始まるんだ。だから、てっきり――」

「おい！」相手は焦《じ》れったくなって叫んだ。「一体何の話をしてるんだ？」

「いいか、よく聞いてくれ、グリーン」マリオットは精一杯心を静めて言った。いびきは今もはっきりと聞こえて来たからだ。「僕の言いたいことを説明する。でも、途中で口を挟まないでくれよ」それから、前夜起こったことを、腕の痛みに至るまでつぶさに語った。話を終えるとテーブルから立って、部屋を横切った。

「いびきがはっきり聞こえるだろう?」とマリオットは言った。グリーンは「うん」とこたえた。「よし、それじゃ一緒に来てくれ。二人で部屋を調べてみよう」

しかし、グリーンは椅子から立たなかった。

「じつは、もう入ってみたんだ」ときまり悪そうに言った。「あの音を聞いて、てっきり君が寝てるんだと思ってね。ドアは半開きだったし――それで中に入ったのさ」

マリオットは何も言わず、ドアを目一杯押し開けた。ドアが開くにつれて、いびきはいっそうはっきりと聞こえて来た。

「誰かがあそこにいるはずだ」グリーンは小声で言った。

「誰かがあそこにいる。でも、どこに?」マリオットはそう言ってふたたび友を促《うなが》し、一緒に寝室へ入ろうとしたが、グリーンはきっぱりと断った。さっきあそこへ入って探してみたが、何もなかった。もう一度入るのは御免《ごめん》だと言うのだった。

二人はドアを閉めて居間へ戻り、パイプをふかしながらよく話し合った。グリーンは根掘り葉掘り色々なことを訊いたが、これといった結論は出なかった。質問をいくらしても、事実は変わらないからである。

「然《しか》るべき論理的説明がつきそうなものは、ただ一つ――僕の腕の痛みだ」マリオットはそう言って、腕をさすりながら微笑《わら》おうとした。「滅法《めっぽう》痛みやがる。ここから上がずっと痛むんだ。どこかにぶつけたおぼえはないんだがなあ」

「見せてごらん」とグリーンが言った。「骨のことならば、おれは得意なんだ。試験をする先生方の意見はちがうらしいがね」ふざけたことをしてみるのも気安めだと思って、マリオットは上着を脱ぎ、袖をまくり上げた。

「何てこった！ 血が出てる！」とマリオットは叫んだ。「ほら、見てくれ。これは一体何だろう？」

前腕の手首のあたりに、うっすらと赤い筋があった。その上に鮮血らしいものが一滴にじんでいた。グリーンは顔を近づけて、しばらく入念に見ていたが、やがて椅子に戻ると、興味深げに友の顔を見た。

「知らないうちに自分で引っ掻いたんだろう」グリーンはややあって言った。

「打身にはなっていないよ。腕の痛みは何かべつのことが原因だよ」

マリオットはじっと坐ったまま、まるで一切の謎の答が膚《はだ》に書いてでもあるかのように、黙って腕を見つめていた。

「どうした？　引っ掻き傷なんて、珍しくもないだろう」グリーンは自信のない声で言った。「きっとカフスボタンだよ。昨夜《ゆうべ》、君は興奮して――」

だが、マリオットは唇まで真っ青になり、何か言おうとしていた。額に大粒の汗が浮いた。彼はやがて友人の顔のそばまで身をのり出すと、震える声でささやいた。

「ほら、この赤いしるしが見えるか？　君のいう引っ掻き傷の下にあるやつだよ」

うん、何かあるなとグリーンも認めた。マリオットはハンカチでそこをきれいに拭《ふ》いて、もう一度良く見てくれと言った。

「なるほどね」グリーンはしばらく念入りに傷を見てから、顔を上げてこたえた。

「古傷みたいだな」

「古傷なんだ」マリオットは唇を震わせて、ささやいた。「今になって、すっかり思い出した」

「何をだい？」グリーンは椅子の上でソワソワしだした。笑おうとしたが、笑えなかった。友人が今にも卒倒しそうだったからだ。

「しっ！　黙っていてくれ――今話すから」マリオットは言った。「この傷はフィールドがつけたんだよ」

二人はものの一分間も何も言わず、真っ向からお互いの顔を見つめていた。

「この傷はフィールドがつけたんだ!」マリオットはやがて大声で繰り返した。

「フィールドが！　それは――昨夜《ゆうべ》かい？」

「いや、昨夜じゃない。ずっと昔――学校にいた頃、あいつのナイフでつけた傷なんだ。僕は僕のナイフで、あいつの腕に傷をつけた」マリオットは早口にしゃべった。「僕らはお互いの傷口に血のしずくをなすりつけた。あいつが僕の腕に一滴、僕はあいつの腕に一滴――」

「何だってそんなことをしたんだ？」

「少年の盟約だったのさ。僕らは神聖な誓いを立てた。約束をした。やっと思い出したよ。僕らは何か恐ろしい本を読んでいて、あらわれっこをしようって――つまりね、先に死んだ方が相手のところへ出て来ようって誓い合ったんだ。そしてお互いの血で盟約を固めた。何もかもはっきりおぼえてるよ――七年前、暑い夏の午後、運動場でだった――先生に見つかって、ナイフを没収されたな――今まで思い出したこともなかったが――」

「それじゃ、君が言いたいのは——」グリーンは口ごもった。

だが、マリオットは答えなかった。立ち上がって部屋を横切り、ソファーにぐったり横たわると、両手で顔を被《おお》った。

グリーンも少し途方に暮れた。しばらく友人を打棄《うっちゃ》っておいて、一伍一什《いちぶしじゅう》を初めから考え直した。突然、何か思いついたらしい。ソファーに寝てピクリとも動かないマリオットに近づいて、揺り起こした。説明がつこうとつくまいと、いずれにしても、問題にはまっすぐ立ち向かった方が良いのだ。降参するのは愚かな逃げ方である。

「いいか、マリオット」呼びかけると、相手は白い顔をこちらに向けた。「オタオタしても始まらない。つまりだね——もしこれが幻覚なら、どうすべきかはわかっている。幻覚じゃないとしたら——うむ、どう考えるべきか、わかってるんじゃないかね？」

「そうだな。でも、なぜかひどく恐ろしいんだ」マリオットはヒソヒソ声でこたえた。「あの可哀想な男は——」

「しかし、よしんば最悪のことが起こって——その男が約束を果たしたんだとしても——ただそれだけのことじゃないかね？」

マリオットはうなずいた。

「一つだけ気になることがある」とグリーンは語り続けた。「その男は本当に——そんな風《ふう》に食べたのかい？——つまり、現実に物を食べたかっていうことだ」彼は思っていたことを全部吐き出して、言葉を切った。

マリオットはしばらく相手を見つめていたが、やがて、たしかめるのは簡単だと言った。落ち着いた口調だった。大きなショックを受けたあとなので、もう小さな驚きには動じなかった。

「食べ終わったあと、食器や何かは僕が片づけた。あの食器戸棚の三番目の棚にある。あれっきり誰も手を触れてない」

彼は横になったまま指差した。グリーンは言いたいことを察して、食器戸棚を見に行くと、

「思った通りだ」すぐに戻って来て、そう言った。「ともかく、一部分は幻覚だったんだな。食べ物は手つかずだぜ。自分で見て来たまえ」

二人は一緒に棚を調べた。茶色いパンも、古くなったスコーンの皿も、オートケーキもみな手つかずだった。マリオットが注《つ》いだウイスキーのグラスもそこにあったが、

ウイスキーは入っていた。

「君の出した食事は——誰も食べなかった」とグリーンは言った。「フィールドは何も飲み食いしてない。ここへは来なかったんだ！」

「でも、あのいびきは？」マリオットは呆然とした表情で、ささやいた。

グリーンは答えなかった。寝室へ歩いて行き、マリオットは目でそのあとを追った。グリーンはドアを開けて、耳を澄ました。言葉は無用だった。深い規則的な寝息が宙を漂って聞こえて来た。これは少なくとも、幻覚ではない。マリオットは部屋の反対側に立っていたが、それでも音は聞こえた。

グリーンはドアを閉めて戻って来ると、きっぱりと言った。「やるべき事は一つだけだ。家《うち》へ手紙を書いて、あいつのことを調べてもらえ。君はひとまず僕の部屋へ来て、勉強を済ませるんだ。予備のベッドがあるからね」

「わかった」と四年生はこたえた。「試験は幻覚じゃないからな。それだけは何としても、合格しなきゃならん」

二人はその通りにした。

一週間ばかり経って、マリオットは妹からの手紙を受けとった。その一部をグリーンに読んで聞かせた——

「兄さんが手紙でフィールドさんのことをおたずねになったのは不思議です。おそろしいことだと思いますが、ついこの間、ジョン卿はとうとう堪忍袋《かんにんぶくろ》の緒《お》が切れて、あの人を家から追い出したんです。一文無しだったと聞いています。それで、どうなったと思います？　あの人は自殺したんです。少なくとも、自殺らしく見えます。家を出て行くかわりに地下室へ下りて行って、何も食べないで飢え死にしたんです……もちろん、お屋敷ではひた隠しにしていますが、私は女中からすっかり聞きました。女中はあちらの家《うち》の従僕から聞いたんです……死体は十四日に見つかって、お医者様の話では、死後十二時間ばかり経っているということでした……あの人はおそろしく痩せていました……」

「すると、死んだのは十三日だな」とグリーンは言った。

マリオットはうなずいた。

「まさに、君のところへ来た晩じゃないか」

マリオットはもう一度うなずいた。

秘書綺譚

一

ジム・ショートハウスが一体どうやって個人秘書の職にありついたのか、僕にはどうもよくわからないのだが、あいつは一旦《いったん》職に就《つ》くと遺漏《ぬかり》なくつとめて、数年間堅実な生活をおくり、貯蓄銀行に金を貯《た》めた。

ある朝、雇い主から書斎に呼ばれたが、修練をつんだ秘書は、何か尋常《ふつう》じゃないことがあるな、とピンと来た。

「ショートハウス君」雇い主は幾分神経質に語りはじめた。「わしは今まで、君に勇気があるかどうか見とどける機会がなかった」

ショートハウスは愕然《がくぜん》としたが、何も言わなかった。ボスの変人ぶりには大分馴れっこになっていたからだ。ショートハウスはケント生まれの男だった。サイドボタムはシカゴで「身を立て」、今はニューヨークに住んでいる。

「しかし」と相手は真っ黒な葉巻をふかしながら、言った。「もし勇気が君の取柄《とりえ》でないとすると、向後《こうご》わしは人を見る目がないんだと思わにゃならん」

個人秘書はこの曖昧《あいまい》な褒《ほ》め言葉にささやかな謝意を表して、ぎこちなく頭を下げた。ジョーナス・B・サイドボタム氏は、小説家の言いまわしを借りれば、とくと相手を見ていたが、やがて話をつづけた。

「君が気骨《ほね》のある奴だということに疑いは持っておらん。それで――」彼は口ごもって、葉巻をふかした。まるで葉巻の火が消えたら、命にでもかかわるかのようだった。

「僕には特にこわいものはないつもりですが――女性を除けば」若者はそろそろ何か言うべき頃合いだと思って、口を挟んだが、ボスの腹づもりはまだ皆目《かいもく》見当がつかなかった。

「ふん！」とボスは鼻を鳴らした。「そうかね。わしの知る限り、この件には女は関係ない。だが、女以外に――もっと剣呑《けんのん》なものがあるかもしれん」

「何か特別な仕事をさせようっていうんだな」と秘書は思った。「暴力ですか？」と口に出して言った。

「あるいはな（プカプカ）、じっさい（プカプカ、プカ）そんなところかな」

ショートハウスは給料を上げてもらえそうな気がして、俄然《がぜん》興味が湧いて来た。

「その種のことなら多少経験があります」と彼はぶっきら棒に言った。「でも、筋の通ったことでしたら、何でもお引き受けします」

「この件に関しては、筋が通っているかどうか、何とも言えんのだ。すべて状況次第なんだ」

サイドボタム氏は立ち上がり、書斎のドアに鍵をかけて、二つの窓の日避《ひよ》けを両方共引き下ろした。そうしてポケットから鍵束を出し、黒いブリキの箱を開けた。青い煙草の煙に包まれながら、しばらく青と白の紙をひっ掻きまわして、何か探していた。

「何だか、もう探偵になったような気がしてきました」ショートハウスは笑った。

「頼むから小声でしゃべってくれ」相手は部屋のあちこちを見まわして、「秘密厳守だ。レジスターを閉めてくれると有難いんだがね」そう言うと、さらに声をひそめた。「以前《まえ》に、レジスターを開いていて、話し声が洩れたことがある」

ショートハウスには事の性格がだんだん呑み込めて来た。彼は爪立《つまだ》ちで床を横切り、壁についている二つの格子戸を閉めた。アメリカの住宅ではそこから暖気が出て来るのだが、これを「通気調節装置《レジスター》」というのである。その間に、サイドボタム氏は探していた書類を見つけ、ショートハウスの目の前にかざして、右手の甲で一、二度叩《はた》いた。あたかも、芝居でメロドラマの悪役が手紙を持っているという風だった。「こいつは、昔の共同経営者、ジョエル・ガーヴィーからの手紙だ。あいつのことは話したろう」

ショートハウスはうなずいた。その昔、「ガーヴィー&《アンド》サイドボタム」といえば、シカゴの金融界では有名だったのである。かれらは驚くべき早さで財を成したが、それ以上に驚くべき早さで雲隠れしたのだった。彼はまた――秘書という立場にはいろいろ便宜があるので――共同経営者たちは今もお互いの弱味を握っており、どちらも相手が死ぬことを切に願っていることを知っていた。

しかし、雇い主が昔犯した罪などに、関心はなかった。この男は少し変人かもしれないが、親切でわけへだてがなかったから、ニューヨーク暮らしをするショートハウスとしては、給料をきちんきちんと払ってくれるその金の出所《でどころ》について、詮索する筋合いはなかった。それに、この二人は気が合い、本物の信頼と尊敬の念が生まれていた。

「楽しい内容なんでしょうね」ショートハウスは小声で言った。

「その反対だ」相手は暖炉の前に立って、紙を神経質にいじりながら、答えた。

「脅迫ですか」

「うむ」

サイドボタム氏の葉巻はなかなか火が点《つ》かなかった。彼はマッチを擦《す》って、ぎざぎざな葉巻の先に火をあて、やがて煙の輪の中から語りはじめた。

「わしはあいつの署名がある大事な書類を持っている。どういう書類か教えるわけにはいかないがね、このわしにとっては、非常に大事なんだ。じつをいうと、そいつはわしのものであると同時に、ガーヴィーのものでもある。ただこちらの手元において あるだけなんだ――」

「なるほど」

「ガーヴィーは、自分の署名を削除したいと手紙に書いてよこした――自分の手で、その部分を切り取りたいというんだ。理由を色々並べ立てているが、たぶん、あいつの要求は――」

「僕に書類を持って行って、切り取るのを見とどけろというんですね?」

「それから、書類を持って帰るんだ」サイドボタム氏は目を細めて、狡《ずる》そうな顰《しか》め面《つら》をしながら、ささやいた。

「持って帰るんですね」秘書は鸚鵡《おうむ》返しに言った。「よくわかりました」

ショートハウスは不幸な経験から、脅迫の恐ろしさを身にしみて知っていた。ガーヴィーが、昔の敵にひどい脅《おど》しをかけていることは明らかだった。と同時に、自分に託された任務には、どこか義俠《ぎきょう》的《てき》な性格があるように思われた。彼はすでに一度ならず雇い主の変人ぶりを「楽しんで」いたが、それがことによると度を超して——変人どころではすまないかもしれないと考えていた。

「君に手紙を読んで聞かせることはできんが」サイドボタム氏は説明した。「君の手に預けよう。それを見せれば、君がわしの——その——信任する代理人だという証拠になるだろう。それから、書類は読まないでくれ。問題の署名はもちろん、最後のページの末尾《すえ》にある」

数分間の沈黙があり、その間、葉巻の先が雄弁に光っていた。

「よんどころない事情があるんだ」サイドボタム氏はやがて、ささやくように言った。「さもなければ、こんなこと、するものか。だが、いいかね。わかってもらいたいのは、これは計略だということだ。署名を切り取るというのは、口実にすぎん。どうでもいいことなんだ。ガーヴィーが欲しがっているのは、書類そのものなんだ」

この秘書を信頼したのは、間違いではなかった。ショートハウスはサイドボタム氏に対して、夫が妻にそうあらねばならないほど忠実だった。

彼の役目自体はきわめて簡単だった。ガーヴィーはロングアイランドの辺鄙《へんぴ》な田舎に寂しく暮らしている。ショートハウスはそこへ書類を持参して、署名を切り抜くのを見とどけ、相手が力ずくで、あるいは別な策を弄《ろう》して書類を奪おうとするかもしれないから気をつける、ということだった。何だか滑稽《こっけい》な冒険のようにも思われたが、事情をすべて知らされているわけではないから、判断がつかなかった。

二人の男はヒソヒソ声でさらに小一時間も密談をつづけ、それが済むと、サイドボタム氏は日避けを上げて、レジスターを開き、ドアの錠を外《はず》した。

ショートハウスは立ち上がった。ポケットには書類を詰め込み、頭には指示を叩き込んであった。しかし、戸口へ来るとためらって、ふり返った。

「何だ？」と雇い主は言った。

ショートハウスは相手の目をまっすぐに見たが、何も言わなかった。

「暴力というのが気になるかね？」と相手は言った。ショートハウスはうなずいた。

「ガーヴィーにはもう二十年も会っておらん。君に言えることは、これだけだ——あいつは時々気が変になるとわしは信じている。いろいろと妙な噂を聞いたよ。あいつは独り暮らしで、頭がはっきりしている時は化学の研究をしている。昔から、やつの趣味だったんだ。だが、あいつが暴力に訴える可能性は、まあ二十分の一といったところだろうな。わしはただ警告しておきたかっただけだ――万一ということがあるから――つまり、十分気をつけるようにな」

サイドボタム氏はしゃべりながら、スミス・アンド・ウェッソンの拳銃を秘書に渡した。ショートハウスはそれを尻のポケットにそっと入れて、部屋を出た。

＊　＊　＊　＊　＊　＊

融けかかった雪に被われた野原に、冷たい小糠雨《こぬかあめ》が降っていた。ショートハウスは午後遅く、ロングアイランドの寂しい小駅《こえき》のプラットホームに立って、今し方《がた》降りた汽車が遠くへ消えて行くのをながめていた。

かつてシカゴで羽振りをきかしたジョエル・ガーヴィー氏が住んでいるのは、荒涼とした田舎で、この日の午後は、ふだんにも増して陰気な様子を呈していた。汚ない雪に被われた真《ま》っ平《たいら》な野原が東西南北にどこまでも広がり、空とつながっていた。ところどころに農場の建物があって、風景の単調さを破り、うねうねと続く道路はぬかるんでいて、樹からは雨がしたたり、海から死人の棺覆《ひつぎおお》いのように流れて来るひんやりと冷たい霧が、道の上をつつみ込んでいた。

駅からガーヴィーの家までは六マイルあり、ショートハウスが駅で見つけたオンボロな軽装四輪馬車《バギー》の御者《ぎょしゃ》は、むっつりして口を利かなかった。陰気な景色と、それよりもなお陰気な御者との間で、彼は物思いに耽りはじめたが、その考えは冒険という薬味《やくみ》が効いていなかったなら、景色や御者にもまさって陰気だったろう。用件は手早く済ませよう、と彼は思った。署名を切り取ったら、すぐに荷物をまとめて、おさらばするのだ。ブルックリン行きの最終列車は、七時十五分発である。帰りは泥と雪の道を六マイルも歩かなければならない。オンボロ馬車の御者は、待てないとすげなく断わったからだ。

ショートハウスは用心のために、自分でもなかなか賢いと思う細工をした。本物そっくりの書類をこしらえたのだ。表書きも、青い封筒も、赤いゴム紐《ひも》も、左下の隅についたインクの染みまで、見た目はそっくり同じだった。もちろん、中には白紙が入っているだけだ。書類をすり替えて、偽物を鞄に入れる――そこをガーヴィーにわざと見せてやるつもりだった。暴力沙汰ということになれば狙われるのは鞄だろうから、鞄に鍵を掛けて、鍵は投げ捨ててしまおう。敵が鞄をこじ開け、だまされたことに気づくまでには、本物の書類を持って逃げ出すチャンスがあるだろう。

だんまり屋の御者が壊れかけた門の前に車を停めて、家を鞭《むち》で示した時は、もう五時になっていた。家はこんもりと木の繁《しげ》った地所にあり、夕闇の深まる中に、かろうじてそれと見分けられた。ショートハウスは玄関につけてくれと言ったが、御者は断わった。

「危《あぶ》ねえこたァしたくねえ。おいらにゃ家族がいるんだ」

気味の悪い捨て台詞《ぜりふ》だったが、ショートハウスはこの謎かけめいた言葉の意味を解こうとはしなかった。男に金を払い、たった一つの蝶番《ちょうつがい》で開閉するガタガタの古い門を押し開け、車回しを歩いて行った。両側に木立が迫っていて、門内の道は暗かった。やがて家全体が見えて来た。家は高く、真四角で、かつては白かったはずだが、今や壁は汚ない染みに覆われ、漆喰《しっくい》が剝《は》げ落ちたところは黄色い縞《しま》になっていた。窓は暗く、夜の闇を決然と睨《にら》み返していた。庭には雑草や芝が茂り、それが濡れた雪を被《かぶ》って、ところどころに見苦しく盛り上がっていた。全《まった》き静けさがあたりを領し、生けるものの影も見えなかった。犬さえ吠えなかった。ただ遠くから、去り行く列車の車輪の音が、だんだんかすかになってゆくのが聞こえて来るだけだった。

外玄関《ポーチ》の朽ちかけた木の柱の間に立って、屋根から雨が雪まじりの水たまりに滴り落ちる音を聞いていると、彼はいまだかつて味わったことのない寂寥《せきりょう》と孤独を感じた。家の険悪な様相《すがた》を見ただけで、元気がくじけた。そこはおとぎ話の怪物や魔物——夜の闇が下りなければ出て来られない生き物たちの棲家《すみか》、といっても良さそうだった。

呼鈴の握りかノッカーがないかと手さぐりで探したが、どちらも見つからないので、ステッキをふり上げ、ドアをコツコツと叩いた。音はドアの向こうのうつろな空間に反響《こだま》して消えて行き、風が彼の大胆さにびっくりしたかのように、物悲しい声を立てて柱の間を吹き過ぎた。だが足音も近づいて来ないし、誰もドアを開けなかった。もう一度、さっきよりも大きな音で、長く叩いてみた。それから家に背を向け、荒れた庭の向こうが急に暗くなって行くのをじっと見ていた。

そのうち、ふとふり返ると、ドアが半開きになっていた。誰かがドアを音もなく開けたのだ。二つの目がこちらを覗いていた。中の広間に明かりは灯《とも》っておらず、人の顔がぼんやりと見分けられるだけだった。

「ガーヴィー氏はこちらにお住まいですか?」ショートハウスは、しっかりした声でたずねた。

「あんたは誰だね?」と男が返事をした。

「サイドボタム氏の個人秘書です。大切な用件でガーヴィー氏にお目にかかりたいんです」

「約束してあるのかね?」

「そのはずですが」ショートハウスは苛立《いらだ》たしげに言って、ドアの隙間《すきま》から名刺を突き出した。「すぐに取りついでください。ガーヴィー氏が手紙にお書きになった用件で、サイドボタム氏から使いに来たのだと言って下さい」

男は名刺を受けとり、その顔は暗闇に消えた。ショートハウスは焦《じ》れったさと当惑が入りまじったような気持ちで、寒い外玄関に待っていた。今になって気がついたが、ドアには鎖が掛かっていて、二、三インチしか開かない。しかし、彼に不安を抱かせたのは、男の応待だった——数分間あれこれと考えていたが、やがて足音が近づき、玄関広間に明かりが揺らめいたので、物思いは中断した。

次の瞬間、鎖がカチャリと音を立てて外れ、ショートハウスは鞄をしっかり握って、嫌な臭いのする広い玄関に踏み込んだが、そこは天井以外、何も見えなかった。明かりといっては、男が持っている揺らめく蠟燭だけで、ショートハウスはその頼りない光で男の様子をつらつらと見た。小柄な中年男で、キラキラと光る目がよく動き、黒い顎鬚は縮《ちぢ》れ、鼻はユダヤ人だということを一目瞭然に示していた。男の肩は丸まっていて、鎖を掛け直すのを見ているうちに、この男が司祭の法衣《カソック》に似た、足までとどく妙な黒いガウンをまとっていることがわかった。まったく不吉な、葬式を思わせる姿だったが、この家にはぴったり合っているように見えた。玄関広間には家具ひとつなく、煤《すす》けた壁には空っぽな古い額が乱雑に立て掛けてあった。奇怪な形の木細工《きざいく》もあったが、蠟燭の明かりが動くにつれて、その影が奇妙な踊りをおどり、二重に幻想的に見えた。

「ここで待ってりゃ、ガーヴィーさんはそのうち来るよ」ユダヤ人は無愛想にそう言いながら、骨張った手で蠟燭を覆って、床を横切った。

この男は訪問客のチョッキよりも上を見なかったので、生きて血の通った人間というより、墓場から迷い出た死人のようだった。広間はたしかに嫌な臭いがした。

ユダヤ人が突きあたりのドアを開けて、向こうの部屋へ入った時、ショートハウスが目にした光景は、それだけにいっそう驚くべきものだった。その部屋は天井から吊ったランプに煌々《こうこう》と照らされ、趣味が良く快適な家具が贅沢《ぜいたく》にそなえつけられていた。壁際には美麗な装丁の書物が並び、部屋の真ん中には、大きなマホガニーの机と肘掛椅子が置いてあった。暖炉には火が明るく燃え、炉棚には、精細な彫刻を施した置時計の左右に、小ぎれいな額に入った男女の写真が並んでいた。扉のように開いているフランス窓の一部は、暖かな色合いの赤いカーテンに被われ、壁際の脇棚にはデカンターやグラスがあり、葉巻の箱が五、六個積み重ねてあった。部屋には煙草の良い香りが立ちこめていた。玄関広間の寒々しい貧しげな様子とはあまりにも違うので、ショートハウスは心の温度計が早くもグンと上がるのを感じた。

それから、彼はふり返って、入口に立っているユダヤ人を見たが、男はこちらのチョッキの胸のあたりにじっと目を据えていた。どこがどうというわけではないが、妙に嫌悪感をおぼえる姿で、こいつは何よりも、化け物のような真っ黒い猛禽《もうきん》に似ている、と秘書は思った。

「時間があまりないんです」彼はぶっきら棒に言った。「ガーヴィーさんがすぐに来てくれるといいんですがね」

小男の醜い顔を一瞬ニヤッと妙な微笑が過《よぎ》って、すぐに消えた。彼は返事の代わりに、人を小馬鹿にするようなお辞儀をした。それから蠟燭を吹き消し、部屋から出て、音もなくドアを閉めた。

ショートハウスは一人になると、ホッとした。あのユダヤ人はどこか慇懃《いんぎん》無礼で、癪《しゃく》に障《さわ》ったからだ。彼はまわりを注意して調べはじめた。そこはこの家の書斎とおぼしく、壁にはほとんど天井際まで本が並んでいて、絵をかける場所はなかった。豪華な装丁を施した本の輝く背中だけが、彼を見下ろしていた。天井からは輝《かが》やかな明かりが四つ下がっていて、書類を散らかした机に、磨いた反射鏡のついている読書灯が置いてあった。読書灯は消えていたが、触ってみると温かかった。明らかに、この部屋には少し前まで人がいたのだ。

だが読書灯という証拠がなくとも、彼はこの部屋についさっきまで人がいたことを、理由は説明できないが、すでに感じていた。机のあたりに人間の落ち着かない気配が残っていて、しかもその気配を発した人間は、今もすぐ近くにいるような気がした。

この部屋にいるのは自分一人で、誰も隠れていないとはどうも思えなかった。彼の勘《かん》は、誰かが見張っているかのように振舞えと警告していた。ソワソワしてまわりを見、部屋全体に目配りを利かしておきたい――人が自分の一挙手一投足をうかがっているのだから、うかつなことはできない、という気持ちをうっすらとおぼえた。

こういう感覚がどこから来るのか、さだかにはわからなかったが、ともあれ、それが歯止めになって、彼は強い衝動を抑え、椅子から立って部屋中を調べるのをやめておいた。じっと腰かけたままで、本の背中と赤いカーテンをかわるがわる睨んでいた――本当に誰かが見張っているのだろうか、それとも思いすごしだろうかと考えながら。

たっぷり十五分も経った頃、二十列もある書棚がいきなりこちらへ迫《せ》り出し、真正面の壁にドアが開いた。本は結局、背表紙だけの偽物だったのだ。それが引き戸と一緒にうしろへ戻った時、目の前にはジョエル・ガーヴィーの姿があった。

ショートハウスは、驚いて息が止まりそうだった。彼が期待していたのは、顔にまごうかたなき獣の印がついた不快な男、ことによると兇悪な化け物があらわれることだったのだ。ところが、そこに立っていたのは、年輩の、背の高い、様子の良い男だった。身形《みなり》はきちんとして洗練され、頑健で、額は秀《ひい》で、灰色の目は澄みとおり、高い鷲鼻《わしばな》の下に、きれいに髭を剃《そ》った口としっかりした顎がある——まったく立派な風体《ふうてい》の人物だった。

「お待たせしてしまったようですな、ショートハウスさん」男は明るい声で言ったが、口元も目も微笑《わら》っていなかった。「じつは、私、化学に凝《こ》っておりましてな。御到来を告げられた時、ちょうど、問題が解けるかどうかの瀬戸際《せとぎわ》にかかっておりまして、どうしても結論を出さねばならなかったものですから」

ショートハウスは立ち上がったが、相手は坐れという仕草をした。理由はわからないが、ジョエル・ガーヴィー氏は、どうも嘘をついているらしい。どうしてそんなごまかしを言う必要があるのだろう。ショートハウスはそう思いながら、外套を脱いで、腰かけた。

「それに、あのドアにびっくりなさったでしょう」ガーヴィーは相手の顔から気持ちを察したとみえて、言った。「あんなところにドアがあるとは、お考えにならなかったでしょう。あのドアは私のささやかな実験室に通じているんです。私は化学の研究に熱中しておりまして、たいがい、そちらにいるんですよ」ガーヴィー氏は暖炉の向こうの肘掛椅子に近づいて、坐った。

ショートハウスはそつのない受け応《こた》えをしたが、内心では、サイドボタム氏のかつての相棒を値踏みしていたのである。今のところ精神が異常な様子は見られなかったし、暴力沙汰や荒《すさ》んだ暮らしを匂わせるものもなかった。全体として、サイドボタム氏の秘書はたいそう愉快な驚きを感じており、早々に用件を片づけたいと思って、鞄に寄って開けようとした。すると、相手は急に声をかけた――

「あなたはサイドボタム氏の個人秘書なんですね？」

ショートハウスははいと答えて、「サイドボタム氏から」と説明した。「袋に入った書類をあずかっています。それに先週あなたがお出しになった手紙も、つつしんでお返しします」手紙を渡すと、ガーヴィーは黙って受け取り、おもむろに火の中に投じた。彼は秘書がその文面を読んでいないことを知らなかったが、顔からは何の感情もうかがわれなかった。だが、手紙が燃え尽きるまで、火から目を放さなかったことに、ショートハウスは気づいた。ガーヴィーはやがて面《おもて》を上げて、言った。「それでは、この奇妙な一件に関する事情を御存知なのですね？」

ショートハウスは自分の無知を白状する理由はないと思った。

「書類は全部持ってまいりました、ガーヴィーさん」そう言って、鞄から書類を出した。「用件をなるべく早く済ませられると有難いのですが。署名を切り抜いてくだされば、私は――」

「ちょっとお待ちください」と相手は言葉をさえぎった。「その前に、実験室にある書類を調べて来なければなりませんので。二、三分こちらでお待ちいただきたいが、それが済めば、何もかもすぐに片づくでしょう」

ショートハウスはこれ以上ぐずぐず待たされるのは嫌だったが、言うことを聞くしかなかった。ガーヴィーが隠し戸から部屋を出て行くと、書類を手に持って腰かけたまま、待っていた。何分か経ったが、ガーヴィーは戻らなかった。ショートハウスは時間《ひま》つぶしに外套から偽《にせ》の包みを取り出して、書類が揃《そろ》っているかどうか確かめようと思った。だが、そうしかけた時、何かが――それが何なのかはついにわからなかった――やめろと警告した。人に見られているという感覚がまた戻って来て、彼は鞄を膝にのせて椅子に背をもたせ、ジリジリしながら、主人が戻って来るのを待った。二十分以上も待たされた末にドアが開いて、ガーヴィーが現われ、手間取ったことを詫びたが、時計を見ると、もう時間は二、三分しか残っていなかった。それを過ぎると、終列車に乗り遅れるのである。

「さあ、それでは仰《おお》せのままにいたしますよ」ガーヴィーは愛想《あいそ》良《よ》く言った。「おわかりかと思いますが、ショートハウスさん、こういうことは念を入れるに越したことはありませんから――とりわけ」彼はゆっくりと、重々しい調子で語りつづけた。「私の以前の共同経営者のような男と取引をする場合は、そうです。お気づきかと思いますが、あの男の精神は時々ひどく病んでおりますから」

ショートハウスはこれには答えなかった。猫が鼠《ねずみ》を見張るように、相手が自分を注視しているのを感じた。

「あの男がいまだに野放しになっているのは」とガーヴィーは言い足した。「私には、ほとんど奇蹟のように思われますな。状態がうんとましになったのならべつですが、さもなければ、あの男と深く関わり合うのは安全とは申せません」

ショートハウスは居心地が悪くなって来た。相手の言うことが事実の裏面なのか、それともこれが心の病の兆候なのか、そのどちらかであるはずだ。

「私の考えでは、ガーヴィーさん、重要な事務はすべて細心の注意を必要としますね」彼はしまいに用心深くそう言った。

「なるほど！　やはり、あいつに大分困らされておいでですね」ガーヴィーは話し相手の顔に目を据えて、言った。「それに、あいつは今も私を恨《うら》んでいるんでしょうな？　昔、病気が最初に起こった時がそうでしたが」

この最後の言葉は意図して発した質問であり、質問者はじっとこちらを見据えて返答を待っていたが、ショートハウスは知らんぷりを決め込んだ。無言で青い封筒からゴム紐をパチンと外し、早く用件を終えたいという意向をはっきり示した。相手が何かとぐずぐずするのは、まったくもって気に入らなかった。

「ですが、暴力をふるったりはしないんでしょうね、ショートハウスさん」とガーヴィーは言った。

「そんなことはありません」

「よかった」ガーヴィーは、同情に満ちた声で言った。「それは何よりです。さて、それじゃ、よろしければ、夕食前に用件を済ましてしまいましょう。すぐに終わりますよ」

彼は机の前に椅子を引いて腰かけると、抽斗《ひきだし》から鋏《はさみ》を出した。ショートハウスは書類を手に持って広げながら、近づいた。ガーヴィーは即座にそれを受けとり、二、三ページパラパラめくってみたあと、終わりから二番目のページに書いてある文字を切り抜いた。

その紙切れを取り上げてショートハウスに見せたが、それには薄れたインクで「ジョエル・ガーヴィー」と書いてあった。

「ほら！　私の署名です。切り抜いてしまいました。私がこれを書いてから、もう二十年近くなるでしょうが、今焼いてしまいます」

彼は暖炉のところへ行き、かがんで小さな紙切れを燃やした。ガーヴィーが燃える紙切れを見ている間に、ショートハウスは本物の書類をポケットに入れ、偽物を鞄に滑り込ませた。ガーヴィーが振り返った時、ちょうど偽物を鞄に入れるところだった。

「書類をしまっていたところです」ショートハウスは穏やかに言った。「もう御用済みかと思いまして」

「さよう」相手はすっかり騙《だま》されて、そう答えながら、青い封筒が黒い鞄に戻され、ショートハウスが鞄に鍵をかけるのを見守っていた。「私にはもう何の関心もない物です」そう言うと、脇卓の方へ寄って、小さなグラスに自分の飲むウイスキーを注《つ》ぎながら、一杯いかがです、と客人に勧めた。だが客人は辞退して、もう外套を着ていた。ガーヴィーはふり返ってそれを見ると、驚いた顔をした。

「まさか今晩、ニューヨークへお帰りになるおつもりじゃないでしょうね、ショートハウスさん？」唖然《あぜん》とした声でそう言った。

「今から急いで行けば、七時十五分の列車に間に合います」

「しかし、そんなことは聞いたこともありません」とガーヴィーは言った。「もちろん、今夜はお泊まりになるとばかり思っていました」

「御親切に」とショートハウスは言った。「ですが、本当に今夜帰らなければいけないんです。泊まって行くつもりはありませんでした」

二人の男は顔を突き合わせて立っていた。ガーヴィーが時計を取り出して、言った。

「まことに申しわけありませんが、てっきり、お泊まりになると思っていたんです。もっと早くそう言えば良かった。この通り、寂しい暮らしをしていると、お客様もめったにないので、礼儀作法を忘れてしまったようです。ですが、いずれにしてもショートハウスさん、七時十五分の汽車には乗れませんよ。もう六時を過ぎていますから。今夜はそれが終列車です」ガーヴィーは早口で、たたみかけるようにしゃべったが、その声に偽《いつわ》りの響きはなかった。

「急げば間に合うでしょう」ショートハウスはきっぱりと言って、ドアの方へ向かいながら懐中時計をチラリと見た。これまでは炉棚の置時計で時刻を見ていたのだ。驚いたことに、時刻はガーヴィーの言う通り、とうに六時を過ぎていた。置時計は三十分も遅れていた。汽車に間に合わないことを、彼はすぐに悟った。

置時計の針はわざと遅らしてあったのだろうか？ 自分は故意に引き留められたのだろうか？ 不愉快な考えが脳裡に閃《ひらめ》き、彼はどうするか迷った。雇い主の警告が耳の中に鳴り響いた。かくなるうえは、寂しい夜道を六マイル歩くか、ガーヴィーの家で一夜を過ごすかのどちらかしかない。前者は災難を自《みずか》ら招き寄せるに等しい——誰かがもし良からぬことを企《たくら》んでいるとすれば、だ。後者は——うむ、選択の余地はたしかに少ないが、一つだけハッキリしていた——恐れたり躊躇《ためら》ったりする様子を見せてはならないことだ。

「私の時計は進んでいたようです」彼は事もなげにそう言いながら、うつ向いたまま時計の針を戻した。「たしかに、汽車には乗り遅れてしまったようですから、御好意に甘えるしかありません。でも、本当に、そんな御迷惑をかけるつもりはなかったんです」

「どういたしまして」と相手はこたえた。「年寄りの言うことを聞いて、今夜はおくつろぎなさい。外はひどい嵐ですし、迷惑などということはまったくありませんよ。それどころか、じつに嬉しい。私は外の世間とつきあいがありませんので、あなたにお越しいただいたことは、思いもよらぬ幸せです」

話しているうちに、ガーヴィーの顔つきが変わって来た。態度は温かく、誠意がこもっていた。ショートハウスは相手を疑ったことが恥ずかしくなり、雇い主の警告には、何か裏があるのではないかと思いはじめた。彼は外套を脱ぎ、二人の男は炉端の肘掛椅子に移った。

ガーヴィーは声をひそめて言った。「おためらいになるのは良くわかります。私もサイドボタムとは長いつきあいですから、あいつのことなら良く知っています――たぶん、あなたよりも良く知っているでしょう。あいつはさだめし私について、根も葉もないことをいろいろ吹き込んだのでしょう――絞首刑にならずにノウノウとしている悪党の中でも、一番の悪《わる》だ、とか何とか言ったんじゃありませんかな？　困った奴だ！　あれでも、頭のネジが外《はず》れるまでは立派な男だったんです。あの男の妄想の一つは、他のみんなが狂っているか、狂いかけているというものでした。今でもそんな調子ですか？」

「人は誰でも」ショートハウスは打ち明け話をするような調子で、しかし、余計なことは言わずに、こたえた。「いろいろな経験をして年齢《とし》を重ねてゆくと、何かしら妄想を抱くものですよ」

「おっしゃる通りです」とガーヴィーは言った。「あなたは、観察力が鋭いようですね」

「鋭いですとも」ショートハウスは相手の言葉に乗って、こたえた。「ですが、むろん、ある種の事柄は」——と言いながら、用心深げにうしろをふり返った——「ある種の事柄は、まわりに気をつけてしゃべるに越したことはありませんね」

「お口が固いのは良くわかりますし、敬服いたします」

それからしばらく話をしたあと、ガーヴィーは立ち上がって、寝室の用意をさせるので失礼すると言った。

「この家にお客様がみえるなんてめったにないことですから、なるべく快適にお過ごしいただきたいんです。マークスは、こちらが指図《さしず》してやった方が、ちゃんと働きますのでね。それに」彼は戸口でニヤリと笑って、言い足した。「サイドボタムに良い報告をしてもらいたいですから」

二

背の高い姿が消えて、ドアが閉まった。秘書はこれまで数分間やりとりをしているうちに、目から鱗《うろこ》が落ちたような気がした。ガーヴィーはまったく正常《まとも》な性質を持っているようだ。その態度も意向も誠実なものであることに、疑いの余地はなかった。初めの疑惑は、朝日の前の霧のように霽《は》れて行った。サイドボタムがものものしい警告をして、この一件全体を謎につつんだことが、ジムの心に良からぬ影響を与えたのだ。それにこの場所の寂しさや、寒々しいまわりの様子も手伝って、錯覚を完全にした。彼は疑ったことが恥ずかしくなり、考えが変わって来た。ともかく、暗い夜道を六マイルもトボトボ歩いて、腹ペコでおまけに寒い列車に乗るよりは、夕食と寝床にありつける方が有難い。

やがて、ガーヴィーが戻って来た。「精一杯おもてなしさせていただきますよ」そう言って、暖炉の向こう側の椅子に坐り込んだ。「マークスは、こちらが目さえ離さなければ良い召使いですが、ユダヤ人に物事をちゃんとやらせたかったら、いつも監督していなければいけません。自分の得《とく》になる仕事をする時はべつですが、ふだんはずる賢《がしこ》くて、油断がなりません。ですが、マークスはもっと性《たち》が悪いかもしれない。あれは私に仕えてもう二十年近くなります——料理人と従僕と家政婦と執事を、一人で全部やっているんです。じつは昔、シカゴにいた時、我々の事務所で働いておりました」

ガーヴィーはしゃべり続け、ショートハウスは聞きながら、時折相槌《あいづち》を打った。ガーヴィーは話し相手がいて嬉しいらしく、自分の声が、耳に快い音楽のように聞こえるらしかった。彼は二、三分すると脇卓の方へ歩いて行き、ふたたびウイスキーの入ったデカンターを取り、明かりにかざした。「今度はおつきあいくださるでしょうな」と愛想良く言って、二つのグラスに酒をなみなみと注いだ。「夕食を平《たい》らげる食欲が出ますよ」ショートハウスも今度は断わらなかった。酒は芳醇《ほうじゅん》で柔らかく、男たちは二杯ずつ飲んだ。

「良い酒だ」と秘書は言った。

「お口に合って、良かった」この家の主《あるじ》は舌鼓《したづつみ》を打って言った。「年代物のウイスキーなんです。私一人の時はめったに手をつけません。しかし、今日は特別な機会ですからな」

ショートハウスがグラスを下に置こうとした時、ふと何かが彼の視線を相手の顔に引きつけた。相手の声の奇妙な響きが彼の注意を引き、神経に警告を発したのだ。ガーヴィーの目に今までにはなかった光が輝き、彫りの深い顔立ちを一瞬何かの影がよぎって、秘書の神経を疼《うず》かせた。目の前に霧が広がり、自分が今見ているのは野獣の顔なのだという奇妙な確信が湧き起こった。自分の心臓のすぐそばに、何か荒々しく、狂暴で、野蛮なものがいるのだ。思わずゾッと戦慄が身内を走り抜けたが、唐突に湧いて来た奇妙な空想は、やはり唐突に消えてしまった。ショートハウスは微笑んで相手の目を見たが、心の中には生々しい恐怖があった。

「まったく特別な機会ですね」彼は精一杯自然な調子で言った。「それに、言わせていただければ、じつに特別なウイスキーです」

ガーヴィーは嬉しそうだった。そのウイスキーがどうして手に入ったかという経緯《いきさつ》をくどくどと話していると、背後にドアが開き、耳障りなキイキイ声が、夕食の支度のできたことを告げた。二人は法衣《カソック》のような服を着たマークスのあとについて、薄汚れた広間を通ったが、そこは暗く、光といえば、書斎の扉からわずかに明かりが洩れてくるだけだった。やがて小さい部屋に入ると、晩餐の用意をしたテーブルにランプが一つだけ灯っていた。壁には絵もなく、窓には板簾《いたすだれ》がかかっているだけで、カーテンはなかった。炉床に火はなく、差し向かいに坐ってテーブルの上を見ると、ショートハウスの席にはグラスや食器が並んでいるのに、相手の側にはスープ皿が一つ置いてあるだけで、フォークもナイフも、スプーンもないのだった。

「どんな物をお出しできるかわかりませんが」とガーヴィーは言った。「マークスは急ごしらえで精一杯やったと思います。私は夕食には一品《ひとしな》しか食べませんが、どうぞごゆっくり召し上がってください」

　マークスはやがて客人の前にスープ皿を運んで来た。しかし、このヘブライ人の老僕がすぐそばにいると、じつに嫌な気分だったので、スープはなかなか減らなかった。ガーヴィーは坐って、こちらを見ていた。

　ショートハウスは「美味《おい》しいスープですね」と言って、勇敢にもさらに一口飲んだ。実際には、ガーヴィーに気を取られていたのだった。ガーヴィーの態度は次第に奇妙な変化のしるしを見せていた。物腰に明らかな違いがあらわれ、秘書はその違いを目で見るというよりも、真っ先に肌で感じた。ガーヴィーの穏やかで沈着な様子は、何か説明のつかぬ興奮を圧《お》し殺しているような態度に変わって来た。動作は速く神経質になり、眼はせわしなく動いて、妙にギラギラと光った。話し声は時折、激しく震えた。何か尋常ならざる物が彼の胸裡《むなうち》に蠢《うごめ》いていて、食事が進むにつれ、刻一刻と力強く現われ出ようとしているのだった。

ショートハウスは相手のこの様子を本能的に恐れて、おそろしく硬い豚肉の切り身を何とかやっつけようとしながら、話題を化学の方へ持って行こうとした。彼はオックスフォード時代、熱心に化学を学んだのだ。しかし、相手は乗らなかった。化学には興味を失《な》くしたようで、ろくに受け応えもしなかった。やがて、マークスが湯気の立つベーコンエッグの皿を持って来ると、話は自然それきりになった。

「晩餐の料理にはふさわしくありませんが」ガーヴィーは男がいなくなると、すぐに言った。「何もないよりはましでしょう」

「ベーコンエッグなら大好きです」ショートハウスはそう言って面を上げたが、見ると、ガーヴィーの顔はヒクヒクと痙攣《けいれん》し、椅子の上で身をよじらんばかりにしていた。

しかし、秘書が見つめていると落ち着いて来て、苦しげな声で言った――

「そう言っていただけると恐縮です。私もお相伴《しょうばん》したいところですが、私はそんな物は食わんのです。晩には一品しか食べませんので」

ショートハウスはそれがどんな一品なのか好奇心をおぼえたが、何も言わずに、ただ相手の様子を観察していた。ガーヴィーの興奮は急激につのり、抑えが利《き》かなくなって来たようだった。そこには何か気味の悪いものがあったので、ショートハウスは駅まで歩いて行けば良かったと後悔しはじめた。

「マークスが部屋にいる時、何もおっしゃらないのは有難いことです」ガーヴィーは、ややあって言った。「その方が良いんです。そう思いませんか？」

彼はこの質問に返事を求めている様子だった。

「もちろんですとも」秘書は当惑しながら言った。

「さよう」相手はすぐにそのあとを引き受けて、「あれは優秀な男ですが、一つだけ欠点があります――すこぶる重大な欠点です。あなたも――いや、しかし、あなたはまだお気づきではないでしょう」

「酒を飲むんじゃないでしょうね」ショートハウスはそう言ったが、あの厭《いと》わしいユダヤ人の話は、もうやめにしたかった。

「それどころか、もっと性《たち》の悪いことです」ガーヴィーはそうこたえて、相手が何かたずねるのを期待しているようだった。しかし、ショートハウスは嫌なことを聞きたくなかったので、罠《わな》に引っかかるまいとして、冷淡に言った。

「どんなに良い召使いでも、欠点はあるものです」

「お望みなら、どういう欠点かお話ししましょう」ガーヴィーはうんと声をひそめ、顔がランプの焔に触れそうなくらい、テーブルに身を乗り出して、「ただ、あいつが聞いているといけませんから、大きな声じゃ言えません。どういうことかお話ししましょう——怖がらない自信がおありになればですが」

「僕には怖いものなんかありません」ショートハウスは笑った。（ガーヴィーに、それだけはわからせておかなければいけない）「何物も僕を怖がらせることなど、できません」

「それを聞いて安心しました。と申しますのはね、時々この私自身、ひどく恐ろしくなるものですから」

ショートハウスは平然たる風を装《よそお》っていたが、心臓の動悸《どうき》がやや速くなり、背筋が冷たくなるのを感じていた。彼は黙って、相手が話しはじめるのを待った。

「あの男は、真空に恐ろしい偏愛を抱いているのです」ガーヴィーはやがて、いっそう声をひそめ、ランプの下に顔を突き出して語りつづけた。

「真空ですって!」秘書は思わず叫んでしまった。「一体、どういうことです?」

「もちろん、今言った通りの意味ですよ。あの男は年中、真空の中へもぐり込んでしまいまして、どこへ行ったかわからないし、つかまえることができないんです。一度に何時間も隠れているんですが、一体そこで何をしているのか、さっぱり見当もつきません」

ショートハウスはまっすぐに相手の眼を覗き込んだ。この男は一体全体、何の話をしているのだろう?

「新鮮な空気を吸いに行くんでしょうか?——それとも逃避のためでしょうか? どうお考えになります?」ガーヴィーは少し声を高くして言った。

ショートハウスは、相手の表情を見ていなければ、即座に笑っただろう。

「真空には、空気も何もないと思いますがね」彼は穏やかに言った。

「まさに同感です!」ガーヴィーはますます興奮して、言った。「そこが恐ろしいところなんです。あの男は一体どうやって、あそこで生きているんでしょう? 御承知の通り――」

「あなたはあとを追いかけて、真空に入ったことがあるんですか？」秘書は相手の言葉をさえぎった。相手は椅子の背に凭《もた》れて、深いため息をついた。

「いいえ！　そいつは不可能です。ついて行くことなどできないんです。二人が入る余地はありません。真空に気持ち良く入っていられるのは、一人だけです。マークスはそれを知っています。あいつがいったん内側へ入ってしまうと、もうまったく手が出せません。あいつは、うまく立ちまわるコツを知ってるんです。立派なユダヤ人ですよ」

「それはもちろん、召使いとしては難点《ドロー・バック》でしょうね――」ショートハウスは皿に目を落として、ゆっくりと言った。

「難点というより」相手は嫌らしくクスクス笑って、こちらの言葉をさえぎった。

「私は吸引《ドロー・イン》と、そう言ってるんです」

「吸引の方が、たしかに正確なようですね」ショートハウスは調子を合わせた。「しかし、自然は真空を忌《い》み嫌うものだと思ってました。僕が学校にいた頃はそうでしたね――もっとも、それは――大分前の話ですが――」

彼は口ごもって、面を上げた。ガーヴィーの顔の何かが――彼はそれを、面を上げる前に感じていた――彼を黙り込ませ、言葉を喉に凍りつかせたのだ。唇が動こうとせず、急にカサカサになった。目の前にまたもや霧が立ちこめ、おそるべき影がガーヴィーの顔に帷《とばり》をかけた。ガーヴィーの目鼻が燃え、輝きはじめた。それから下卑《げび》た顔立ちになり、クチャッと小さくまとまったように見えた。一瞬――それはほんの一瞬のことに思われたが――ショートハウスは、獰猛《どうもう》で邪悪な獣の顔を覗き込んでいた。それから、いやらしい獣の影はまた突然消えて、霧は霽《は》れ、ショートハウスは神経を凝《こ》らして、言いかけたことを何とか最後まで言いきった。

「その――僕がそういうことに関心を持っていたのは、うんと昔のことです」彼は言葉につかえながら、言った。心臓がドキドキして、胸苦《むなぐる》しくなって来た。

「これは私のもう一方の特殊な研究でして」ガーヴィーはふたたび語りはじめた。「私も長年、伊達《だて》に実験室にこもっているわけじゃありません。自然は、私は事実として知っておりますが」彼はいやに熱をこめて、言った。「けっして真空を忌み嫌いません。それどころか滅法《めっぽう》好きなのでありまして、おかげで私のささやかな世帯《しょたい》は損害をこうむっているんです。もし真空がもっと少なく、忌み嫌われていれば、暮らしやすくなるんですが——きっと、今よりもずっと暮らし良くなるんですがねえ」

「あなたは特別な知識を持っておいでですから、権威を持ってものをおっしゃることができるわけです」ショートハウスはそう言ったが、心の中では、好奇心と警戒心が他の複雑な感情とせめぎ合っていた。「しかし、人間がどうすれば真空の中へころがり込めるんですか？」

「もっともな御質問です。問題はそこなんです。どうやって入り込むのか？　まったく途方もない話で、私には理解できません。マークスは知っていますが、言おうとしません。ユダヤ人は我々より多くのことを知っているんです。私としては、これだけのことを信ずる理由が——」彼は口を閉じ、耳を澄ました。「しっ！　あいつが来ますよ」そう言うと、嬉しそうに手をこすり合わせ、椅子の上でもじもじした。

廊下を歩いて来る足音が聞こえ、それが戸口へ近づくにつれて、ガーヴィーは抑えきれぬ興奮に我を忘れたようだった。その目はドアに釘づけとなり、両手でテーブルクロスを引っ掻きはじめた。顔はまた嫌らしい影に覆われ、荒々しい狼のような顔つきになった。今までは仮面によって、うしろにひそむ獣を何とか隠していたのに——それでも、半分透けて見えてはいた——その仮面を突き破って、人間の中にひそんでいた獣の奇怪な面《おも》ざしが――人狼《じんろう》の、怪物の形相《ぎょうそう》が、目鼻に跳び込んで来たかのようだった。醜悪な変化はたちまち顔中に広がり、輪郭が崩れはじめた。鼻は平《ひら》たくなり、鼻の孔《あな》が広がって、厚い唇の上に覆いかぶさった。顔は丸くパンパンに張って、下ぶくれになった。両眼は、ショートハウスにとっては幸いなことに、もはや彼の眼を見てはおらず、野放図《のほうず》な食欲と獣の貪婪《どんらん》さに輝いていた。両手はテーブルクロスから離れて、皿の端をつかみ、またグッとテーブルクロスをつかんだ。

「私の料理がやっと来ました」ガーヴィーは喉の奥から声を出して言った。身体がブルブル震えていた。上唇がめくれ上がり、白く光る歯をむき出しにしていた。

一瞬後にドアが開き、マークスがそそくさと部屋へ入って来て、主人の前に皿を置いた。ガーヴィーは腰を浮かして、両手を伸ばし、ゾッとするような笑みを浮かべていた。口から獣の唸《うな》り声のような音を立てた。テーブルに置かれた皿からは湯気が立っていたが、立ちのぼる微《かす》かな蒸気は、匂いからして、石炭の火で熱したために立つものではなかった。たった今消された生命《いのち》の火で温《ぬく》まっている生肉の、自然の熱だった。皿がテーブルにのった瞬間、ガーヴィーは自分の皿を押しのけて、もう一つの皿を口元へ引き寄せた。それから両手で食べ物をつかみ、うう、ううと唸りながら歯で食いちぎった。ショートハウスは吐き気がして、目をつぶった。ふたたび面を上げると、向かい側に坐っている男の唇と顎《あご》は、紅《あけ》に染まっていた。男はまったく変わってしまった。死ぬほど餓えた虎が、腹を満たしている。しかし、虎の気品はない――ショートハウスが恐怖と嫌悪感にすくみ上がって、五、六分間も見ていたものは、それだった。

マークスはとっくに部屋を出て行ってしまったが、主人の見苦しい様子を知っているからに違いない。ショートハウスは、自分が狂人と差し向かいに坐っていることをようやく知ったのだった。

おぞましい食事は信じられぬほど短い時間で終わり、皿の上には真っ赤な血が少しばかりたまって、急速に凝固《かた》まって行った。ガーヴィーは椅子にどっかりと背を凭《もた》せて、ため息をついた。血だらけの顔はランプの明かりから遠ざかると、ふつうの顔つきに戻りはじめた。彼はやがて客人を見やり、自然な声で言った――

「たっぷり召し上がっていただけましたかな。こんなことは気になさらないでしょう」と言って、テーブルの上をチラと見た。

ショートハウスは内心ムカムカしながら、相手と目を合わせた。嫌悪感を隠し了《おお》せることは不可能だった。相手の顔には、しかし、かすかに怯《おび》えたような表情があったが、ショートハウスは何とも言えずに黙っていた。

「マークスがじきに来ます」とガーヴィーは言った。「あいつは人の話を立ち聞きしているか、さもなくば真空に入ってるんです」

「特に時間を決めて、行くんですか？」秘書はやっとの思いで口を開いた。

「たいていは夕食のあとです。ちょうど今頃ですが、でも、まだあっちへは行ってお りませんな」ガーヴィーは肩をすくめた。「こちらへ来る足音が聞こえますからな」

真空というのは、もしかしたら、葡萄酒蔵のことではあるまいかとショートハウスは疑ったが、口には出さなかった。やがて、マークスが水盤とタオルを持って来ると、ガーヴィーはまるで獣が鼻面《はなづら》を撫でてもらおうとするように、顔を上に向けた。ショートハウスは、冷たい恐怖がなおも背筋をゾクゾクと走るのを感じながら、その様子を見ていた。

「それじゃ、よろしければ、書斎でコーヒーでも飲みましょう」ガーヴィーは、紳士が晩餐のあと、お客に話しかけるような調子で言った。

ショートハウスは、今までずっと足の間に挟《はさ》んでいた鞄を持ち、ガーヴィーが開けて待っているドアをくぐった。主客は相並んで暗い廊下を渡り、気色の悪いことに、ガーヴィーは腕を組んで、顔を秘書の耳元に近づけたので、生温かい息がかかった。ガーヴィーは濁《にご》った声で言った――

「いやに鞄を大事になさいますな、ショートハウスさん。きっと、何か書類以外の物が入っているんでしょうねえ」

「書類しか入っていません」ショートハウスは、自分の腕に触れている相手の手が燃えるように熱いのを感じて、この家と忌まわしい住人たちから、何マイルも離れたところへ行きたいと思った。

「本当ですか？」相手は憎々しく思わせぶりに笑いながら、「肉は入っていませんか、新鮮な肉は――生肉は？」

怖がる様子を少しでも見せたら、自分と腕を組んでいるこの獣は、たちまち自分にとびかかり、歯で食い裂くにちがいない――秘書はなぜかそう感じて、きっぱりとこたえた。

「そんなものは入ってません。猫の餌ほどの肉も入りませんよ」

「本当に」ガーヴィーは嫌らしいため息をついて、言った。ショートハウスは、その手が肉の感触をさぐるかのように、ヒクヒクと動くのを感じた。「本当に、そんなに小さい鞄では役に立ちませんな。おっしゃる通り、猫の餌も入らないでしょう」

ショートハウスは思わず悲鳴を洩らした。指の筋肉がつい緩《ゆる》んで、鞄がドスンと床に落ちた。そのとたんに、ガーヴィーはサッと腕を引っ込めて、むこうを向いた。だが、秘書はすぐに自制を取り戻し、挑戦的な眼差しで狂人の目を睨《にら》みつけた。

「そら、ごらんの通り、軽いんです。床に落としても、大した音はしません」彼は鞄を拾って、また落とした——さっきもわざと落としたのだと言いたげに。策略は成功した。

「さよう。おっしゃる通りですな」ガーヴィーは戸口に立って、こちらをじっと見つめながら言った。「ともかく、二人分は入りませんね」笑ってドアを閉めると、恐るべき笑い声が無人の玄関広間に谺《こだま》した。

二人は赤々と燃える火のそばに腰かけたが、ショートハウスにはその暖かさが嬉しかった。やがてマークスがコーヒーを持って来た。古いウイスキーを一杯やり、上等の葉巻をくゆらすと、いくらか気分が落ち着いた。男たちはしばらく無言で、暖炉の火をながめていた。やがて、ガーヴィーがうつ向いたまま、静かな声で言った——

「あんな風に生肉を食べるのをごらんになって、きっとショックを受けられたでしょう。不快に思われたなら、おわびします。しかし、私にはあれしか食べられないのでして、一日一度だけの食事なんです」

「たしかに、あれほど滋養のある食べ物はないでしょうな。人によっては、少々胃にこたえるかもしれませんが」

ショートハウスはこの不愉快な話題から離れたくて、食品の栄養価とか、菜食主義と菜食主義者のこと、長期間断食した人間のことなどを口早に話した。ガーヴィーは無関心な様子で、何も言わずに聞いていたが、そのうち話が途切れると、待ってましたとばかりに割り込んで来た。

「私は本当に空腹に迫られると」彼はなおも暖炉の火を見つめながら、「自分を抑えられなくなるんです。どうしても生肉を食べずにはいられません——何でも、手あたり次第に——」と言って、ギラギラ光る目を上げた。ショートハウスは髪の毛が逆立つのを感じた。

「しかも、突然その欲求に駆られるんです。いつ来るかわからんのです。もう一年前のことですが、空腹感がつむじ風のように巻き起こって、しかも、生憎《あいにく》マークスが留守だったので、肉が手に入りませんでした。私は何か食わなければいけませんでした。さもないと、自分の肉にかぶりついたでしょう。もう我慢できなくなったその時、犬がソファーの下から走り出て来ました。スパニエル犬でした」

ショートハウスは受けこたえをするのに苦労した。自分が何を言っているのかわからず、鳥肌が立って、無数の蟻《あり》が身体を這いまわっているようだった。

数分間、沈黙があった。

「私はマークスの身体中を嚙《か》んでやりました」ガーヴィーはやがて奇妙に取り澄ました声で、林檎の話でもするように言った。「ですが、あいつは苦《にが》いんです。いくら腹が減っても、あの男にまたかぶりつきたくなるかどうかは疑問です。たぶん、あのことがきっかけで、あいつは真空に逃げ込んだんでしょう」彼は召使いが消える謎に解決をつけながら、薄気味悪くクスクスと笑った。

ショートハウスは火搔き棒をつかんで、めったやたらに火を搔きまわした。だが、ガサガサという音がおさまると、ガーヴィーはまた平然と話をつづけた。秘書は相手の話の途中で、突然スックと立ち上がった。

「失礼して、もう休ませていただきます」ときっぱりした声で言った。「今夜は疲れておりますので。部屋まで御案内いただけるでしょうか？」

ガーヴィーは妙にかしこまったような表情で見上げたが、その顔つきには、悪賢い欲望の色が透《す》けて見えた。

「いいですとも」と言って、椅子から立ち上がった。「道中お疲れになったでしょう。もっと早く、そのことを考えてさしあげるべきでしたよ」

テーブルから蠟燭を取って火を点けたが、マッチを握る指は震えていた。

「マークスを呼ぶ必要はありません」とガーヴィーは言った。「奴《やっこ》さんは今頃、真空にいるでしょうから」

三

二人は広間を横切り、絨毯を敷いていない木の階段を上りはじめた。階段は吹き抜けになっているので、空気が氷のように冷たかった。蠟燭の揺れる焔がガーヴィーの顔に、くっきりと明暗を投げかけていた。ガーヴィーは最初の階段を上りきると、踊り場を突っ切って、暗い廊下の入口に近い扉を開けた。感じの良い部屋が客人を迎えた。ガーヴィーは部屋の奥へ歩いて行き、ベッドの足元のテーブルに立っている二本の蠟燭に火を点けたが、その間に、ショートハウスは部屋の要所要所に素早く目を配った。火床には火が輝《かが》やかに燃えていた。つきあたりの壁には、ドアのように開く窓が二つあり、高い天蓋つきベッドが右手の空間をふさいでいる。壁には天井近くまで羽目《はめ》板が張りまわしてあり、部屋全体に温かくて居心地の良い印象を与えていた。その羽目板には一枚置きに肖像画がかかっていて、英国の古い田舎屋敷のような雰囲気を醸《かも》していた。ショートハウスは快い驚きを感じた。

「必要な物はすべてそろっていると思いますが」ガーヴィーが戸口に立って言った。「もし足りない物がありましたら、暖炉のそばの鈴《りん》を鳴らしてください。もちろん、マークスには聞こえませんが、私の実験室の鈴が鳴ります。私は夜分、たいがいそちらにおります」

ガーヴィーはおやすみを言って出て行き、扉を閉めた。彼がいなくなると同時に、サイドボタム氏の個人秘書は奇妙なことをはじめた。扉を背にして部屋の真ん中に突っ立ち、尻のポケットから素早くピストルを抜くと、左腕と交差させて水平に構え、窓に狙いをつけた。その姿勢で三十秒もじっと立っていたが、そのあと急に右を向いて、今度はドアの鍵穴にピストルの狙いをつけた。すると、部屋の外で引きずるような物音がして、足音が踊り場を遠ざかって行った。

「しゃがんで鍵穴を覗いてたんだな」と秘書は思った。「思った通りだ。でも、ピストルを向けられるとは思わなかったから、少しばかりギョッとしたろう」

足音が階段を下りて、広間の向こうに消えて行くと、ショートハウスはドアに寄って鍵をかけ、鍵穴の真上にあるもう一つの鍵穴を、丸めた紙でふさいだ。それから部屋を徹底的に調べた。何も異状は見あたらなかったが、ベッドの下や、深い樫《かし》の食器戸棚に人が隠れていないことを確かめて、安心した。運の悪いスパニエル犬が無惨な最期を遂げたのは、その食器戸棚の中でなければ良いが、と心から願った。フランス窓を開けてみると、外は小さなバルコニーだった。家表《やおもて》に面しており、地面からは二十フィート以上の高さがあった。ベッドは高くて幅が広く、羽根のように柔らかくて、雪白のシーツがかかっていた——疲れた人間には、じつに魅力的だった。赤々と燃える火のそばには、深い肘掛椅子が二脚置いてあった。

まことに気持ちの良い素敵《すてき》な部屋だったが、ショートハウスは疲れきっていたにもかかわらず、寝るつもりは少しもなかった。神経が発する警告を無視できなかったからだ。その警告が外《はず》れたためしは、いまだかつてなかった。背筋に気の滅入《めい》るような恐怖感がわだかまっている時は、きっと何かが起こる前触れであって、近い未来の危険を告げる赤い旗がひらめいているのである。五感より繊細で、単なる虫の知らせよりも正確な、彼の内なる微妙な計器が赤い旗を見て、その意味を察知したのだ。

炉端の肘掛椅子に坐っていると、誰かがどこかで自分の挙動を注意深く監視しているという、あの感じがまた甦《よみがえ》った。敵はどんな武器を使って来るかわからない。身の安全を保つためには、己の精神と感情を厳しく抑制し、怖がっていることなど断じて認めてはならないと思った。

家の中はひっそりと静まりかえっていた。夜が更けるにつれて、風は熄《や》んだ。時折窓を打ちつけるみぞれが、天気の荒れていることを思い出させるだけだった。一度か二度、窓がガタガタ鳴って暖炉に雨が吹き込んだが、煙突の風の唸りは次第におさまり、寂しい建物はついに大いなる沈黙につつまれた。石炭がはじけて火床の底へもぐり込み、燃殻《もえがら》が柔らかい灰の上にコソリと落ちる音だけが、折々に沈黙を破った。

眠気がつのって来るにつれて、この状況の恐ろしさはだんだん薄れて行ったが、ほんの少しずつ、緩慢に、いつのまにかそうなったので、自分の心持ちが変化したことにほとんど気づかなかった。自分は今も、危険に対して目を見張っていると思っていた。晩に見たおぞましい光景を心から追い払うことができたのも、厳しい自制心のせいだと思って、その本当の原因——眠りの優しい影響力が忍び寄ったためだとは考えなかった。石炭の燃える様子はじつに心が安まり、肘掛椅子は坐り心地が良かった。目蓋《まぶた》にほんのりと吹きかかる暖炉の吐息はいとも優しく、安心感がほのぼのと広がった。彼は椅子に深く腰かけ、もう少しで眠りそうになったが、その時、赤い旗が激しく左右に振られて、背中を刺されたようにびっくりして起き直った。

誰かが階段を上がって来る。忍び足に歩いているが、床板がきしった。

ショートハウスは椅子からとび起き、急いでドアのわきへ寄って身構えたが、鍵穴からこちらの姿が見えないようにしていた。ベッドの足元のテーブルには、二本の蠟燭が大きな焔をゆらめかせて燃えていた。足音はゆっくりで用心深かった——一歩一歩の間が三十秒もあるように思われたが、何者かはドアのすぐそばまで来ていた。すでに階段は上りきって、ほとんど音を立てずに、摺《す》り足で踊り場を歩いて来た。

秘書はピストルの入ったポケットに手をしのばせ、身を引いて壁に背中をぺったり貼《は》りつけた。すると、足音はふいに熄んだ。誰かがドアのすぐ外に立ち、鍵穴から慎重に中を覗こうとしているのがわかった。

　ショートハウスはけっして臆病者ではなかった。何か行動をする際に、怯気《おじけ》づいたことはない。彼の神経をいくらか弛《ゆる》ませるものがあるとすれば、それは待ってあれこれ考えることと、先の知れぬ不安だった。しかし、あの野獣のような狂人とお供のユダヤ人のことを考えると、なぜか恐ろしくてたまらなかった。あの二人のどちらかを相手にするよりも、狼の群れと闘う方がましだった。

　何かがドアをそっと撫でるような音がして、彼はまた神経がチリチリし、ピストルを握りしめた。汗ばんだ指に鋼鉄がヒヤリと冷たく、ツルツル滑《すべ》った。引金を引いたら、どんなに恐ろしい音がするだろう！　ドアが開いたら、外にいる誰かはすぐ目の前に入って来るのだ！　だが、ドアには内側から鍵がかかっており、開くはずはない。ふたたび何かが傍らの羽目板に触れ、次の瞬間、鍵穴に詰めた紙が床に落ちた。その紙をつついて落とした細い針金の先が、一瞬、部屋の中に突き出して、またすぐに引っ込んだ。

　間違いなく誰かが今、鍵穴を覗いている。そのことを知ると、敵に囲まれた男の胸に攻撃精神がわき上がった。彼は右手を高く上げて、扉板の鍵穴のそばをいきなり叩いた。ドンと大きな音がしたが――その音は、うずくまって聞き耳を立てていた者には、青天の霹靂《へきれき》だったにちがいない。ハッと息を呑む声がして、何かがドアに軽くぶつかった。ショートハウスはそのあと、愕然として立ち上がった。というのも、足音が踊り場から階段を下りて、玄関広間の静寂《しじま》の中へ消えて行くのがはっきりと聞こえたのだ。ところが、今度は二本足でなく、四本足のように思われたからだ。

彼は鍵穴に紙をすぐ詰め直すと、炉端へ戻ろうとした。その時、外から窓にぺったりと押しつけられた白い顔の輪郭が、肩ごしにチラリと見えた。窓ガラスにみぞれが流れて、顔はぼやけていたけれども、白眼《しろめ》の中で瞳が動いたのは見間違えようもなかった。彼はすぐそちらをふり向いたが、顔はサッと引っ込み、そのあとを暗闇が塗りつぶした。

「両方から見張ってやがる」

彼はそう思ったが、度を失って軽率な行動に走りはしなかった。怪しい物など何も見なかったかのように炉端へ歩いて行き、石炭をちょっと搔きまわして、それから悠然と窓に寄った。一瞬動揺した神経を引きしめて、窓を開け、バルコニーに踏み出した。熄んだかと思っていた風がビュウッと部屋に吹き込み、蠟燭を一本消した。冷たい氷雨《ひさめ》が顔中《かおじゅう》に叩きつけた。初めのうちは何も見えず、暗闇が壁のように目の前をとざした。彼はもう少しバルコニーへ進み出て、背後《うしろ》の窓を引いてガチャンと閉めた。そうして、立ったまま様子を見た。

しかし、触れて来るものは何もなかった。そこには誰もいないようだった。目が暗闇に慣れて来たので、鉄の手摺や、向こうにある樹々の暗い形や、もう一つの窓から洩れる微《かす》かな明かりが見分けられた。彼はそちらの窓から部屋を覗こうとして、バルコニーをずっと歩いて行った。もちろん、蠟燭の明かりの中に立っているので、下の暗闇に隠れている者がいれば、彼の姿ははっきりと見えるはずだ。下の？——上の方に誰かがいるとは、それまで考えてもみなかったが、部屋に戻ろうとした時、頭上の暗闇で何かが動いていることに気づいた。本能的に防御の腕をかざしながら見上げると、薄暗い家の壁を背に、長い真っ黒な線が揺れていた。その線は三階の窓の鎧戸《よろいど》からぶら下がっているのだが、鎧戸は開け放たれ、風に吹かれて前後に動いていた。長いものは太目の綱らしかった。そいつは彼が見ているうちにスルスルと引き込まれ、暗闇に綱の端が消えた。

ショートハウスは口笛を吹こうとしながら、バルコニーの下を見下ろした——とび下りたら、どれだけの高さがあるかを見計《みはか》っているように。それから、落ち着いて室内へ戻り、窓を閉めたが、軽く触れただけで開くように、窓の掛け金は外しておいた。蠟燭を点け、背凭《せもた》れのまっすぐな椅子をテーブルのそばに寄せた。それから炉に石炭をつぎ、火を盛大に燃え立たせた。背後からこちらを見つめている窓に鎧戸を下ろしたかったが、それは論外だった。そんなことをすれば、逃げ道を断《た》つことになる。

当面、眠っては不利だ。脳に血がのぼり、全神経がチリチリしていた。無数の目がこちらを見、何十という血まみれの手が、家中の隅や隙間からつかみかかってくるような気がした。うずくまる人の姿、嫌らしいユダヤ人の姿がそこら中《じゅう》にあり、こちらが見ていないと暗影から這い出して来て、ふり向くと、サッと音もなく引っ込むのだった。どこを向いても自分を見る目があり、自信を持って睨みかえすと溶けて消えてしまうが、こちらの眼光が弱まり、意志がくじけたとたんに、大きくなって迫って来るに違いなかった。

音は何も聞こえなかったが、家の吹き抜けで何か動きがあり、何かの用意がなされているのを彼は知っていた。この認識は否応なく、五感以外のもっと鋭敏な経路から伝わって来たために、血の中の恐怖感は鮮やかに保たれ、彼に油断をさせなかった。

しかし、心の恐れがいかに大きくとも、睡魔《すいま》はいずれそれを圧倒するだろう。肉体の疲労には抗し難い。時間が経ち、真夜中を過ぎると、自然が強く自らを主張し、手足の末から眠りが忍び寄ってくるのを感じた。

危険を少なくするために彼は鉛筆を取り出し、部屋の家具を一つ一つ絵に描きはじめた。食器戸棚や炉棚、ベッドを細密に描き、次いで肖像画にとりかかった。画才に恵まれていたおかげで、この作業に十分熱中することが出来た。頭脳《あたま》に血が保たれ、眠らずに済んだ。それにこの部屋の絵は、今初めてじっくり見たが、じつに良く描けていた。薄暗いので、彼は暖炉のわきの肖像画に注目した。右側にかかっているのは婦人の絵だったが、優しく穏やかな顔で、たいそう優雅な姿だった。左側には、大柄な美男子の全身像があり、画中の人物は立派な鬚を生やし、昔の狩りの服を着ていた。

彼は時々うしろの窓をふり返ったが、顔はもうあらわれなかった。何度かドアに近づいて聴き耳を立てたが、家の中は深い静寂につつまれているので、襲撃は取りやめになったのだろうと次第に思いはじめた。一ぺんバルコニーへ出てみたが、みぞれが顔を刺し、すぐ部屋の中に戻ったので、三階の鎧戸が閉ざしてあることを見とどけただけだった。

こうして時は経った。暖炉の火は弱まり、部屋は冷え込んで来た。ショートハウスは二つの肖像画の顔をすでに何枚もスケッチして、どうしようもない倦怠をおぼえはじめた。手足が冷たくなり、大あくびがしきりに出た。例の足音が戸口に忍び寄って、窓から顔がこちらを見たのは、遠い遠い昔のことのような気がした。なぜか、もう安心だという感じがしたが、実をいうと、疲れきっていたのだ。彼の唯一の願いは、白いフカフカしたベッドに横たわって、ジタバタせず眠りに身をゆだねることだった。抑えきれぬあくびを立てつづけにして椅子から立ち、懐中時計を見ると、もうじき午前三時だった。服を着たまま横になって、少し眠ることに決めた。ドアには内側から鍵をかけてあるし、窓はしっかり閉めてあるから、まずは安全だ。枕元のテーブルに鞄を置いて蠟燭を吹き消すと、心地良い疲労感に心配も忘れて、柔らかい敷布団に身を沈めた。五分後にはぐっすり寝入っていた。

夢を見るひまもなく目覚めた時、彼はベッドに横向きになって寝ながら、目を開けて暗闇を見つめていた。何者かが彼に触り、彼は眠ったまま、何か不浄のものを避けるように、身体をねじって逃げた。その動きで目が覚めたのだ。

部屋は真っ暗だった。窓から光は射さず、暖炉の火は水をかけたように消えていた。

彼は壁のように顔に迫る烏羽玉《ぬばたま》の闇を見つめた。

最初に考えたのは外套の書類のことで、あわててポケットに手をやった。書類は無事だった。安心して、ほかのことを考える余裕が生まれた。

すると、さっそく気がついて愕然《がくぜん》としたのは、眠っている間、部屋に何かはっきりした変化が起こったことだ。彼はそれを実際の知識と言うに近い直感によって、確信した。部屋はコソリとの物音もしなかったが、怪しいと思いはじめると、暗闇はヒソヒソささやく秘密の生命に満ちているようだった。血は凍り、頬に触れたシーツが氷のように冷たく感じられた。

そら、あれだ！　耳の中では、早くも血が警告の叫びに騒ぎ立っていたが、その耳に、押し殺したつぶやき声が聞こえて来た。その声は家の吹き抜けから微かに起こって、壁やドアを通ってではなく、じかに聞こえて来た。ベッドに寝ている彼と踊り場、踊り場と階段、階段と向こうの玄関広間の間に、何の障壁もないかのようだった。

彼は部屋のドアが開いているのを知った！　ということは、内側から開けられたのだ。しかし、窓はこれも内側から、固く閉まっている。

このことを悟るとほとんど同時に、深夜の不気味な静寂は、べつの、もっとハッキリした音に破られた。足音が廊下を近づいて来たのだ。尻の痛みがショートハウスにピストルのあることを告げていたので、彼は素早くピストルを抜いて、撃鉄を起こした。それからベッドの向こう側へスルリと下りて、床にうずくまると、足音はやがて部屋の入口で止まった。彼と開いたドアの間にはベッドがあり、背後には窓があった。

彼は暗闇の中で待った。奇妙なことに、今度の足音には、そっと歩こうという気持ちが感じられなかった。あまり用心深いところがない。むしろだらしなく歩いていて、柔らかいスリッパを履《は》いているか、靴下だけで歩いているようだった。その動きには、何かぎこちなく、なげやりと言って良いところがあった。

足音は敷居の手前で一瞬止んだが、ほんの一瞬だけだった。そのあとすぐ部屋へ入って来て、板敷《いたじき》の床から絨毯《じゅうたん》の上に移ると、まったく音を立てなくなった。ショートハウスは緊張して待ち構えた——見えざる歩行者が部屋の向こう側にいるのか、すぐそばにいるのかもわからなかった。彼はやがて立ち上がり、左腕を伸ばして、円を描きながらあたりを探った。右手には撃鉄を起こしたピストルを構えていた。立ち上がる時に膝の骨がボキッと鳴り、服は新聞紙のようにガサガサ音を立てた。息吹きの音は部屋中に聞こえるかと思われた。しかし、見えざる侵入者の居所を告げる音は、なかった。

やがて、緊張が耐え難くなったまさにその時、締めつけるような沈黙を破る音がした。木と木がぶつかる音で、部屋の遠い端から聞こえて来た。何者かは暖炉の方に寄っていたのだ。そのあとすぐ、物を引き摺《ず》るような音が聞こえ、沈黙がふたたび棺《かけ》衣《ぎぬ》のようにあたりを覆った。

さらに五分間待っていると、ジリジリして、いても立ってもいられなくなって来た。ショートハウスはドアが開いているのに我慢できなかった！　蠟燭はすぐそばにあったので、マッチを擦って蠟燭を点けた。火が燃え上がったら、その瞬間、少なくとも一回は猛烈な攻撃を受けるだろうと予期していたが、何も起こらず、部屋はまったく無人であることがすぐにわかった。彼は撃鉄を起こしたピストルを持って歩いて行き、踊り場の暗闇を覗き込んだ。それからドアを閉めて、鍵をかけた。それから部屋中を——ベッド、食器戸棚、テーブル、カーテン、人間の隠れていそうなところを隈《くま》なく探したが、侵入者の影も形も見えなかった。足音の主はまるで幽霊のように、夜の闇に消えてしまったのだ。夢を見ていたのかと思いたくなったが、そうではない証拠があった——鞄がなくなっていたのだ！

こうなっては、もう眠れない。懐中時計を見ると午前四時で、夜明けまでまだ三時間ある。ショートハウスはテーブルに向かい、スケッチをつづけた。断固たる覚悟で絵を描きつづけ、男の顔の輪郭を新たに描きはじめた。その肖像画の表情には、何かつかみどころのないところがあった。どうしても巧《うま》く描けないのだが、失敗の理由は目にあるのだと、今回は思った。彼は顔の前に鉛筆をかざして、鼻と両目の間の距離を計ろうとした。すると、驚いたことに、絵の顔つきが変わっていたのである。両目はもう開いていなかった。目蓋を閉じていたのである！

彼は一瞬、茫然として立っていた。背中を押せば、よろめいたにちがいない。それから跳び上がって、蠟燭を絵の近くにかざした。目蓋が震え、まつ毛がわなないた。そして、じっと見ている彼の目の前で、肖像の両目が開き、こちらを真っ向から見据えた。画板に二つの穴が空《あ》いており、この二つの目、人間の目が、それをふさいでいたのだ。

魔法が奇妙な効果《ききめ》を及ぼしたかのように、この家に入ってからずっと彼を支配していた強い恐怖心が、一瞬にして消え去った。胸に怒りがこみ上げ、氷りついていた血はいきなり沸騰《ふっとう》点に達した。彼は蠟燭を置くと、うしろへ二歩退《さが》って、それから画板に思いきり体当たりした。すると、身体がぶつかる寸前に目は引っ込み、ぽっかりした二つの暗い穴があいた。狩猟家にはもう目がなかった。だが、画板は割れて、薄いボール紙のように中へめくれた。ショートハウスはピストルを手に、破れ目から片腕をつっ込んで、人間の脚をつかまえると、部屋の中に引きずり出した——あのユダヤ人だ！

言葉が激流のように唇へ突き出して来て、息が詰まった。年老ったヘブライ人は白墨のように真っ白になり、輝くピストルの銃身を目の前につきつけられて、ガタガタ震えていた。やがて、一陣の冷気が部屋へ吹き込むと同時に、素早い足音がした。ショートハウスはふり向く間《ま》もなく、腕を突き上げられ、ガーヴィーが——この男は何とかして窓をこじ開けたのだ——ショートハウスと震えるマークスとの間に割って入った。ガーヴィーは口を開け、歪《ゆが》んだ顔の中で、目が奇妙にギョロついていた。

「こいつを撃つな！　空《くう》を撃て！」

ガーヴィーは金切り声で叫び、ユダヤ人の両肩をつかむと吠え立てるように言った。

「このろくでもない猟犬《いぬ》め！　とうとう、からくりを見破ったぞ。おまえの真空は、そこにあるんだな？　くそいまいましい隠れ場所が、やっとわかったぞ」彼は相手を犬のように揺さぶった。「一晩中、こいつを探してたんだ」とショートハウスの方を向いて、「いいか、一晩中だぞ。でも、やっとつかまえた」

しゃべっているうちに、ガーヴィーの上唇がめくれて、歯が剝《む》き出しになった。その歯は狼の牙のように光っていた。ユダヤ人もそれを見たらしく、恐ろしい悲鳴を上げ、死に物狂いで暴《あば》れた。

秘書の目の前に霧がかかるようだった。嫌らしい影がふたたびガーヴィーの顔にとび込んで来た。彼は恐ろしい格闘を予想し、二人の男にピストルを向けたまま、じわじわと戸口へ後退《あとずさ》った。二人共狂っているのか、あるいは犯罪者なのか、そんなことを問うひまはなかった。彼の頭には、一刻も早く逃げ出した方が良いという考えしかなかった。

ガーヴィーがなおもユダヤ人を揺さぶっている間に、彼は戸口にさがって鍵をまわしたが、踊り場に出ると、男たちは争いをやめて、こちらをふり返った。ガーヴィーの顔は獣のようで、見るもおぞましく、怒りで土気色になっていた。ユダヤ人の顔は恐怖にかられて白と灰色になっていた。二人共こちらを向くと、荒々しいわめき声を立て、その声は夜の谺を目覚めさせた。次の瞬間、かれらは全速力で追って来た。

ショートハウスは連中の鼻先でドアをバタンと閉め、かれらが踊り場へ出る前に階段の下へおりて、物蔭に隠れていた。二人は金切り声を上げながら階段を駆け下り、彼の前を通り過ぎて、玄関広間へ行った。ショートハウスは気づかれずにまた階段を上がり、寝室を横切って、バルコニーから柔らかい雪の上へ飛び下りた。

車回しを走って行く時、背後の家から狂人たちのわめき声が聞こえて来た。そして数時間後、ニューヨークに戻ると、サイドボタム氏は給料を上げてくれたばかりでなく、帽子と外套を新調しろ、勘定書はこちらへまわせ、と言ってくれたのだった。

窃盗の意図をもって

最上の寝室が用意してあるのに寂しい納屋で眠るというのは、控え目にいっても不必要なことで、主人には何らかの説明をすべきだと私は感じた。

しかし、ショートハウスがそのあたりの手筈《てはず》はつけていた。我々の企ては歓迎こそされないが——屋敷の主人はこの種の騒ぎが広がらぬように気をつけているので——大目に見てはもらえる。ただそれから先のことを、この男、ショートハウスはほとんど何も教えてくれなかった。聞きたいことは山程あったのだが、彼は自分のまわりに高い牆《かき》を張りめぐらしていた。馬鹿げた話だ。向こうはこちらにあれやこれや訊くのに、私には何も話してくれない。その方が私のためだというのだが、本当にそうだとしても、面白くなかった。彼はそれでも、時々小出しに話を聞かせて、私の好奇心をつなぎ留めようとした。やがて私の心のうちには純粋な興味と、やはり純粋な恐怖とが相並んで芽生えてきたが、真の興奮を味わうためには、これらはたぶん二つとも欠かせないものなのだろう。

問題の納屋は家から少し離れていて、厩《うまや》のそばにあった。私はそのあたりを散歩した時、何度か前を通りすぎたが、すべてが出来たてほやほやのこの屋敷に、よくもまあこんなにわびしく、みすぼらしい姿をさらしているものだと、不思議に思ったのである。しかし、その屋根の下で、知り合ったばかりの人間と一夜を過ごすことになるとは考えてもみなかった——あまつさえ、そこで私が日頃馬鹿にしている種類の事柄に関して、実験を行おうとは。

ショートハウスがいかにして私を説得し、彼につきあう気にさせたのか、今は良く思い出せない。彼も私同様、この秋のハウス・パーティーに招かれた。おしゃべりをしたり、ふざけたりする連中が大勢いる中で、彼の寡黙《かもく》な振舞いは際立って好もしく思われ、私は自分の受けた好印象を相手に返そうとしたのである。それには、たしかに諂《へつら》いの気味も混じっていた。というのも、彼は私より倍以上の年齢《とし》で、驚くほど豊かな経験の持主であり、危険がひそむ世界の隅々《すみずみ》を探険し——何より心をくすぐるのは——この家の主《あるじ》も含め、パーティーに参加した面々のうちで一番の射撃手だったことである。

それでも最初のうち、私は少し抵抗した。

「しかし、君のいう話は」と私は言った。「この種の話に共通の根源から生まれているね──迷信深い心と想像力豊かな頭だ。それが、何度も繰り返されるうちに立派な幽霊話に成長したわけだろう？　だいいち、五十年前にいたという庭師長は」私は、彼が相変わらず黙って銃を掃除しているのを見ながら、言い足した。「一体誰なんだい？　垂木《たるき》で首を吊って死んでいたという事実のほかに、彼について、どんなはっきりした情報があるっていうのかね？」

「ただの庭師長じゃなかったんだよ。この男は」彼は下を向いたまま、こたえた。「素晴らしく立派な教育を受けた人物で、目的があって、庭師に身を窶《やつ》していたんだ。この納屋にしても──彼はいつも鍵を持ち歩いていたが──一部は完全な実験室に模様変えして、炉だのランビキだの、蒸溜鑵《じょうりゅうびん》だのといった道具が備えつけてあった。そのうちのいくつかは家の主人がすぐに壊してしまって──たぶん、それで良かったんだろうが──推測することしかできないけれども──」

「黒魔術だね」私は笑った。

「そうかも知れない」彼は静かに言い返した。「あの男は、間違いなく知識を持っていた──尋常ならぬ、危険な闇の知識を──一体、どんな方法でそれを手に入れたかは、わからない——ふつうの方法じゃなかったことは、たしかだが。しかし、僕はこの件に関して沢山の事実を発見した。それらは、無道でおそれを知らぬ意志の行使を物語っている。それに、近所で不審な失踪事件があったことや、菜園に骨が埋められていたことは、彼のしわざと決めつけるわけにはいかないが、すこぶる怪しい気がするね」

私はまた笑って——今度は苦笑いだったかもしれない——ジル・ド・レー元帥《げんすい》の話を思い出すよと言った。ジル・ド・レーは妖術を使う目的で、二、三年のうちに百六十人の女子供を殺したり、拷問にかけたといわれている。その罪のために、ナントで処刑されたのだ。だが、ショートハウスは気色《けしき》ばむようすもなく、話題をもとに戻しただけだった。

「彼は自殺して、あやうく逮捕を逃《の》がれたらしい」

「高級な魔術師とはいえないね」私は懐疑心をあらわにして、言った。「田舎の警察から逃がれるすべが、自殺しかないというのではね」

「ロンドンとペテルスブルグの警察というべきだよ」ショートハウスは言い返した。

「というのも、この結構な一味の本部はロシアのどこかにあったんだ。彼が使った道具には、どれも精巧な外国の刻印がついていた。そのうち、ロシア人の女が屋敷に雇われて——家庭教師か何かだったが——この女も同じ頃に姿をくらまし、結局捕まらなかった。連中のうちでは一番利口な奴だったにちがいない。しかし、忘れないでもらいたいが、このおそるべき集団の目的は単なる世俗の利益ではなくて、ある種の知識だった——それを獲得するには、求める側に最高の勇気と知性がなければならなかった」

じつを言うと、私はショートハウスの自信に満ちた声と話し方に心を動かされていた。真面目な人間の信念の力には有無《うむ》を言わせぬものがあるからだ。だが、それでも慇懃《いんぎん》に冷笑するふりをしていた。

「しかし、たいていの黒魔術師と同じように、そいつが成功したのは、わが身を滅ぼすことだけだったんだろう——いや、むしろ道具をぶち壊して、逃げ出すことかね」

「別の場所で、ほかの、か、か、やり方で目的をかなえるためにね」ショートハウスは細心の注意を払って銃の発射装置を掃除しながら、言った。

「別の場所で、ほかのやり方で、だって？」私は息を呑んだ。

「あたかも納屋の垂木からぶら下がっていた抜殻は、この男の霊魂が、新しい条件の下でおそろしい研究を続けるのを妨げなかったかのようにね」彼は私が口を挟んだのも気にせず、静かにそうつけ加えた。「やつは時々庭と納屋に戻ってくるつもりだった。主に納屋だ――」

「納屋だって！　何のために？」

「主に納屋だ」彼は私の言葉が耳に入らないかのように、繰り返した。「それは、誰も人がいない時だ」

私は黙って彼を見つめた。この先一体、どんな話になるのだろうと思ったからだ。

「新鮮な材料が必要になると、つまり――生きた人間から盗みに来るんだ」

「新鮮な材料！」私は愕然《がくぜん》として鸚鵡《おうむ》がえしに言った。「生きた人間から盗む！」

その時はまだ真っ昼間《ぴるま》だったが、冷たい風が頭の上を吹きぬけているかのように、髪の付け根がむず痒《がゆ》くなるのをおぼえた。

「生者の強い活力こそ、こういう手合いが一番必要とするものだといわれている」彼は平然と語りつづけた。「そして、彼が以前研究をしたり、思索に耽ったり、奮闘したりした場所は、それを手に入れるのにもっとも適しているんだ。以前の条件が、ある意味で楽に再現できる――」彼は不意におし黙り、銃に注意を集中した。「説明するのは少々難しいがね。それに、君は事が終わるまで知らない方が良い」

私はいちどきに二十も質問をしようとしたが、その声は言葉にならず、ショートハウスはまた口を挟んだ。

「僕とあそこで一晩明かしてもらいたいというのは、ひとつには、君が懐疑派だからさ」

「当時――」彼は、私がもっと事情を教えてくれとせがむので、語りつづけた。「この屋敷の家族はよく外国に出かけて、何年も旅行することが多かった。あの男は留守を守る重宝《ちょうほう》な存在だった。造園術に通じていて、庭を――フランス式、イタリア式、英国式のどれでも――立派に管理することができた。出費に関しては白紙委任状をもらっていて、使用人はもちろん自分で選んだ。この近所におそるべき噂の種をまくことになったのは、旦那様が突然旅行から帰って来て、いかに利口なあいつといえども、後始末をしたり、隠したりする閑《ひま》がなかったからだ」

「でも、そこで夜を過ごしたとしても、何かが起こるという証拠は――最近の証拠はないんだろう?」私はさらにしつこく尋ねた。彼は私が少なくとも関心を持っているのを見て、喜んだようだ。「例えば、近頃あそこで何か起こったのかい?」

ショートハウスは銃を掃除する手を休めて、顔を上げた。パイプの煙が、黒い鬚を生やした東洋風な日焼けした顔の前に、奇妙な渦巻をつくった。彼の視線と表情の魅力は私にさらなる確信を与え、私は自分の態度が変わって、彼と冒険をしたくなっていることに気づいた。少なくとも、こんな人間が一緒なら、何か非常事態が起こっても大丈夫だろうと考えた。腹が据わっていて機略に富み、頼りになる男だからだ。

「問題はそこだよ」ショートハウスはゆっくりと答えた。「というのも、つい最近、新しい事件が――ほとんど襲撃と言っていい出来事が――起こったらしいんだ。証拠はもちろん沢山《たくさん》ある。さもなければ、僕もそれほど関心を持ちやしないよ。しかし」――彼はちょっとためらって、私にどこまで知らせるべきか考え込むようすだった――「事実をいうと、この夏、日が暮れてからあの納屋に入った三人の人間が、それぞれ別個に、挨拶をうけたんだ――」

「挨拶？」私は彼が妙な言い廻《まわ》しをしたので、つい口を挟んだ。

「馬丁の一人が――最近雇われた男で、例の話はまったく知らなかったが――ある晩遅く、あの納屋に入った。すると、垂木から何か黒い物がぶら下がっていた。馬丁は縄を切って、そいつを下におろそうとして――というのは、てっきり死体にちがいないと思ったんだね——震えながら上にのぼっていった。ところが、り、ナイフは空《くう》を切り、頭上の軒の下から、誰かが笑っているような声が聞こえてきた。しかし、ナイフで切りつけている間も、そのあとも、黒い物はずっと目の前にぶら下がっていて、焼串に刺さった巨《おお》きな肉の塊のように、自分の重みでゆっくりとまわっていた。それには大きな、鬚を生やした顔がついていて、首を吊った人間みたいに口を開けて、顎ががっくり下がっていたとも言っている」

「その馬丁から話を聞けるかな？」

「彼はもういない——さっさと暇《ひま》をもらってしまった。でも、その前にいろいろと聞いておいたんだ」

「それじゃ、本当に最近の出来事なんだね？」私がそう言ったのは、ショートハウスがこの家に来て、まだ一週間と経たないことを知っていたからである。

「四日前だ。それどころか、つい三日前にもこんな事があった——真っ昼間、二人の男があの納屋に入ったら、一人が急に真っ蒼《さお》になったんだ。そいつが言うには、突然首を吊りたくてたまらなくなったんだそうだ——それで縄をさがした。連れが止めようとすると、怒り狂った——」

「でも、首は吊らなかったんだね?」

「何とか間に合ったが、その時はもう、梁《はり》によじのぼっていた。ひどく暴れたそうだよ」

私は言いたい事と訊きたい事がありすぎて、何も言えなかった。ショートハウスはさらに語り続けた。

「僕はこの件に関して、ひととおり事実を調べたが」言いながらニヤリとしたが、その意味は全くわからなかった。「一番嫌なことの一つは、召使いたちがあの場所へ行こうとして――それも必ず日が暮れてからだ――色々口実をこしらえることだね。中には、あんなところへ行く筋合いも用事もない召使いがいて――それまで、たぶん一ぺんも納屋へ行ったことのない連中が――突如猛烈な欲求にかられて、夕暮れか、あるいは日の沈んだすぐあとに、あそこへ行きたくなる。そしてじつに馬鹿馬鹿しい、見え透《す》いた言い訳をするんだ。むろん、誰も行かせてもらえなかったが、あの納屋へ行きたいという欲求は迷信的な恐怖よりも強くて、自分でもなぜだか説明できない。これはじつに奇態《きたい》だ」

「ほんとにね」私はふたたび髪の毛が逆立つのを感じながら、言った。

「わかるだろう」彼はしばらくして、言った。「こうした事はすべて、一つの意志の存在を物語っている——周到な用意が働いているんだ。蔦《つた》の生えた英国の古屋敷には先祖の幽霊がつきものだが、そんなのとは違う。何か実体のある、非常に凶々《まがまが》しいものなんだ」

彼は銃身から顔を上げ、初めてこちらをまっすぐに見た。そう、彼は真剣そのものだった。それに、私には隠している沢山の事を知っていた。

「あいつをおびき寄せて——闘ってみる価値があると僕は思う。だが、相棒が必要なんだ。君、やってみる気があるかね？」彼の情熱は間違いなく私を虜《とりこ》にしたが、私はまだ逃げ腰だった。

「僕は非常に疑ぐり深い人間なんだ」

「それがいいんだ」彼はまるで自分自身に言いきかせるようだった。「君には胆力があり、僕は知っている——」

「知っている？」

ショートハウスはそばに人がいないことを確かめるように、用心深くまわりを見まわした。

「自分であの納屋へ行ってみたんだ」と声を落として、「つい最近――じつは、一昨昨日《さきおととい》の晩――例の男が変になった日に」

私は目を丸くした。

「だが――出て来ざるを得なかった――」

私はまだ目を丸くしていた。

「入ってすぐに、だ――」彼は意味ありげに言い添えた。

「すっかり深みにはまっちまったんだね」私には、ほかに言う言葉が見つからなかった。もう行く覚悟を決めていたので、前もってあまり聞かない方が良いかもしれないと思ったからだ。

彼はうなずいた。「厄介《やっかい》な事だが、僕は何でもやるとなったら、とことんやらないと気が済まない性分なんだ」

「そのために銃を手入れしているんだね？」

「そうだ。危険がある場合には、万全の備えをするようにしている」彼は前と同じ謎めいた微笑を浮かべて、念を押すように言った。「だから、君にもつきあってくれと頼んでるのさ」

もちろん、彼の狙いはあたった。私はそれ以上四の五の言わずに約束した。

夜明かしの準備は、毛布二枚と濃いコーヒーを入れた水筒という簡単なもので、十時頃、私たちは玉突き場からこっそり抜け出した。ショートハウスは裏の芝生のヒマラヤ杉の下で待っていたが、白昼計画を立てるのと、暗闇の中でそれを実行するのは大違いであることを、私ははっきりと悟った。常識は——少なくとも、この種の事柄に関する常識は——最小限に縮みあがる一方、想像力はお供の妖精たちを引き連れて、〝分別〟の居場所を奪うのである。二足す二が四ではなくなり——一個の神秘と化して、神秘はたちまち脅威となる。だが、この時、私の想像力はむやみに舞い上がりはしなかった。私の連れは不動心の持主で——感情に流されない鉄石のような人間だから、いかなる状況に陥ろうとも、正しい道を突き進むことを知っていたからである。この男がいると思えば、空元気《から》が出た。空元気といえども慰めになるので、私は夜の冒険を楽しみに待ちうけたのだった。

私たちは無言で肩を並べ、〝東の森〟と呼ばれている森のわきを通る径《こみち》をたどった。それから干草畑を二度突っ切り、もう一つの森を抜けて、問題の納屋に着いた。この納屋は〝下《しも》の農場〟から半マイルほど離れている。事実上〝下の農場〟に付属しているのであって、ここへ来ようとした召使いたちは、よほど上手な言い訳をしなければならなかったことが了解された。

夕方雨が降ったので、あたりの木々はまだ水滴《しずく》をしたたらせていたが、二つ目の森を抜けて開《ひら》けた場所に出ると、頭上には星が瞬《またた》いていた。納屋は空を背に、黒い陰鬱な影を見せている。ショートハウスが――依然黙りこくったまま――道を先導し、私たちは低い扉から中へもぐり込んで、片隅に積んである柔らかな干草の上に坐った。

「それでは」彼はやっと口を開いた。「君に納屋の中を見せておこう。何かあった時、自分の居場所と、やるべきことがわかるように」

暗がりにマッチの火が燃えあがり、そのあと続けて二本マッチを擦《す》ったので、納屋の内部の様子が見てとれた。そこは天井が高く、何かこわれそうな感じの建物で、四フィートほどの高さまでは灰色の石壁がまわりを支えている。その石組みの上に木の側壁がそそり立って、普通の丸屋根がかぶさっている。二段になった太いオークの垂木が壁から壁へ渡してあり、それのところどころに直立材が交わっている。私たちはまるで大洪水以前の怪物の骨を見ているような気がした――そいつの巨大な肋骨《ろっこつ》の中に取り籠《こ》められて。これらはもちろん、ゆらめくマッチの明かりで漠然と目にとらえただけであり、私がもう十分見たと言うと、マッチは消された。私たちはたちまち、かつて経験したこともない、どす黒い空気につつまれた。そして沈黙も暗闇にひけをとらなかった。

私たちは楽な姿勢になって、小声で話した。毛布は大きくて脚をすっぽり覆い、我々の肩はまことに贅沢なふっくらした寝床に沈んだ。だが、二人共眠くはなかったようだ。少なくとも私はそうだったし、ショートハウスは、ぶっきら棒にも見えるいつもの寡黙さとはうってかわって、ぺらぺらとおしゃべりをはじめ、やがて自分の思い出を語りはじめた。遠い国での冒険や旅行を生き生きと話し聞かせたので、これがほかの時だったら夢中で聞き入ったろう。しかし残念なことに、私はこの納屋にやって来た目的を瞬時も忘れることができなかったから、ふだんよりも感覚がとぎすまされて、方々《ほうぼう》に気が散った。実際、ショートハウスがこんな風に胸のうちを明かすのは驚くべきことで、若者にとっては二重に魅力があったが、あちこちの扉から聞こえてきて、深い沈黙を絶えず破る小さな物音が、私の注意力の何分の一かを削《そ》いでいた。それに、夜が更けるにつれて、彼の話が散漫で切れ切れなものになってきたことに気づいた――だから私は、実際のところ、話の一部分しか聞いていなかった。

私はほかの物音を聞いていたというよりも、聞こえることを予想していたのだ。これが注意力の半分を奪ったのである。静けさを破る雨や風はなく、近くには何も有形の怪しむべき存在はなかった。というのも、私たちは〝下の農場〟から半マイル、屋敷と厩からは少なくとも一マイル離れている。それなのに静寂は絶えず破られ――乱され、いいや、されてと言った方が良いかもしれない――こうした微かなちっぽけな撹乱《かくらん》に対して、私は聴く能力《ちから》の少なくとも半分を傾けざるを得なかった。

それでも時々、何か感想を述べたり質問したりして、彼の話に関心を持っていることを示したが、私の質問はある意味で常に同じ方向を向いており、同じ問題に帰するようだった。すなわち、私の連れがこの前納屋に入って「すぐに」出て来ざるを得なかった時、どんな体験をしたかということである。

明らかに、この点では、私は自分を抑えられなかった。これだけに好奇心を燃やしていたからだ。知らない方が良いといわれると、余計に知りたくなった――どんな恐ろしいことでもだ。

ショートハウスは私以上にそれを良く承知していた。私の質問をはぐらかしたり、無視したりするのはそのためだったが、二人の間にかかる微妙な共感が存在したということは——あの時はその意味をよく考えることができなかったけれども——私たち二人の神経が非常に張りつめ、敏感になっていたことを示していたのだ。私はいかなる事態にも対処できる彼の能力を信頼していたし、彼を頼みに思えばこそ、自分も勇気が出たので、たぶん、そのために通常の思考力が働かなかったのだろう。一方で、感覚だけは異常なほど活動《はたら》いていた。

こうして、たっぷり一時間も経ってから、私はふと、まわりの状況に何か異常なものがあることに気づいた。もってまわった言い方をするようだが、ほかに何と言ったら良いかわからない。その発見は怒濤《どとう》のごとく私に襲いかかった。そもそも、我々二人は幽霊が出るという納屋で何かが起こるのを待っている。お互い暗黙のうちに相手を信頼し(信頼する理由は全く異なっているが)、二人の精神はとぎすまされ、通常の感覚と緊密に連繋《れんけい》している。多少神経質にはなっているかもしれないが、それ以上のものは何もない。だから私は、何かがある——何か、もっと早く気づかなければいけなかったものが——と不意に意識したとたん、狼狽《ろうばい》した。

事実はこうだ——ショートハウスの滔々《とうとう》と語り続ける話が、まるで不自然になってきたのだ。彼は何か狙いがあって話していた。私の質問に追いつめられたくないという事もあったが、それ以外にもっと深い狙いがあった。この発見から論理的に導き出される不愉快な結論は、こうだった。私の隣にいる、この強い男、冷笑家で感情をあらわさぬ男は——ある目的のためにしゃべっている——ずっと、そのためにしゃべっている。そしてその目的とは——私はすぐにはっきりと感じた——自分を納得させることだった。しかし、何を納得したいというのだろう？

　私としては、もう真夜中に近かったこともあり、その答を見つけたいとも思わなかった。だが、しまいにそれは避け難いことになって、私は知った——彼が旅のありありとした思い出を——南太平洋、猛獣狩り、ロシア探険、女たち——あらゆる種類の冒険をとめどなく語り続けるのは——過去を眼前に蘇らせることによって、現在を完全に締め出したいと願っているのだ。彼は警戒し、恐れているのだ。

　それがわかったとたん、私はさまざまなことを感じたが、一番強く感じたのは、今すぐ起き上がって納屋から出たいという衝動だった。ショートハウスが早くも怖気《おじけ》づいているのだとしたら、これからの長い時間、私に一体何が起こるだろう？……私は彼がへこたれてきた証拠を認めまいと必死になったが、その結果、かえって自分の役割を果たす力が出たようである。私は彼の物語に寸評を加えたり、多少とも見識のあるが質問をしたりして、彼を助けた。私はまた、彼の前回の体験について知りたがるのをやめたが、それは賢明だった。というのも、もし彼があの雄弁な話し方で、そのことを微に入り細を穿《うが》って話したなら、私は生きてあの納屋から這い出ることはできなかったと信ずるからだ。少なくとも、あの時はそう感じていた。あれは自己防衛本能が適切な判断を下したのだ。

従って、今私たちはまったく正反対の動機から、ある事に関し、意見を同じくしていた――すなわち、ひとまず忘れていようということである。私たちは愚かだった。支配的感情はそう簡単に払拭《ふっしょく》できない。私たちは直接間接のあらゆるやり方で、そこへ始終引き戻された。真の恐怖は容易にあしらうことができないものだ。私たちが何千の言葉――ただの皮相な言葉――を弄《もてあそ》んでいる間に、潜在意識の活動は着々と勢いをつけ、やがて正面から斬《き》り込んできた。それから逃げることはできなかった。

少なくとも、彼が九死に一生を得た冒険の話を終えた時、私は認めてしまった――僕の平凡な人生のうちでは、真の恐怖に直面したことは一度もない、と。うっかり口を滑らせただけで、他意はなかったが、その時彼の心にあった傾向は、逆らいきれぬほど強かった。彼は小穴を見つけると、そこを思いきり突《つつ》いた。

「どんな感情でも同じだが、他人の経験はけして完全に伝えることができない。人は自分を何年も追いかけている魔物に覚悟を決めて向き合うまでは、そいつらの正体もわからないし、そいつらに何ができるかもわからない。想像力豊かな作家は文章に書くかもしれないし、道徳家はお説教し、学者は批評するかもしれない。だが、連中は値打ちも知らない貨幣をやりとりしているだけなのさ。聞く者は一種の感覚を得るが——それは本物じゃない。こうした感情に立ち向かって」彼はこの晩ずっとそうだったように、滔々と絶え間なくしゃべり続けた。「それらを自分のものに、自分の奴隷にしなければ、それが持っている力を知ることはできない——餓えは鬼火を見せて、人を墓の向こうへおびき寄せるし、渇《かわ》きは氷と焔で一杯にする。情熱、恋、孤独、復讐心、そして——」彼は少し口ごもった。私は危ない瀬戸際にさしかかっていることを知っていたが、彼を止める力はなかった。「……そして恐怖——恐怖だ……思うに、恐怖による死、あるいは恐怖による発狂こそ、人間が知り得るもっともおそろしい感覚のすべてを、一瞬のうちに総和するものだろうね」

「それじゃ、そういう恐怖を感じたことがあるんだね」私は口を挟んだ。「だって、たった今言ったじゃないか——」

「僕が言うのは肉体的恐怖じゃない。そいつは多かれ少なかれ、神経と意志の問題だし、人を臆病者にするのは想像力だ。僕が言うのは絶対の恐怖だ。心霊的恐怖と呼んでもいい――魂に達して、人のあらゆる力を萎《な》えさせてしまうものだ」

彼はほかにも色々なことを言った。すっかり歯止めが利かなくなっていたのだが、私はそれを憶えていない――というより、有難いことに聞かなかったのだ。耳をふさいで、彼の話が終わったかどうか確かめるために、時々耳の穴から指を抜いた。その時だけ、片言が聞こえたのである。やがて彼は話をやめ、会話は途切れた。というのも、私はもう、彼がすでに知っていたことをはっきりと知ったからである。どこかこの闇の中に、我々が坐っているこの納屋のうちに、おそるべき悪意と強い力を持った何かが待ちかまえている。夜明けまでに、我々は二人共、その何かと立ち向かわねばならないかも知れない。ショートハウスは一度、その何かに立ち向かおうとして失敗《しくじ》ったのだ。

ゆっくりと夜は更けて行った。そして私の連れは思ったほど頼りにならぬこと、私たちの立場が次第に逆転しつつあることが、わかってきた。そのことに急に気づかなかったのは幸いだった――おかげで、少なくとも、新しい状況に慣れる時間があった。

多少なりと心構えをすることができたので、私はあらゆる手段を尽くして勇気の細糸を拾い集め、いざという時の緊張に耐える丈夫な綱を作ろうとした。その時が来るのは確実で、私ははっきり意識していた――それがなぜわかったのか言葉では説明できないが――どこか闇の中に、我々に敵対する要素が、決然たる意志とそのうえおそるべき機略をもって、次第次第に結集しつつあることを。

ショートハウスはその間、ひっきりなしにしゃべっていた。我々の正面に積んである大量の干草――あるいは藁《わら》だったかと思う――が彼の声を吸い取っているようだったが、沈黙もひどく重苦しいものになって来たので、私は彼の饒舌《じょうぜつ》を歓迎し、それが止《や》む時を恐れてさえいた。私には腕時計の静かなチクタクの音も聞こえた。一秒一秒が声を発して深淵に飛び込んでゆく――帰らざる旅に出るかのように。一度、どこか遠くで犬が吠えた。おそらく〝下の農場〟でだろう。一度は外の近いところで梟《ふくろう》がホーと啼き、羽ばたいて頭上を通り過ぎて行った。天井の暗がりには、この納屋の輪郭が黒く不気味に見分けられて、垂木の列が壁から壁へ邪悪な腕をのばし、干草を押さえつけようとしているかのようだった。ショートハウスは何か南洋の法螺《ほら》話をしている最中で、その話は明るい朗らかなものであるはずだったが、じっさいには不自然な色彩を毒々しく混ぜ合わせているにすぎず、私が聞いているかどうかも気にかけていないようすだった。彼はこちらの注意を惹こうともしないし、私が一つ二つ的外れな感想を述べても、知らんぷりだった。この男はただ音を立てているだけなのだということが証明された。沈黙を怖がっているのだ。

人間は一体どれくらいの間、しゃべり続けていられるだろう、と私は思った……そのうち、彼の言葉は時計が秒を刻む音と同じ深淵に落ちて行くような気がして、ただこちらの方がいっそう重く、速く落ちるのだった。私はそのあとを追いはじめた。やがて、一つの言葉がほかの言葉よりもうんと速く落ちて行き、それを追いかけてゆくと、たちまち雲と影の国に行き着いた。それらの雲と影は起き上がって私を覆いつつみ、目蓋を抑えつけた……私はちょうどこのあたりで眠り込んでしまったに違いない。十二時から一時の間に――なぜなら、私が言葉を追いかけ、物凄いスピードで宙を飛んで行くうちに、ほかの言葉ははるか後方に取り残され、しまいに聞こえなくなったからである。語り手の声は音のとどかぬ遠くへ行ってしまい、私はますます速度を上げて、無辺の虚空を落下していた。

ささやき声が私の目を醒ました。二人の人間が声をひそめ、私のそばで話していた。

言葉はよく聞き取れず、時折片言が耳に入ってきたが、それに意味を見出《みいだ》すことはできなかった。言葉はすぐ近くから――私のすぐ真横から――聞こえ、片方の声は聞き慣れたものだったので、好奇心が恐怖に打ち克ち、私はふり向いて見た。やはり――ショートハウスがささやいていたのだ。だが、もう一人は彼の向こう側にいるらしく、暗闇にまぎれて見えなかった。そのうち、ショートハウスが急にふり返って、私を見たらしい。そして、なぜかその時は少しも不思議に思わなかったが、暗闇にいる彼の顔形が容易に見分けられた。彼はそれまでに見たこともない表情をしていた。憂鬱に沈み、憔悴し、疲れ果て、あたかも長い苦悩の末に屈服しようとしているかのようだった。彼は哀願するように私を見、もう一人の人物のささやき声は止んだ。

「あいつらが僕を狙っている」と彼は言った。

私は返事ができなかった。言葉が喉にへばりついてしまったようだ。ショートハウスの声はかすれて、哀れげに嘆く子供の声のようだった。

「もうおさらばしなきゃならん。僕は自分で思っていたほど強くなかった。人は自殺したというだろうが、もちろん、本当は殺人なんだ」その声には苦悩がにじんでいて、私はぞっとした。

こうした尋常《ただ》ならぬ言葉のあとに深い沈黙が訪れ、私はもう一人の人物がまた会話をつづけようとしていることを、なぜか理解した——ショートハウスの肩の向こうに、唇が現われるのをさえ見たように思った——その時、わき腹を鋭く小突《こづ》かれたのを感じた。一つの声——今度は厚みのある声が、私に何か言った。私は両眼を開け、ろくでもない夢は消え去った。だが、あとには強烈で異常な現実感が残った。

「二度と眠らないようにしてくれ」ショートハウスが厳しい声で言った。「疲れているようだね。そうなのかい？」彼の声には、どこか好ましからぬ響きがあった——警戒の響きというほどではないが、ただの不安以上のものだった。

「急に、すごく眠たくなるんだ」私は恥ずかしくなって、言った。

「そういうこともあるかも知れんが」彼は真剣な調子で、つけ加えた。「君は起きていてくれないと困るんだ。見張っているだけでもいいからね。たっぷり三十分は眠っていたじゃないか——それに、あんまり静かだから——起こそうと思った——」

「どうして？」と私はたずねた。好奇心と緊張が抑えきれなくなったのだ。「危険だと思うのかい？」

「やつらが今この辺にいると思うんだ。急に元気がなくなってゆくのを感じる——いつも最初にあらわれる兆候だ。いいかい、君の方が僕より長く保《も》つはずなんだ。気をつけて見張っていてくれ」

会話は途切れた。私は言いたい事をすべて言う勇気がなかった。それはあまりにもあからさまな告白となるだろう。ある種の感情が存在するのを認めることは、そうせざるを得ない時が来るまでは危険だと本能的に感じていた。そのうち、ショートハウスがまたしゃべりはじめた。その声は妙に張りを失っていた。男の声というよりも女か少年の声に似ていて、夢の中で聞いた声を思い出させた。

「君、ナイフを持ってるだろう?」

「うん——大きな折たたみナイフだが、どうして?」

彼は答えなかったので、私は言った。

「誰かが悪戯《いたずら》をしているなんて思ってるんじゃないだろうね? 僕らがここにいることは、誰も知らないよ」この夜、私たちの本当の感情《きもち》を一番良く表わしていたのは、二人共言葉を弄《もてあそ》びながら、思っていることをはっきりと言わなかったことである。「準備しておいた方がいいからな」彼ははぐらかすように言った。「確かめておいた方がいい。どっちのポケットに入っているか、見てくれ——念のために」

私は機械的に従って、ナイフがどちらのポケットに入っているかを言った。だが、こんなやりとり一つをとっても、彼の心が私から常に遠ざかっていることを証明していた。彼は私の知らない道を辿《たど》っていて、私から離れるにつれて、二人の間の共感は断ち切れそうになるのだった。彼はもっと多くの事を知っている。しかし、私が不安に思っていたのは、そのことではなく——彼が意思疎通を嫌がっていることだった。そうして彼の支えを失うにつれ、彼がますます寡黙になってゆくのが恐ろしかった。物を言わないというのではない——今まで以上にわざとらしく、ぺらぺらとしゃべった——しかし、その間ずっと現実に起こっている事については、知りながら一言も、おくびにも出さなかった。

夜はしんと静まりかえっていた。ショートハウスは休みなく話し続け、私は眠らないために時折感想を言ったり、質問したりした。しかし、彼はまったく関心を払わなかった。

午前二時頃、俄雨《にわかあめ》が降りだし、銃弾のような雨粒が屋根を打ちたたいた。それがやんだ時、私は嬉しかった。というのも、雨音がほかのすべての音をかき消し、何かが起こっても、それを聞きつけることができなかったからだ。じっさい、その間もずっと何かが起こっていたのだが、私には皆目《かいもく》その正体がつかめなかった。外の世界はすっかり遠くに霞《かす》んでいた——ハウス・パーティー、射撃会、玉突き場等々といった、ここ数日来の平凡な出来事。私の精力はすべて現在に集中し、監視して、待って、耳を澄ましている不断の緊張がひどく苦痛になってきた。

　ショートハウスは相変わらず、どこか東洋の国での冒険を語っていたが、話は前よりもまとまりがなかった。それらの冒険譚は、嘘か本当かはともかく、あたかも『千夜一夜物語《アラビアン・ナイト》』のような趣があって、私が現実にしがみつくことを少しも容易にしてくれなかった。こういう状況下では、ほんのわずかな重みが天秤の均衡《バランス》を左右する。この場合、彼の話は間違った皿に重しをのせてしまった。彼のしゃべり方は早口で、次から次に発せられる言葉が雪崩《なだれ》をうって呑み込まれてゆく巨大な暗黒の淵に、一緒について行かないことは、おそろしく難しかった。だが、そこを堪《こら》えないと、また眠ってしまう。それにしても、全神経が疼《うず》いているのに眠くなるとは奇妙だった。外で足音がしたり、向こうの干草の中で何かが動いたと思うたびに、私は一瞬血が氷りついた。不断の緊張は思ったより身にこたえていた。しかも、ショートハウスが私を力づけるどころか、こちらの弱味になっていることを知った今、打撃は二重に大きかった。奇妙な倦怠感はますますつのり、私の傍らにいる男も同じ闘いをしているのは確かだった。何はともあれ、彼が熱に浮かされたようにしゃべり続けていることが、それを証明していた。目覚めているのはおそろしく困難だった。

だが今度は深淵に落ち込むかわりに、何かがその中から上ってくるのを私は見たのだ！ そいつは納屋の私から一番遠い戸口から、この世界へやって来た。そして用心深く、音もなく入ってくると、向こうの干草の山にもぐり込んだ。そこでほんの一瞬見えなくなったが、やがてもっと高いところにあらわれた。そいつは蝙蝠《こうもり》のごとく、納屋の壁面にはりついていた。何かをうしろに引きずっていたが、何だかわからなかった……そいつは木の壁を這い上がり、一本の垂木をつたって天井の中程に進んだ。私は恐怖で全身が麻痺《しび》れるようだった。そのものがうしろに引きずっているのは、明らかに縄だったからだ。

ささやき声がまたはじまった。しかし、聞き取れる言葉は意味をなさず、ほとんど外国語のようだった。声は頭上の屋根の下から聞こえてきた。突然、私は垂木の、あのものがいる場所のすぐ先で、何かが動いていることに気づいた。何かほかのものがそこにいる！ やがて喘《あえ》ぐ声が——必死で何かしているような速い息づかいが聞こえ、次の瞬間、黒い塊が宙に落ちて、縄の端にブランとぶら下がった。

とたんに恐ろしい考えが閃《ひらめ》いた。私はとび上がって納屋の床を駆け出した。暗闇の中で、どうしてそんなに素速く動くことができたのかわからないが、走っている間、次々と脳裡に閃いたのは、早くナイフであの物を切って落とさないと、間に合わないかもしれない――あるいは、ナイフを奪《と》られてしまったかもしれないという考えだった。どんな風にやったのか、それは夢の女神《かみ》のみぞ知る――私は干草の俵《たわら》を足場にしてよじのぼり、垂木につかまった。もちろん、両腕でぶら下がっていたので、ナイフはすでに歯に咥《くわ》えていたが、それをどうして取ってきたか憶えていない。折たたみナイフは開いてあった。例の塊は私のつい二、三フィート先に、ベーコンの肋肉《ばらにく》のように吊る下がっており、それを梁に結びつけている縄の黒い輪郭がはっきりと見えた。その時初めて気づいたのだが、塊は宙に揺れながらクルクルとまわっていて、私が近づくと梁づたいに動いて行き、そのため、いつまでたっても私たちの距離は縮まらない。残された唯一の方法は――もうためらっている時間《ひま》はなかった――そいつに跳びついて、ナイフで縄に切りつけ、飛びおりてくることだった。

私は右手にナイフをつかみ、両脚で身体を大きく揺らし、はずみをつけて、塊に跳びかかった。恐ろしいことだ！　塊は思ったより近くにあったので、私はもろにそいつにぶつかり、ナイフを持った腕は狙いが外《そ》れて、縄ではなく、柔らかい、ぐんにゃりした物に深く切り込んだ。だが私が飛びおりる間に、その物は半回転して、こちらを向いた――それは間違いなくショートハウスの顔をしていたと思った。

このショックで悪夢は唐突な終わりを迎え、私はふたたび柔らかな干草の床に目醒めた。暁の光が微かに射し込んでおり、身体は冷えきっていた。結局、私はまた眠り込んでしまったのだ。空が白《しら》んできたのを見ると、少なくとも一時間は眠っていたはずである。丸一時間も無防備な状態でいたとは！

ショートハウスは何の音も立てなかった。私はもちろん、彼のことをいの一番に考えたのだが、長話もたぶんとうの昔に終わってしまい、彼もまた魅力的な神の誘惑に負けたのだろう。私は彼を起こし、恐ろしい夢の内容を聞いてもらいたいと思った。ところが驚いたことに、彼のいた場所は空っぽだった。もう私のそばにはいなかったのだ。

信じ、頼りにしていた味方がじつは怖がっていることを知った時も、少なからぬショックだったが、彼がどこかへ行ってしまい、納屋に一人きりになったことを知った時の気持ちは、筆舌に尽くしがたい。一、二分間、頭がクラクラして、どうしようもない恐怖に襲われた。それに、あの夢がまだ半分現実のように思われた――それほど、生々しい夢だったのだ！　私は震え上がり――身体中が熱くなったり冷たくなったりして――手元にある干草を握りしめ、しばらくの間、まったくなすすべを知らなかった。

それでも、今度は間違いなく目が醒めていたので、私は必死で気を取り直し、連れがいなくなったことの意味を考えた。そして、納屋の内外《うちそと》を徹底的に探してみることに決めた。それは恐ろしい仕事で、やり遂げられるかどうか心もとなかったが、今すぐ何かをしないと、神経をやられてしまうことはわかっていた。

しかし動き出そうとすると、寒さと恐怖と、その他何かわからぬ不浄なものが、総がかりで私の手足を縛《しば》った。私はふと思った――探索の間ずっと、背中を敵の攻撃にさらしているなんて論外だ。私にはそれほどの度胸はなかった。暗い片隅から、いつ、どんなものがとびかかってくるかも知れない。それに夜明けの光はだんだんと明るくなって、見張っている者にこちらの動きを逐一《ちくいち》教えるだろう。というのも、その時――私がまだ半分呆然としている間も――誰かがじっと注意を凝《こ》らしてこちらを見ていたのは、たしかなのだ。私は単に目醒めただけではない。目醒まされたのだ。

私はもう一つの方法を試みた。彼に呼びかけたのである。私の声は弱くかすれ、遠くから聞こえてくるかのようで、現実感がなかった。返事もかえっては来なかった。しかし、聴け！　そばで何か、ごくかすかな声がしたようではないか！

私はもう一度、今度はもっとはっきりと呼びかけた。

「ショートハウス、どこにいる？　聞こえるか？」

たしかに音はしたが、人の声ではなかった。何かが動いている。誰かが足を引きずって歩いている。納屋の外らしかった。私はもう怖くなって呼びかけるのをやめたが、音は続いた。それは普通の音だったにちがいないが、その時の私には、何か尋常ならぬ不快な音に聞こえた。普通の物音というのは、それに聴き耳を立てていない間だけ普通なのである。緊張して聴いていると、異常な、ものものしい、そして途方もない音に変わってくる。だから、この音も私には何か特殊な嫌らしい音に聞こえた。おまけに、それはこっそりと何かをしているような感じがあった。そして、もう一つの、もっと小さい音が聞こえていた。

おりしも風が微かに野を渡って、一マイルほど離れている厩《うまや》の時計の音を運んできた。三時だった。生命の脈動がもっとも弱まる時刻——生死の境に立つ病人が、もっとも危うくなる時刻だ。今でもはっきり憶えているが、この考えは雷鳴を轟《とどろ》かせて脳裡を駆け抜け、私は神経が緊張の限界に達していることを知った。自制心を取り戻すには、今すぐ何かしなければいけない。

このおそろしい一夜の出来事を思い返す時、いつも奇妙に感じられるのは、二度目に見た夢が——あれほど生々しく恐怖に満ちていたというのに——この間《かん》現実に起こっていたことを少しも予感させなかった点である。二と二を足して四になることがわからず、この音が何なのか、どこから聞こえてくるのかに、もっと早く気づかなかったことである。おそらく、この体験の背後に潜んで邪悪なことをもくろんでいた者には、私の聴覚を乱すことなど造作《ぞうさ》もなかったのだろう。むろん、それはあの時の混乱した精神状態と緊張のせいだとも考えられる。

だが、音の出所がわからぬほど愚かになっていた理由は何であれ、ここで言えることは、これだけだ——私はふと上を見上げて、暗い垂木の間を動く姿をみとめた時、類《たぐい》のない恐怖に戦慄《おのの》いた。この瞬間までは、誰かが納屋の外にいて壁のまわりを這い、戸口へ来たのだと考えていた。ところが、上を見ると、ショートハウスが梁の上をこっそり這いずっていたのである。私の心臓を凍りつかせた突然の恐怖は、言語に尽くし難い。

彼はじっとこちらを見下ろしていた。自分を見張っていたのは彼だったことを、私はたちどころに悟った。

思うに、これが私にとって、この体験に於ける感覚の極致だった。それ以上は何も感ずることができなかった——同じ方向の感覚は、という意味である。ここには、この一件のおぞましい性格が歴然と示されていた——まったく新しい側面が急に見えてきたのだ。照明がべつな角度から画面にあたって、それまで慈悲深い麻痺状態に陥っていた私に、新たな感覚能力が与えられた。印刷された文字で読むと、さほどの事とは思われないかもしれないが、その瞬間、私にはまるで意識が拡大したかのように感じられた。鉛筆を握った「手」が、突如ぞっとするような対照効果をもって、滑稽な要素を描《か》き加えたのだ。これほどひどいことはなかった。ショートハウス——天馬空《てんばくう》を行く男で、並大抵の事には動じず、危難に際しても弱るどころか、ますます力が漲《みなぎ》る——この男が、午前三時に納屋の垂木の上に這いつくばり、あたかも猫が鼠の様子をうかがうように、私をずっと見張っていたのだ！　そう、それは本当に滑稽で、彼の奇行の原因となった恐怖感がどれほどのものかを物語っていたと同時に、どこか私の心の底に空々《そらぞら》しい笑いの弦を掻き鳴らした。

人は強い感情の重圧下にある時、瞬時にして精神が驚くほど冴えわたることがある。そんな瞬間が、やがて私に訪れた。異常な明晰さが混乱した思考にとってかわり、私は翻然と悟った——悪夢とばかり思っていたあの二つの夢は、じつは私に贈られたものので、私は未来の一端を垣間見ることを許されたのだ。「邪悪」が断固として私を滅ぼそうとしている時、「善」が力を貸してくれたのである。

私にはすべてがはっきりした。ショートハウスは己の力を過信したのだ。初めて納屋を訪れて失敗《しくじ》った時の恐怖が、この負けず嫌いの男に、次はやっつけてやるぞという気を起こさせた。そこで彼は、致命的な悪の流れを自分から外《そ》らすために、私を連れてきた。彼がまたしても敵の力を見くびっていたことは、納屋に入ったとたん、明らかになった。彼がやたらとしゃべりまくり、何も感じないふりをしていたのは、心の中《うち》にひそかにつのる恐怖を認めたくないからだった。だが、しまいに恐怖心はあまりにも強くなった。彼は私が眠っているうちに、そばを離れた——たぶん、彼自身が、眠っている間に、おそるべき衝動に負けたのだろう。私が邪魔をすると知っていたので、私の様子をうかがいながら、慎重に行動したのだ。強迫観念に取り憑かれて、何がなんでも首を吊る気だったのだ。彼は私の呼び声が聞こえないふりをした。目的を遂げさせまいとすれば、死にもの狂いで暴れるだろう——狂人の、一時的にもせよ真に取り憑かれた人間の、大暴れだ。

私は一、二分、そこに坐ったまま見つめていた。やがて、彼が縄の端を引きずっているのに気づいた。それが、あの擦《こす》るような音を立てていたのだ。ショートハウスも這いずるのを止めた。彼の身体はうずくまった獣さながら、垂木の上に腹這いになっていた。彼は私をまじまじと見ていた。あの白っぽい塊は彼の顔だ。

私に勇気があったなどと自慢することはできない。じつをいうと、ある意味で、恐怖に我を失っていたのだ。しかし、彼の命を救うには敢然と行動しなければならないと考えたとたん、大そう気が楽になった。彼を今突き動かしているものが何であれ、ショートハウス自身はただの人間にすぎない。私が相手にしなければならないのは血と肉を持った人間で、得体の知れぬ力ではない。つい数時間前、彼が銃を掃除しながらパイプをふかし、いかにも人間らしい不器用さで玉突きの玉を突くのを見たではないか。この情景が心に浮かぶと、すこぶる健全な影響をもたらした。

そこで私は納屋の床を駆け出し、干草の俵に跳び上がった。下の方の垂木によじ登る準備である。よじ登るのは、夢の中でやったよりもずっと難しかった。二度も干草の中に滑り落ち、三度目に這い登って行った時、それまで黙って身動きもしなかったショートハウスが、両手で梁をしきりにいじくっているのが見えた。彼は向こうの端にいて、私たちの間はたっぷり十五フィートも離れていたが、何をしているのか、はっきりわかった。縄を垂木に結びつけているのだ。縄のもう一方の端は、すでに頸に巻きついていた。

それを見ると、たちまち必要な力が湧いてきた。私は瞬《またた》く間に梁へとび移り、精一杯威厳をこめた声で、叫んだ。

「おい、この馬鹿野郎！　一体何をしようっていうんだ？　早く降りてこい！」

ありがたいことに、私の行動と言葉はさっそく効き目をあらわした。彼はおそるべき仕事をやめて面を上げ、ちょっとの間私を睨みつけた。それから、大きな猫のように身をよじり、こちらへ向かって来た。ピョンピョンと跳びはね、驚くほどの素早さでやって来たが、その身ごなしを見ると、私は新たな恐怖にかられた。彼の身体の動きは、人間の自然な動作とは思えず、むしろ、しなやかな野獣のそれに似ていたからである。

彼は私の間近に迫った。私は自分が何をしたいのか、わからなかった。今や、彼の顔がはっきり見えた。冷酷な笑みを浮かべていた。両眼はギラギラ輝き、口許に浮かんだ脅《おど》すような表情は、見るからに嫌らしいものだった。その点を除けば、顔はあたかもチョークでつくった人形の顔のように白く、生気はなく、人間らしさはすっかり失われていた。私の折たたみナイフを口に咥《くわ》えていたが、私が眠っている隙《すき》に盗《と》ったにちがいない。そういえば、ナイフがどちらのポケットに入っているかを知りたがっていたが。

「ナイフを落とせ！」私は彼に向かって、叫んだ。「そして、君もとびおりろ――」

「止めないでくれ！」彼はナイフを咥えたまま、しゃがれ声を出した。「もう、どんなことがあったって俺を止められないぞ――約束したんだ――やらなきゃいけないんだ。もうこれ以上耐えられない」

「そんなら、ナイフを落とせば、助けてやる」私は真っ向から怒鳴り返した。「約束する――」

「無駄だ」といって、彼はちょっと笑った。「俺はやるんだ。止められるものか」

どこか背後の空中で笑い声がした。次の瞬間、ショートハウスは一っ跳《と》びして、私に襲いかかった。

そのあと何が起こったのかは、今でもよくわからない。私の記憶にはおそるべき混乱と恐怖の熱狂が残っているだけだが、私はどこかからふだん以上の力を引き出し、とっさに彼の喉元に手をやった。彼は口を開け、ナイフはすぐに落ちた。私がいやというほどきつく、喉を締めつけたからである。それまで私の筋肉はふやけた紙のようだったが、今は本来の力以上のものを取り戻した。私は垂木の上で彼と揉み合いながら、下に干草がある場所までどうにか動いてゆき、そこですっかり力尽きて、彼を放した。私たちは一緒に倒れ、干草の上に転がり落ちた。彼は落ちながらも私につかみかかろうとしていた。

彼の命を救うための闘いは、しまいには私自身が助かるための必死の足掻《あが》きとなった。逆上したショートハウスは、自分のしていることがわからなかったからである。じっさい、彼は最初に私を揺り起こしたあとのことは、何も憶えていないと言うのだ。意識の上に死の霧のようなものがかかって、自分が誰かという感覚もなくなっていたという。その後《あと》のことはまったく空白で、気がつくと干草の塊の下にいた。私が彼の身体の上に乗っていた。

じっさい、私たちを救ってくれたのは千草だった。第一に落下の衝撃を和らげてくれたし――それに、彼の身動きを封じてくれた。おかげで、私はショートハウスに絞め殺されないで済んだのである。

炎の舌

一

なごやかな小晩餐会は終わり、セシリア・ランスはすっかり堪能《たんのう》した。リンドレー夫婦は親切で気取らない人たちだった。蓄音機《グラモフォン》がかけられ、ダンスの敵方《あいかた》のハロルド・シャープも出席していた。セシリアとハロルドは互いのステップを、互いの心と同様に知悉《ちしつ》していた。

「セシリアが結婚しないのは妙だな」リンドレーは半分は自分自身に、半分は妻に向かって話しかけた。夫婦は最後の客が車で帰ったあと、腰かけて一服していた。「彼女は今でも綺麗《きれい》だ。みんなに好かれるし、あんな陽気な女性なのに」彼は考えに耽りながら煙草をふかした。「それに魅力的じゃないか――ねえ、そうだろう?」妻が何も言わないので、念を押すようにそうたずねると、愛情のこもった目で妻を見上げた。「ええ、いつも溌剌《はつらつ》としているわね」と遅い返事がかえって来た。「今夜はあの人も楽しんだと思うわ。みんな楽しかったと思う。新しいレコードも気に入ってくれたし」

夫は微笑《ほほえ》んでうなずいた。新しいレコードは高価《たか》かったのだ。「もっと頻繁《ひんぱん》に招《よ》べたらいいんだが」彼は悲しげにため息をついて、言った。リンドレー夫妻は人をもてなすのが好きだったが、貧しいので、晩餐会を開くにもあれこれ算段《さんだん》しなければならなかった。

「ところで、あのシャープのことだけど」――彼は考えを初めの線に戻した――「僕は一時《いちじ》思ってたんだ――あの二人はお互いをわかり合ってるみたいだ、とね」

妻は一瞬ためらって、ガス灯の火を見つめながら言った。「今でもそうだと思うわ。あの二人、人生観が同じなのよ」――それから一瞬の間をおいて、まるで心にもない言葉が口をついて出たかのように――「それと、人間の見方も同じよ」

だが、夫は妻がためらったことにも、そのためらいの理由が口の慎しみであることにも気づかなかった。この夫婦は二人共――夫は生まれつきの善良な性質から、妻は教育によって――言葉を良く制していた。情愛の深い誠実な夫婦で、よほど鵜《う》の目鷹《めたか》の目《め》でアラさがしでもしない限り、二人に悪意を認めることはできそうもなかった。

しばらくして、寝る前にレコードを片づけながら、夫はふとこう言って、笑った。

「しかし、彼女は針のように鋭いね？　まったくだ——その点は、二人共同じだ」それから、またクスクスと笑った。

「でも、きっと、当人にそんなつもりはないのよ」というのが妻の慈悲深《なさけぶか》い意見だった。

夫は今度も、何も気づかない様子だった。ともかく、妻はいつもそんな口の利《き》き方をするのだ。リンドレー夫婦は常に人を寛容に評価した。他人を非難することはなかった——卑劣な言葉では。

「明かりを消すよ、モリー」夫はしばらくして言った。「ベッドに入りたまえ。もう遅いし、疲れてるだろう」彼は妻に接吻しながら、肩を叩いた。つい先程まで音楽と、踊りまわる男女と楽しげな声に満ちていた部屋は、十五分もすると、暗闇と、消えかけた微かな香りと、むっとする紙巻煙草の煙が残っているだけになった。

一方、セシリア・ランスとハロルド・シャープもタクシーの中で話をしていた。セシリアはやもめの姉とチェスター街の家に住んでいる。男はそこへ彼女を送って行くところだった。二人は今夜の集まりに満足し、愉快な気分だった。いつもの調子で、その話をしていた。二人共、今夜は「素敵」だったと評した。

「でも、あたし、蓄音機《グラモフォン》ってあんまり好きじゃないのよ」とセシリアが言った。

「何もないよりはましだろう」ダンスの相手は同意しつつも、条件をつけた。

「そうね。ただ、レコードがひどくなかった?」

「最低だ」

「どうして良《い》いのを二、三枚買わないのかしら」セシリアはレコードの名前を二、三挙げた。「ダンスに蓄音機を使うなら、最新の曲ぐらい用意しておいても良いじゃない」連れはこれにも同感を示した。二人とも嫌な気持ちがした。それから二、三分のうちに、二人は音楽や床や、ささやかな晩餐の料理や、部屋の暑さについてあらん限りの悪口を並べた。今夜の会の不手際《ふてぎわ》な点を拾い立てて大袈裟に言ったのだが、自然とそんな話をしたのであって、他意あってのことではなかった。

次に、かれらはほかの踊り手の棚下《たなお》ろしを始めた。セシリアがやはり気のないほめ言葉で口火を切った。「悪くないね」ハロルドが偉そうに言った。「まったく上手だわ」セシリアが但し書きをつけた。「でも、一体全体どこからあんな人たちを拾って来たのかしら」ハロルドはそれに同感しながら、一人の娘は「まともな格好だったね」と言ってしまった。

「何ですって！　あの野暮《やぼ》ったい子が？」彼はそこであわてて誓った――僕の目にとまった女性は本当は一人だけで、名前はセシリアというのだ、と。こうして失敗を取りつくろったが、そのあとに続いた服の批評はおおむね独り語りだった。ハロルド・シャープは彼女の意見に「ひどいね、まったくひどいもんだ」と相槌を打つだけだったからだ。だが六分後、タクシーが家に着いた頃には、今夜の会全体が、食事もダンスも踊り手もみな引っくるめて糞味噌《くそみそ》にけなされており、いかなる記録係の天使も、それを彼の〝書物〟に書き入れる値打ちはないと考えたことだろう――ただし、この破壊者たちの名前は書き入れたかもしれないが。

「ねえ、ちょっとだけ上がって、飲み物でも召し上がってよ。姉はきっと起きているから」とセシリアが誘った。男はウイスキー・ソーダを飲み、女は煙草を吸って、晩餐会の主人夫婦のことを楽しく語る機会が供されたが、聞き役はいなかった。姉はもう寝てしまったからである。

「ジャック・リンドレーは良い奴なんだ」というのが、ハロルド・シャープの率直な意見だった。「でも、あの奥さんのどこが良いのかは、見当もつかんがね」しかしセシリアは、他人の批評を始める権利は自分にあるのに、それを横取りされたような気がして、こう言った――あなたは全然間違っているわ。だって、モリーは「あんなに気立てが良い」人じゃないの。「モリーが彼のどこを良いと思ったのか、わたしにはそっちの方が謎よ！ でも、あの女《ひと》、マルコム卿とよろしくやってるのよ。あのハンサムな神経科のお医者さんのところへ、用事もないのに始終通《かよ》ってるの」

「何だって！ あのむっつりしたおひきずりに恋人がいるのかい！」

「いたっておかしくないわ」セシリアは彼女を曖昧《あいまい》に擁護した。

紙巻煙草を半分吸い終える前に、モリー・リンドレーは身持ちの悪い女ということになり、彼女の夫は「二人で会えばなかなか楽しい」奴だが、片脚で危なっかしく立っているということになった。この夫婦――誠実で、いくらか昔気質《むかしかたぎ》だが、互いに愛し合う夫婦は、かれらに楽しい一夕《いっせき》を過ごさせるため、苦労して金も費《つか》ったのだ。ところが、二人にかかってはボロクソだった。邪《よこしま》で嘘つきな愚か者にされて、裸で風に吹きさらされ、かれらを識《そし》る二人はもちろん信じていない地獄へ向かって、真っさかさまに堕《お》ちて行った。チェルシー中《じゅう》に、リンドレー夫妻ほどいやらしい夫婦はいやしない。二人がこの結論に到達したのは、感じの良い笑みを浮かべて気のない称《ほ》め言葉を言ったり、肩をすくめて不用意な仄《ほの》めかしをしたり、無邪気な質問のうちに、隠された悪徳や二重生活を暗示する形容詞と副詞をちりばめたり――そういうことによってだったが、その言葉には一片の根拠もなかったのである。記録係の天使がもし何かを書きとめたとすれば、それはこの破壊者たちが知らずしらずのうちに差し出した、己に不利な証拠として――自分の胸中にあるものを、他人のうちに見てとるのだという告白としてだったろう。

それに、二人の陰口は長い修練によって技倆《うで》を磨いているため、せいぜい十分もすれば了《おわ》ってしまうのだった。動機もなく、悪気《わるぎ》もなく、人を傷つけようといった明確な意識もなく、ただ何かびっくりするようなことを言うのが習慣になっていて、そのためにリンドレー夫婦は残酷な風に裸で吹きさらされ、支える足もなくしたのだった。たまたまハロルドが辞去する直前――二分かそこいらの間だったが――二階で寝ているセシリアの姉も俎上《そじょう》にのせられた。

「良い姉よ」セシリアは、彼がなにげなく姉のことをたずねたのに答えた。「でもね、時々変になって、ふさぎ込むの」

「君にはすごく良くしてくれるんだろ、セシー」ハロルドは姉が気前良く小遣いをくれるのを知っていたので、そう言った。

「ええ、本当に頼りになる姉よ。ただ時々不機嫌になって、わたしには耐え難いことがあるの」

「へえ！」彼はたちまち聞き耳を立てて、物問いたげに彼女を見やった。

セシリアは声をひそめた。「たぶん、薬のせいだと思うわ」

ハロルドは訳知《わけし》り顔でうなずいて、笑った。「みんな、やってるからね」そう言って肩をすくめ、セシリアの姉が買った素晴らしいウイスキーを一息に飲んだ。一方、噂をされている親切な婦人は、二階で安らかに夢を見ていた――彼女は同種療法《ホメオパシー》の信奉者で、風邪に用いるとりかぶとの根や、消化不良に効くコロシント[1]といった薬よりも強いものは何も知らなかった。しかし、これからハロルド・シャープのいる席で彼女の名が出るたびに、シャープはさも同情するような顔で陰気にささやくだろう。

「薬だよ。うん、薬をやってるんだと思うね。あの人の妹は知ってるよ……」

「それじゃ、おやすみ、セシリア。もう行かなきゃ。また近いうちに会おう」

「たぶん、リンドレー家で会えるわ。モリーはまたそのうち蓄音機のダンスパー

1　コロシントウリから採れる下剤。

ティーをやるって言ってたから。おやすみなさい」

一時間も経つと、二人はぐっすりと眠っていた——世界中と和解し、自分自身に満足し、胸には悪意も、嫉妬も、冷酷さも抱かずに。かれらの舌は静まっていた。かれらの昼と夜、かれらの会話は、一年三百六十五日、おおむねこんな風だった。かれらの行く先々には、〝失墜した評判〟が、手練《てだれ》の銃に鳥が落ちるごとく点々とつらなった。それは故意に撃《う》ち落とされたのではなかった。心して狙《ねら》いを定める時は、もっとずっと大きな獲物を撃った——二人共、恐るべき射撃の名手だったからだ。

ところで、そういう大きな獲物のうちに、傷は負ったが死なない獲物がいて、たまたま自分を撃ったのが誰であるかを探り出した。彼は大物というだけでなく危険な大物であり、ひとかどの人物で権力を持ち、それに不思議な知識を持っていた。名誉毀損の訴えを起こして然《しか》るべきだったが、それはせず、かといって、暗闇で毒矢を放った邪《よこしま》な狙撃者たちを放ってもおかなかった。彼は単に呪っただけだ。二人を呪ったのだ。しかしながら、彼はほとんどの西洋人が知らない〝儀式〟を用いたため、その呪いはたぶん尋常《じんじょう》の呪いではなかったのである……

二

数週間後のうららかな朝、セシリアは独りタクシーに乗って、狭い鏡に映った自分の顔を不安そうに覗《のぞ》き込みながら、グロヴナー街へ向かっていた。太陽は明るく輝き、薄汚れたロンドンの街も幸福《しあわせ》に笑っていた。街角や道行く人のボタン穴には、花々が輝いていた。小鳥はほがらかに歌っていた。空気は甘くさわやかだった。というのも季節は夏で、十時半といっても、じつは九時半だったからだ。しかし、タクシーの鏡に映った若い綺麗な顔には、夏の色はうかがわれなかった。その顔は甘くもなく、さわやかでもなかった。拭《ぬぐ》い去れぬ不安が、それさえなければ明るい目に浮かんでいた。小さい口はへの字に曲がっていた。彼女は時折、小さなレースのハンカチを苛立《いらだ》たしげに唇に押しあてた。時々ハンカチを素早く離して、開いた窓から甘い空気を深く吸った。一生懸命な様子で息を吸っては吐き、またすぐにハンカチを唇にあてるのだった。まるで歯痛か神経痛を病んでいるかのよう――口か唇か歯茎が神経痛に襲われているかのようだった。彼女の振舞いは、現実の痛みではないとしても、極度の不安を示していた。

彼女は「百番地A」の玄関先でタクシーを降り、一分と経《た》たないうちに、家の中へ通された。スフィンクスのような顔をした執事がすんなりと待合室へ通し、音もなくドアを閉めた。名前を聞かないところを見ると、執事はもう知っているのだ。彼女は独りきりになると、素早く大鏡に駆け寄ったが、白い怯《おび》えた顔をチラリと見たとたんにドアがまた開き、優しく名前を呼ばれた。唇を噛《か》み、両脇にあてた手を固く握りしめて、スフィンクスのあとから、高名な神経科医マルコム卿の診察室に入った。敷居をまたぐと、背が高く浅黒い顔をした人物が立ち上がって挨拶した。彼女は本能的に小さなレースのハンカチを唇にぴったりと押しあてた……

診察は長く続いた。出て来ると、待合室は待ちくたびれて苛々《いらいら》している婦人たちで一杯だった。気もそぞろで良くは見なかったが、その中に男性が一人まじっているようだった。彼女はバッグと日傘を急いで取り上げ、誰の顔も見なかった。手が震え、息は乱れ、顔はこわばって老《ふ》けていた。ハンカチを口にあてたままだった。急いで外に出ると、スフィンクスがタクシーを呼んでくれた。彼女は姉の家へ戻り、自分の部屋に駆け上がって、ドアに鍵を掛けた。独りになって最初にしたのは、手鏡を五、六枚集めて鏡台の前に並べ、自分の顔をあらゆる角度から良く見られるようにすることだった。そうして、ものの一時間も顔に見入っていた。目は強い不安に緊張し、涙も出なかった。胸は奇妙な、鋭い恐怖にのしかかられて、自然に息ができなかった。彼女の精神はすっかり抑制を失い、ほんの一時《いっとき》もじっとしていられなかった。

セシリア・ランスは怯えていた。だが、彼女には強さがあり、勇気があり、馬鹿にできぬ個性があった。初めに、取るべき態度と行動の方針を決める時間さえ与えられれば、どんなことにも立ち向かえた。昼食の時間、姉のお客を迎えに下りて来る頃には、自分を取り戻していた。顔が少し引きつっていたかもしれないが、目立つほどではなかった。呼吸は正常だし、振舞いは穏やかだが意気消沈した風ではなく、声も震えてはいなかった。彼女は状況に直面し、行動の方針を決めたのだった。

「あら、いたのね！　あなたは今朝早く出かけたってトムソンが言ってたの。どこへ行ったかと思っていたわ」姉はそう言って進み寄ると、いつものように優しく抱こうとした。

セシリアはハッとして、うしろに退《さが》った。「キスしちゃだめ、ガーティー。わたし――風邪を引いてるの。いいえ、大したことないのよ。でも、伝染《うつ》したくないから」

昼食会は楽しく行われた。セシリアがいつもの明るい彼女でないとは誰も思わなかったし、彼女がどれほど神経をつかって屈託《くったく》なく振舞っているかを想像することもできなかっただろう。だが、彼女はものを食べたり、葡萄酒を飲んだりするのが辛《つら》かった。煙草も吸わなかった。胸の内には暗い恐怖とたえまない不安があり、それを隠し了《おお》せるには、技巧と気力をふり絞らねばならなかった。内なる苦痛はけして熄《や》まなかった。恐れという狼が、臓腑《ぞうふ》を不断に掻きむしった。ハンカチを時折口元にあてたが、その仕草はまったく自然だった。彼女の心の中には、数時間前に医師の言った言葉が今も谺《こだま》していた。マルコム卿のもとを訪ねたのは、その朝が初めてではなかった。もう十回目だった。そして彼女が帰ったあと、医師は彼との十分間を恐れかつ切望している次の患者を、ふだんよりも少し長く待たせた。実際、彼はめったにやらないことをしたのだ――順番をとばして、べつの男性患者を診《み》た――そして、その男性が帰ると、むくれている御婦人をさらに十分も待たせた。その間にメモを取り、書物を参照して、困惑と、興味と、狼狽の表情を顔に浮かべた。そんな顔をするのは、開業以来初めてのことだった。そのあとの患者に対しては少し上《うわ》の空でさえあったが、老練な名医なので、そのような過《あやま》ちを悟られはしなかった……

「奇妙なんていうものじゃない――まったく信じ難い」医師はその夜、就寝前に覚え書きをざっと見返して、思った。一日の仕事が終わってから、患者の症例について考えるなどということは初めてだった。彼は一枚のちり紙を、とくにためつすがめつ見た。そのちり紙にはギザギザな丸い穴が開いており、ところどころ少し黄ばんだり、赤や黒に変色していた。彼は当惑の表情を浮かべて、紙を下に置いた。ほとほとお手上げという様子だった。

「いまだかつて、こんなためしはない。書物を見ても、これに類する記録は載っておらん」彼は深く考え込み、しまいに「くそったれ！」と声を上げた。「まるで中世だ。何とも――気味が悪いったらない」マルコム卿は途方に暮れて、自分だけにその気持ちを白状した。「しかも、二人ときている――何ともはや！」

三

ちょうど最後のお客が帰ろうとする頃、セシリアにハロルド・シャープから電話がかかって来た。君一人だったら、お茶を飲みに行ってもいいかな、と言うのだ。その声には妙に真剣な響きがあった。だが、セシリアは、今夜リンドレー家のダンス・パーティーがあるから、その前に休みたいといって断わった。

「具合でも悪いの？」ハロルドは鋭くたずねた。

「あの——わたし、平気よ」言う前に一瞬の躊躇《ためら》いがあった。ハロルドは食い下がった。断固として迫った。「どうしても会いたいんだ——二人だけでね、シス」彼女の身体を戦慄が走り、声が少し震えた。「いいわ。ガーティーはもう出かけるから。でも、長居《ながい》はだめよ。わたし、疲れてるの」彼女は少しフラフラした。椅子に坐り込み、両手で顔を覆った。十分後、ハロルドとその部屋で二人きりになった。

「ずいぶん御無沙汰《ごぶさた》じゃないか」と彼は言った。「どうしたんだい？」

ハロルドは様子が変だった。緊張して神経質だった。早口にしゃべり、目には追い詰められたような色が浮かんでいた。肌の色は青ざめ、指と唇がヒクヒクと痙攣《けいれん》した。

「何があったんだい、セシー？」セシーという呼び方をするのは彼が真面目《まじめ》な時で、そういうことはめったにないのだ。

「昨夜《ゆうべ》もクラリッジ[2]に来なかったじゃないか」ハロルドは咳《せき》をした。セシリアはハッとして、煙草を勧めたが、男は苛立たしげに手をふって、ことわった。彼はまた咳をした。ハンカチを出した。セシリアはまたハッとした。前よりも驚いた様子だった。「ハロルド――」彼女はだしぬけにそう言って、また口をつぐみ、わきを向いた。べつのことを言おうとしたのだが、「その咳はどうしたの?」と、顔をそむけたまま言ってしまった。「あなた、あまり――具合が良くないんでしょう。ほんとの咳じゃなかったわね」

彼はハンカチを唇にあてたまま、答えなかった。

「ハロルド?」彼女はまるでショックを受けたかのように、妙に大きな声で繰り返した。その顔はゆっくりと相手の方を向き、目と目が合った。「あなた――」不吉に震える張りつめたささやき声で言った。「ほんとに――大丈夫なの?」

彼は答えずにじっとこちらを見据えて、露骨な質問をした。「君こそ、今朝グロヴナー街で何をしてたんだい、セシー?」それを聞いて、彼女の記憶は鮮やかに蘇った。そうだ、あの時、待合室にいたただ一人の男性は彼だったのだ。そう思った瞬間、彼女の手はハンカチに伸びたが、使うのをためらった。しかし、男はその仕草に気づ

2　ロンドンの高級ホテル。

き——事情を了解したらしい。二人は互いの心を良く知っていた。

「それじゃ、あなただったのね、ハロルド」彼女はささやくのがやっとだった。声を抑制することができなくなっていた。

ハロルドの顔は、部屋に入って来た時から青ざめていたが、それよりもさらに血の気が引いた。むしろ灰色になって来た。二人は互いの顔をまじまじと見つめ合った。

「僕は——」ハロルドは言いかけて口ごもった。「君はあそこで何をしてたんだ？」急にそうたずねたが、彼の視線はゆっくりと相手の顔の上をさまよい、唇に留まった。彼は恐ろしい目つきで、そこをじっと見据えた。その眼は言うにいわれぬ問いを発していた。彼女はまたハンカチをサッと口元に上げた。「やめて！　だめ！」レースを口に押しつけたまま、くぐもった声で激しく叫んだ。「お願いだから、やめて！」

彼は相手の手を取って、ねじった。束の間の痛みが、考えを少しだけ他所《よそ》へそらす力を彼女に与えた。この人は——ああ、そうだ——わたしのハンカチを見ようというんだ。それを知った彼女は、ハンカチを握りしめて見せまいとしたが、力ではかなわなかった。

ハロルドはむりやり彼女の掌《て》をこじ開けた。

「君もあすこにいたんだ」冷静だが、妙に間の抜けた声で言った。「僕と同じ理由で」彼は手を放した。彼女はくしゃくしゃになったレースの塊《かたまり》を小さなバッグに荒々しく押し込んだが、無駄であることはわかっていた。彼はすでに、あの変色した奇妙な斑点を見てしまったのだから。

「ひ、ひどいことするわね」彼女は恐怖と苦痛のあまり、口ごもって言った。「あなた、と、とり乱しているのよ、ハロルド・シャープ！」

しかし、彼は弁解もせず、ただかすかなため息を洩《も》らして椅子にどっかり坐り込むと、自分のハンカチを掌に広げて、見せた。

そこにも同じ恐るべきしるしがついていた——変色した斑点が。

二人は数分間坐ったまま、物も言わず——まるで身体を動かしたり、しゃべったりする力を奪われたかのように——深く恐ろしい意味を持つ斑点を食い入るように見つめていた。それは——火で焼いたか、焦がしたように見えた。

最初に自制を、幾分かなりとも取り戻したのは女の方だった。椅子から立ち上がって、男を見下ろした。

「ハロルド」彼女はうんと低い声で、それも、努力してやっとしゃべっているかのように言った。「二人共、同じね。自業自得なんだわ」彼のなめらかなふさふさした髪の毛に手をあてると、彼は思わず身を引いたが、セシリアはささやき声で語りつづけた。「それに、わかっていて？――これはこの世のものじゃないのよ――少し違うのよ」言葉を切り、一歩あとずさって、男を上から見つめた。「あ、悪魔がよこしたものなのよ」

男は何とも答えなかったが、身体中震えていた。

「それが、ど、どういうことか、わかる？」

すると、男は急にとび上がり、両手を意味もなくふりまわして、奇妙な仕草をした。

「セシー、君、どうかしてるぜ。およそろくでもない、たわごとをしゃべってるんだ。しっかりしろ――」そこで息が切れ、椅子にだらしなくへたり込んだ。

女は彼を揺さぶったが、ひっぱたいてやりたいくらいだった。胸の内は猛烈な憤激に満ちていた。たぶん、人殺しか――自殺でもしようと考えていたのだろう。

「あなたも――わたしと同じことを言われたのね？」その声には感情がこもっていなかった。声の主がもう何も感じなくなっていたからだ。

ハロルドはうなずいた。

「医師《せんせい》はちり紙を試してみた？」

ハロルドは頭《かぶり》を振った。

「これから先――これから先の見込みを話した？」

この言葉への唯一の返事、唯一のしるしは、男の身体が痙攣を起こしたようにヒクヒク震えたことだった。それはいかなる言葉にもまさって、恐怖を伝えた。そこには知性というものがなかった。

「な、な、なおらないんですって」彼女の無表情な声音《こわね》は、彼の痙攣的な仕草よりも、気の遠くなるような絶望をいっそう良くあらわしていた。口ごもる言葉は、男と同様の愚鈍さを感じさせた。恐ろしいことだった。

やがて彼は愚かな微笑をたたえて相手を見上げ、女もそれにこたえたが、心はすでに明らかに曇っていた。「けして、き、消えない炎ね」

「ほ、ほ、炎のし、舌だ」彼は弱々しく笑いながら言った。「僕らはほ、炎の舌を持っている――君も僕も――」立ち上がって、接吻するかのような仕草をした。手にはハンカチがひらめき、おぞましい斑点が見えた。

彼女は身動きしなかった。「そして、死んだあとも」そうささやく彼女の目からは、理性の最後の光が消えて行きつつあった。「永久に、永久に……」

小鬼のコレクション

ダットンが招きに応じたのは、気の利いた断わりの文句をすぐに思いつかなかったという薄弱な理由からだった。彼は、週末のパーティーで役に立つ安直な才気煥発《かんぱつ》さを持ち合わせていなかった。大柄ではにかみ屋の、不器用な男だった。おまけに、あいう大きなお屋敷は嫌いだった。嚥《の》み込まれてしまいそうな気がするし、勿体《もったい》ぶった執事は気づまりだ。彼はなるべく日曜の晩、辞去するようにしていた。今回は晩餐の一時間前に到着して、着替えのため二階のだだっ広い部屋へ上がった。その部屋には貴重な品物が沢山《たくさん》あって、彼は自分が美術館の目立たぬ展示品になったような気がした。嚢《のう》を運んで来た使用人が錠をカチャカチャやりはじめると、ダットンはやるせなげに微笑んだ。だがしゃがみ込んだ男の口からは、恐れていた陰気な物言いではなく、明らかな訛《なま》りのある情《じょう》のこもった声が聞こえて来た。じつにホッとする声だった。

「錠がかかってるみてえだけど、鍵を持っていなさるでしょう？」

二人は一緒にみすぼらしい雑嚢《ざつのう》の上にかがみ込んだ。大きな洞穴の地面で、二匹の蟻《あり》が触角を寄せているような格好だった。巨大な四柱式寝台が、馬鹿にするようにこちらを見下ろしていた。マホガニーの食器戸棚は厳かに驚いているようだった。ぽっかり大きな口を開《あ》いた暖炉は、それだけでも彼の画架を全部――いや、彼の小さなアトリエさえ呑み込んでしまいそうだった。この人情味のあるアイルランド人がそこにいることは、じつに心が慰まった――たぶん、臨時雇いか何かだろうとダットンは考えた。

彼はこの若者と少し話をした。それから煙草を点《つ》けて、若者がゆったりした戸棚に服をしまうのを見ていたが、小物をじつに几帳面に扱うことに気がついた。爪切り、銀のカフスボタン入れ、金属製の靴篦《くつべら》、安全剃刀《かみそり》、輝くシガー・カッターに鉛筆削りまで――嚢《ふくろ》の底から取り集めたこれらの品物をガラス敷きの鏡台《きょうだい》に一列に並べて、いつまでもいじっていた。鏡台から少し離れては、また近寄って並べなおすといったことを、馬鹿みたいにいつまでも続けている。ダットンは面白がって見ていたが、そのうちに呆れ、しまいにはイライラして来た。一体、いつになったら出て行くのだ?

「ありがとう」と彼はしまいに言った。「それで良い。着替えをするからね。晩餐は何時だね?」

若者は時刻を告げたが、それでも何か言いたそうにしていた。

「もう全部出したじゃないか」ダットンは焦《じ》れったそうに繰り返した。「ばらの小物は全部ということだが」

若者はとたんに、クルッと顔を向けた。こいつはまったく何ていう悪戯《いたずら》っ子のような目だろう！　まさしくアイルランド人の目だ！

「みんなまとめて並べといたから、なんにもなくならねえと思います」彼は即座にそう返事をして、馬鹿げた小物のコレクションを指差すと、素早く鏡台へとって返し、また小物をいじった。一つ一つ数え上げて、それから唐突に、馴々《なれなれ》しいというのとはちがう個人的な気づかいをにじませて、「あのね、この大部屋じゃ、こういうちっこくてピカピカ光る物がよくなくなるんです」そう言って、立ち去った。

ダットンは独り微笑みながら着替えをはじめ、こんなことを考えていた——あいつの言った言葉には、何か隠れた意味があるような気がするけれども、なぜなんだろう？　もっとしゃべらせれば良かった。「この大部屋じゃ、ちっこくてピカピカ光る物が」——じつに言い得て妙だ、ほとんど批評の域に達している！　彼はロンドン塔に閉じ込められた国事犯のような気分だった。まわりの壁の凹《くぼ》みや引っ込んだところ、深い朝顔型の窓を見まわした。綴《つづ》れ織りや大きなカーテンは息苦しさを感じさせた。その次に彼が考えたのは、ほかの客は誰だろうとか、晩餐の席に誰をエスコートして行くんだろうとか、口実をつくって早目に寝よう、といったことだった。

こうしてとりとめのない考えに耽っていると、ふと誰かに見られているような気がした。妙に強い印象だった。誰かがすぐそばで自分を見ている——彼はすぐにこの考えをふり捨て、大時代《おおじだい》な寝室の広さと謎めいた雰囲気のせいにしたが、考えはしつこくつきまとい、つい何度も神経質にうしろをふり返った。幽霊がいる感じではなかった。幽霊的なものには、無縁な性質なのだ。おれの脳裡《のうり》に居坐ったこの奇妙な考えは——と彼は思った——もとをただせば、あのアイルランド人の若者が言ったことに——いや、むしろ、あいつが言わずにしまったことに原因があるんだ。

彼は漫然と想像を働かせた。誰かが、悪気《わるぎ》はないが好奇心にかられて、こっそり自分を監視している。誰か、非常に小さい何者かが、この途方もなく広い部屋に隠れている。馬鹿馬鹿しいと頭では考えたが、気持ちはべつだった。一種大らかな、保護者のような感情が湧いて来て、何か小猫のように柔らかく、鼠の赤ん坊のようにチョロチョロと走りまわる小さな生き物を踏みつけぬように、そっと歩かねばならないと思った。実際、一度などは翼を持つ小さな物が目の隅にチラと見えたような気がした。その物は羽ばたいて、部屋の向こうの大きな紫のカーテンを横切ったようだった。そこは窓のそばだった。「鳥か何かが外にいるんだろう」笑って自分にそう言い聞かせたが、そのあとは、しばしば爪先立《つまさきだ》ちになった。これはかなりの努力を要した。彼は象のような体格だったからだ。彼は今ではこの豪壮な寝室に、いくらか好意的な関心を抱いていた。

晩餐の始まりが近いことを告げる銅鑼《どら》の音が、彼を現実に引き戻し、想像の流れを止めた。彼は鬚《ひげ》を剃《そ》り、入念に身仕度をつづけた。大柄な人間はたいていそうだが、彼は動作がゆったりしていて、またたいそう行儀が良かった。ところが、カラーボタンを付ける段になると、ボタンがどこにも見つからない。つまらない真鍮《しんちゅう》の塊にすぎないが、大事なものだ――たった一つしか持っていないのだ。五分前には大理石の板の上に、カラーの中にあった。注意深くそこへ置いたのである。それが、今は跡形《あとかた》もなく消えてしまった。ボタンを探しているうちに身体が火照《ほて》り、服装がくずれて来た。ダットンのような大男は四《よ》つ這《ば》いになって探さねばならなかった。「忌々《いまいま》しい小僧め！」彼は立ち上がってぶつぶつ言った。食器戸棚の下で手を引っ掻いたところが痛かった。ズボンの折り目は滅茶苦茶《めちゃくちゃ》になるし、髪は乱れた。こういう小さい物が姿を昏《くら》ますと、どんなに厄介《やっかい》かを彼は知っていた。

「また出て来るさ」と言って、笑おうとした。「気にしないでいればな。忌々し――」そこで急に口をつぐみ、危ないことを言いかけたように形容詞《ことば》を変えた――「いたずらな小鬼め！」カラーは後まわしにして、身ごしらえをつづけた。シガー・カッターを鎖に結びつけたが、今度は爪切りがなくなっていた。「変だな。じつに変だ！」二、三分前にそれが置いてあった場所を見たけれども、ない。「変だ！」彼はとうとうあきらめて、鈴《りん》を鳴らした。ノックの音にこたえて「どうぞ」と言うと、厚いカーテンが内側に揺れ、明るい、躍るような目をしたアイルランド人の若者が入って来た。若者は半ば神経質に、半ば期待するようにあたりを見まわした。「何か、なくしましたか？」と、まるで知っていたかのように、すぐに言った。

「呼んだのはね」ダットンは少し不機嫌になった。「カラーボタンを持って来てもらいたいんだ――今晩だけ借りたい。何でもいい」自分のボタンをなくしたとは言わなかった。誰か聴いている者がいたら、クスクス笑って面白がるだろう。みっともない話だ。

「なくなったのは、こんなボタンでしたか？」若者は大理石の板の上に置いたカラーの中から、なくなったボタンをつまみ上げた。

「うん、そういうのだ」ダットンは驚き呆れて、曖昧《あいまい》にこたえた。もちろん、見落としたにちがいないが、置いた場所にあったものに、どうして気がつかなかったんだろう。口惜《くや》しくて、きまりが悪かった。若者は明らかに状況を察し――それどころか、予期していたようだ。まるで誰かがボタンを盗み、わざわざ元の場所に戻したかのようだ。「ありがとう」ダットンは顔を見られぬようにそっぽを向いて、言った。若者はその間にあとずさりして出て行った。ニヤニヤ笑っているんだろうと――顔を見たわけではないが、そんな気がした。若者は出て行くとすぐ戻って来て、醜悪な象牙のボタンがたくさん入っている厚紙の小箱を差し出した。あらかじめ用意しておいたのではないかと、ダットンは感じた。何て馬鹿な話だ！　しかし、この裏には何か現実の、本当の――まったく信じ難いことが隠されているのだ！

「そのボタン、ボタンなら、取られねえです」若者は、戸口で言った。「あんまり光らねえからね」

ダットンはもう何を言われても聞かないことにしていた。「ありがとう」とそっけなくこたえた。「これで結構」

沈黙があったが、若者は去らなかった。深い息をついて、まるで何か差出がましいことでも言おうとするかのように、早口にまくし立てた。「あいつが取ってくのは、ピカピカ光る、ちっこいきれいな物だけなんです。こういうものをあつめてるんで、やめさせることなんか、とてもできやしません」それを聞いて、ダットンの胸のうちには温《あたた》かいものが湧き上がった。彼はふり返って、微笑みながら、前よりも穏やかにたずねた。

「へえ、こういう物をコレクションのために取ってくのかい?」

若者はひどく恥ずかしそうな顔で、今にも秘密を告白しそうだった。「ちっこくてピカピカして、きれいな物です、はい。おれもいろいろやったんですけど、あいつが好きでたまらないものがあるんです。でも、象牙は大丈夫です。見向きもしません」

「そいつは、アイルランドから君について来たんじゃないのか?」

若者はうなだれ、声をひそめて言った。「おれ、マッデン神父様に言ったんです。でも、全然効き目はねえです」彼は自分が窃盗の罪を問われて、職を失うのを心配しているようだった。突然青い目を上げて、こう言い添えた。「でも、ほっとけば、そのうちみんなこっそり返すんです。あいつはただ、ほんのちょっと借りるだけなんです。そんなもの要《い》らないっていうふりをしてごらんなさい。じき戻って来て、たぶん前よりもピカピカに光ってます」

「わかった」とダットンはおもむろにこたえた。「それじゃ、さがっていい。階下《した》では何も言わないから、心配することはない」

若者は感謝の表情を浮かべて、またたく間に姿を消し、ダットンは少し気味悪くなって、醜悪な象牙のボタンを見つめていた。彼は急いで身仕度をすませ、階下《した》へおりた。羽の破れた蝶のように柔らかくて小さい、傷つきやすいものを踏まないように、爪先立ちでソロリソロリと歩きながら、大きな部屋から出て行った。何かが隅の方から自分を見守っているのを、はっきりと感じた。

晩餐の試煉《しれん》はなんとかやり過ごした。少し暑苦しい晩だったが、それにも耐えた。彼は機会《おり》を見て、早目に寝室へ引き上げた。爪切りは元の場所に戻っていた。真夜中まで本を読んでいたが、何事も起こらなかった。この家の女主人は彼に部屋の由緒を語り、御不自由はありませんかと慇懃《いんぎん》にたずねた。「あの部屋にいると、なにか目途《あてど》を失《な》くしたみたいな気がするとおっしゃる方もいますの。お要《い》り用なものがちゃんとあれば、ようございますけれど」彼女の言葉――「失くした」と「ちゃんとあれば」――に引かれて、ダットンは例のアイルランド人の若者のことを言いそうになった――小鬼《ゴブリン》が海の向こうからついて来て、「コレクションのために、ちっこくてピカピカする、きれいな物を借りる」という話を。しかし、彼は約束通り、何も言わなかった。言ったところで、女主人は目を丸くするだけだろう。それに退屈していたから、口が重かった。彼は心の中で微笑《わら》った。この大きな屋敷が彼の快適と愉楽のために供し得るものは、醜悪な象牙のボタンと、ものを盗む小鬼《ゴブリン》と、死んだ皇族が寝たという巨大なベッドだけなのだ。

翌日も、テニスの服に着替える時や昼食に戻って来た時、「拝借」は続いた。その時々に必要な小物が消えていたのだ。それらはあとになって出て来た。なくなっても無視することが取り戻すための秘訣《ひけつ》で――品物はいつも最後に見た場所に戻っていた。目の前に危なっかしく立てて置かれて、今にも絨毯《じゅうたん》に落ちそうになりながら輝いていたりするのだったが、いつも無邪気に人をからかうような感じがあり、まさしく小鬼《ゴブリン》の仕業《しわざ》だった。カラーボタンがお気に入りで、その次が爪切りと銀の鉛筆削りだった。

汽車と自動車の都合で日曜の晩は帰れなかったが、月曜日、他の客が起きる前に出発することにして、早目に寝た。彼は見張りをするつもりだった。小さな〝借り手〟との間に、半ば親しい関係が結ばれたという愉快な気持ちがあった。もしかすると、品物がなくなるのを——消えるのを目撃できるかもしれない！　ベッドの向かいにある鏡台に輝く小物を一列に並べ、本を読みながら、そちらをこっそり盗み見していた。だが、何も起こらなかった。「こんなやり方じゃだめなんだ」とふと気づいた。「おれはうかつだったなあ！」それで明かりを消した。睡気《ねむけ》が忍び寄って来た。……もちろん、翌日になると、あれは夢だったんだと思った。

その夜はまったく静かで、格子窓から夏の月光がかすかに射し込んでいた。外では木の葉が風に吹かれて、さやさやとかすかに鳴っていた。夜鷹《よたか》が野原から呼びかけ、彼方の小森から、毛皮をまとった秘密好きの梟《ふくろう》が答えた。寝室の大半は濃い闇につつまれていたが、斜めに射す月光が鏡台を照らし、銀の小物はこれ見よがしに輝いていた。「まるで夜釣りの糸を仕掛けてるみたいだ」と思ったのを憶《おぼ》えているが——そのあと突然笑うのをやめて、神経をとぎすました。

部屋の向こうの暗がりにぽっかりと口を開いている巨大な暖炉から、羽根よりも柔らかいかすかな音が聞こえて来たのだ。小さな興奮の波がこっそりと、おそるおそる震えながら空気を渡った。えもいわれぬ優雅な羽ばたきが夜気を動かし、大きい四柱式寝台に寝ている人間の重い頭脳の中を、はるか遠くからやって来たらしい、黒と銀色の姿が飛び過ぎた——それは高鳴る小さい胸に高邁《こうまい》な悪戯《いたずら》をたくらみ、妖精郷の国境《くにざかい》を越えて来る可愛らしい遍歴の騎士の姿だった。彼は馬を駆って大きな厚い絨毯の上を進み、大胆な略奪をもくろみつつ、ベッドに向かい、鏡台へ向かって来た。ダットンは石のようにじっとして様子を見、耳を澄ましていた。耳の中で騒ぐ血がその音を少し被《おお》い消したが、それでも聞こえることは聞こえた。鼠が尻尾《しっぽ》や髭を動かす音も、こんなに穏やかで用心深く、あたりを憚《はばか》る慎重な音ではない——この半分も繊細な音ではないが、ベッドに寝ている男には、大きな息を立てていたにもかかわらず、良く聞こえた。そいつは次第次第に近づいて来た。ああ、いとも優雅にやさしく、別世界からの小さな冒険者は果敢なる攻撃を仕掛けた。かすかに、類《たぐい》もない音楽のような羽ばたきの音をさせて、ダットンの顔の前へ舞い上がり、鏡台に射している月の光を浴びた。すると、なぜか姿がぼやけた。ダットンの視界は一瞬乱れた。月の光と、鏡やガラス板や輝く小物からの反射光が混ざり合って、光景が滲《にじ》んだのだ。ダットンは一瞬、目の焦点が合わなかった。カタカタ、コトリと小さな音がした。鉛筆削りがテーブルのギリギリ端に、危なっかしく立っているのが見えた。そいつは今にも消えようとしていた。

ダットンが愚かなことをしなければ、その先を見られたはずだった。彼はもう我慢できなかったのだろう。ガバと跳び起きたとたん、銀器は絨毯に落ちた。象のような巨体が跳びあがったので、むろん、テーブル全体が揺れた。しかし、いずれにしても敏捷《びんしょう》さが足りなかった。ほっそりした小さな手が、鏡にうつった映像の奥へ滑りおりてゆくのが見えた——深い、深い底へ、閃光のように素早く。彼はそれをたしかに見たと思っているが、乱暴に動いた瞬間、光の加減で物が奇妙に見えにくくなっていたことは、彼自身も認めるところである。

いずれにしろ一つだけ疑いの余地がないのは、鉛筆削りがなくなったことだ。彼は明かりを点けて十分ほど探したが、あきらめてベッドに戻った。翌朝、もう一度探してみた。だが、寝坊をしたので、十分には探せなかった。うんざりする作業の途中で、アイルランド人の若者が、汽車に乗せる雑嚢を取りに来たからである。

「何かなくしましたか?」若者は心配顔でたずねた。

「いや、いいんだ」ダットンは床の上から返事をした。「嚢《のう》を持って行ってくれ――それから外套も」

彼はその日ロンドンに着くと、新しい鉛筆削りを買って、鎖に結びつけた。

野火

九月のその日、サリーにあるレニーの別荘で、男たちが昼食をとりながら話していたのは、もちろん猛暑のことだった。この暑さは尋常《じんじょう》じゃないとみんな異口同音《いくどうおん》に言ったが、オハラがヒースの野の火事のことを持ち出すまで、べつだん変わったことは話題にならなかった。その火事というのはいささかひどいもので、たった一日のうちに五、六カ所で出火し、樹や茂みを焼き尽くして人命を危険にさらし、おそるべき速さで広がった。それにヒースの野火にしては炎が異常に高く、激しかった。しかもオハラの口調が、月並なおしゃべりに何かそれまでになかったものを――神秘の要素を持ち込んだのだった。はっきりと口にした言葉ではなくて、彼の態度や、眼差しや、ひそめた声などがそれを伝えたのだ。しかも、そいつは本物だった。彼が言ったことよりも感じたことが、ほかのみんなに伝わったのだ。開け放った窓の外を忍冬《すいかずら》が優しく這《は》う小部屋の空気が一変した。会話は突然、それまでのようにうちとけたものではなくなり、男たちはテーブルごしにお互いをチラチラ見やって、笑ってはいたが、妙な緊張が、時折訪れるぎこちない沈黙に感じられた。一同は普通のイギリス人だったので、神秘というものを嫌っていた。そんな話をされると居心地が悪くなった。というのも、オハラが仄《ほの》めかした事柄は、万人の心に隠れひそむ原初的な恐怖に触れたからだ。その歓迎されざるものは「教養」に護られてはいたが、けして完全には隠されず、存在を示していた――原始的な畏怖、たとえば、大雷雨や大津波や激しい火事などが掻《か》き立てる感情を暗示していた。

そのため、男たちは本能的に、火事の明らかな原因を論じはじめた。株式仲買人は想像力の匂いを嗅ぎつけて、鼻で笑いながら、この話題から遠ざかった。だが、ジャーナリストは「ただ単に知っているだけの」活《い》きの良い情報を開陳《かいちん》した。

「カナダじゃ、日光が原因で起こるんだ。露がレンズの役割をするわけだね。それから、機関車の火の粉《こ》ってやつは、熱を保ったまま大変な距離を移動するんだよ」

「でも、何マイルも飛ぶわけじゃあるまい」べつの男が話をよく聞かずに言った。

「僕はね」批評家が鋭く口嘴《くちばし》を入れた。「故意の付け火《び》が多かったと信ずるね。燃える石炭の欠片《かけら》を布にくるんだものが見つかったのは、知ってるだろ」この男は小柄で、鼬《いたち》のような顔をした偶像破壊者だった。疑いと不信の酸《さん》をいたるところにふりまいて行くが、破壊したものの代わりに何かを差し出すことはない。彼の頭は塔のような形をしており、唇は硬張《こわば》って薄く、木工錐《もっこうぎり》のように尖《とが》った鼻先と顎《あご》で、不毛な生《せい》という粘土に穴を穿《うが》つのだった。

「社会不安か、そうだな」ジャーナリストは彼の説を支持し、話を労働問題に引きつけようとしたが、この家の主人《あるじ》は火事の話をしたかった。「でもね」と真面目な調子で割り込んだ。「このあたりの火事には非常に——その——妙なものがあったと言わなければならんね。というのも、始まりが変だったんだ。君もおぼえているだろう、オハラ。つい先週も、ケトルベリーの方で疑わしい火事があったじゃないか——」

彼は画家から何か聞き出そうとしているようだったが、画家はみんなが嫌がっているのを感じて、誘いに乗らなかった。

「一体、どうして普通じゃない説明を求めるんだね？」批評家がしまいに焦《じ》れて、言った。「僕に言わせれば、みんな自然現象じゃないか」

「自然だって！　うん、そうだとも！」オハラがいきなり激しい調子で口を挟《はさ》んだ。今まで誰も気づかなかったある感情が、そこに露《あら》われていた。「自然という言葉が、我々に理解できる事だけを意味するのなら、その通りだ。世界のどこにも——不自然なものはない」

今にも長広舌が始まりそうなところに、笑い声が水を差した。ジャーナリストが一同の気持ちを代弁したのだ。「いやはや、ジム！　君は砂嵐の中に悪魔を見るし、茶碗のお茶っ葉の中に妖精を見つけるんだからなあ！」

「いけないかね？　悪魔も妖精も、数式と同じくらい本当のことだよ」

誰かが機転を利かせて話を実りのない議論から遠ざけ、一同は火事の被害や、焼けた野の惨状、不気味に真っ黒く焦げた醜悪な山の斜面、五十フィートも高さのある炎、轟音《ごうおん》、空を覆った巨大な煙の輝きなどについて、さかんに論じ合った。レニーはそれでもオハラに何か言わせようとして、狩りの勢子《せこ》がした話を繰り返した。あちこちで、まるで生き物が捕えられたような鳴き声が聞こえたとか、高い奇怪な形をした炎が、息詰まる猛煙の中をまっしぐらに通り過ぎたとかいう話である。というのも、オハラが立てた音色は無視されることを拒んだからだ。それはごくあたりまえな会話の底にも響きつづけ、その場の雰囲気は、彼が与えた奇妙な色合いを最後まで保っていた——奇妙で、不吉な、謎めいた不可解なものの色調を。画家はそれ以上何も言わず、やがて唐突に立ち上がると、部屋から出て行った。熱があってまだ苦しいから、少し休ませてもらう、と言葉少なに言った。この暑さには憂鬱になるよ、と。

画家が出て行くと、一座に沈黙が訪れた。株式仲買人は、まるで市場の株価が上がったかのように、ため息をついた。だが、理解のある古い友達のレニーは心配そうに言った。「あいつが言おうとしたのは憂鬱じゃなくて、興奮ということなんだ。あいつは黒海熱が起こると、いつも少し神経質になるんだ。バトゥミ[1]であの熱病にかかったんだよ」ふたたび、短い沈黙があった。

「この夏はずっと君んとこにいたのかね？」ジャーナリストが他人《ひと》の話を取っかかりにして、たずねた。「それで、誰も理解できない突飛《とっぴ》な絵を描いてたのか」この家の主人《あるじ》は、どこまで言ってもかまわないかを——仲間内の話として——一瞬考えてから、こたえた。「そうだ。それに、この夏のあいつの絵は、もっと——その——ふだんよりも奔放で、素晴らしいんだ——並外れた色彩の爆発——目を瞠《みは》るばかりの色彩の配合で、君たち批評家はきっと火の『構想』とでも呼ぶだろうな。まるでこの異常な暑さがあの男に取り憑《つ》いて、解釈を求めたかのようにね」

一同は気の抜けた間投詞によって、散漫な関心を示した。

「それがあいつの言いたかったことなんだ。さっき、あの火事は謎めいていて説明を必要とするとか――始まり方が変だとか言ってた時にね」

　レニーはそう言って、少しためらった。一瞬笑ったが、それは不安で言い訳めいた小さな笑いだった。話をどういうふうに続けたら良いかわからなかったし、友人を無理解な者のあさはかな嘲笑から護りたかった。

「知っての通り、あいつはすごく想像力が豊かだからね」誰もしゃべらないので、彼は静かに語りつづけた。「地獄堕《お》ちのルキフェルを描いたとんでもない傑作を憶《おぼ》えてるだろう――一つの星が天を渡って、落下の熱で惑星の半分に火がつき、月は燃えて今のような白い灰になってしまう。星は地球のそばを通り過ぎたものだから、大海《おおうみ》は煮えて、一本の蒸気の柱がどっと沸き立つ。あいつはね、今度も――あれと同じくらい突飛な絵を描こうとしてるんだが、ただ今度の絵はもっと真実で――もっと優れてるんだ。それは何かっていうとね、手短かに言えば、あいつはどうも、こんなことを考えているらしい。今年の異常な太陽の熱が――あちらこちらで――ことに熱を上手に保つ、ここいらの剝《む》きだしのヒースの野で――地中深くへ到達して、もう一つの同

1　黒海に臨むグルジアの都市。

じような表現に出会って——地球の中心にある炎から——共鳴反応を呼び起こしたんだと」

彼は自分の表現がいかに無器用だったかを悟り、一瞬またぎこちなく黙り込んだ。

「親が迷子《まいご》になった子供とふたたびめぐり逢うんだ。この構想、わかるかい？　いわば、〝火の放蕩息子の帰還〟だな」

一同は無言で、呆れていた。株式仲買人の顔には、オハラが取引所に関係しなくて良かったという気持ちが、ありありと浮かんでいた。批評家の眼は、あの尖った錐のような鼻の上から、鋭くこちらを見ていた。

「地球の中心の火がそれを感じ、呼応して立ち上がった」レニーは声を低めて、語りつづけた。「この発想がわかるかい？　控え目に言っても、壮大なものじゃないか。火山も応《こた》えた——大物のエトナ山なんかは、五十の新しい火口から噴火する。熱はあらゆるもののうちに隠れていて、呼び出されるのを待っている。君らが擦《す》るマッチも、このコーヒーポットも、我々の体温や何かも——その熱は初め太陽から来た。したがって、実際に、あらゆる熱と生命《いのち》の根源である太陽の一部なんだ。だから、オハラは——知っての通り、あの男は宇宙をすべて均質な〝一存在〟と見ているからね——

そして――いや、やめておこう。説明できない。説明なら、あいつにさせなきゃいけない。ともかく今年は――雲がなくて――水という鎧《よろい》がすっかりなくなってしまって――太陽光が土に滲透《しんとう》し、地の底に眠っている同胞《はらから》のもとへとどいたんだ。たぶん、あとで――あいつが描いたスケッチを見せてもらえるかもしれない――いやはや――じつに、その――びっくりするような代物《しろもの》なんだぜ！」

想像力に欠ける人間の方が「一枚上手《うわて》」なのは致し方ないことで、レニーは語りすぎたのを後悔した。友人を裏切ってしまったようだった。だが、やがて会はおひらきになり、みんなはオハラにことづてを残して、午後の用事を果たすために帰って行った。二人は自動車に、ジャーナリストは列車に乗った。批評家は尖った鼻から先にロンドンへ向かったが、そこで他人の失敗を好きなだけ狩り出すことだろう。一同が行ってしまうと、主人はすみやかに二階へ上がって、友人を探した。暑さは息もできないほど耐え難く、狭い寝室は竈《かまど》のようだった。しかし、ジム・オハラは寝室にいなかった。

彼は寝ると言ったが、寝なかったのだ。階下《した》にいる俗人たちの会話に強烈な反感をおぼえ、心の内にあった深く繊細な詩人の魂が突如躍動して、あり得ざる物を受け入れたのだ。彼は驚異の秘《ひそ》かな呼び声に誘われて、逃げ出した。大急ぎで、焼けた荒野《あれの》へ向かった。熱があろうとなかろうと、自分の目で見ずにいられなかった。誰にも理解できないのだろうか？ 自分ただ一人なのか？……急ぎ足に歩いて、フレシャム沼を過ぎ、物寂しく美しい「獅子《しし》の口[2]」を通って行ったが、水たまりはそこでも干上《ひあ》がり、水底《みなそこ》の泥はカチカチに固まり、藺草《いぐさ》が暑い空気の中でそよいでいた。やがて一時間も経《た》たないうちに、広々としたサーズリー公園《コモン》にたどり着いた。地上はどちらを向いても見渡す限り真っ黒く焼けていて、さながら灰の共同墓地という観があった。大いなる戦慄が彼の心臓を駆け抜け、翔《と》ぶように押し寄せて来る大波の力で、真実が胸の中に立ち上がった……彼はもう半分駆け足になって、さらに一、二マイル突き進み、気がつくと、広大なヒースの荒野のただなかにいた。そこには、生きているものといえば彼一人だった。燃える陽射しがあたり一面を覆っていた。不気味な暗い美しさをたたえた荒野は、黒く広大な庭のように眼路《まじ》の限り広がっていた。

そのうち、息切れがして立ちどまり、彼はまわりを見まわした。胸の内に長い間くすぶっていた何かが、突然大きく燃え上がった。彼の内なる世界に、光が赫々《かくかく》と輝いた。激しい熱情の焔《ほむら》が、ふだんは鈍《にぶ》く不毛な人間の意識を刺激することがあるように、ここでは大地の表面が活性化したのだ。彼は知った。見た。理解した。

ここに——熱を集め、保存する蓋《おお》いのない陽光の罠《わな》に、〝宇宙〟の火がつかまり、週を追って増大しているのだ。乾燥しきったこの数カ月間、拒《こば》み、護ろうとする湿気から解放された土地は、熱を蓄積させた。それがついに下方へ、地面の中へ沈み込んだ。そして地下の姉妹《はらから》なる炎たちが、長い間感じなかった老いた親の手の接触《ふれ》にこたえて、すぐさま唸《うな》り声を上げたのだ。かれらは喜びに心躍らせて上って来た。そして、ここかしこで地表に達し、踊り叫んで跳び出した。悠久の牢獄《ひとや》を脱し、巨大なる永遠の源へ嬉々として帰ろうとするのだ。

この照りつける陽射し、ああ！　それが何だというのだ？　ちっぽけな檻《おり》のような家に住む人間どもが不平を言う、この微々たる熱が！　それはたしかに草や野原を焼いたかもしれない。だが、地表はその熱を十分に長く保てないので、熱は地下の血族たる暗い炎のいるところへ沈んで、合体することができなかった！　地下の暗い炎た

2　サリーにあるハンクリー公園《コモン》の一部。

ちは地上の熱と一つになりたくて叫んだが、重く冷たい岩石にいつも排《しりぞ》けられ、圧《お》しつぶされた。そして長い年月にわたる隔離は、記憶さえも冷却しかけていた——炎を——炎の接吻《くちづけ》と力を——父なる太陽そのものの燃え上がる抱擁《ほうよう》と熱い唇を……。彼は兇暴な喜びに叫び出したいほどだった。自分が描くであろう絵が眼前に立ちあらわれ、天空の画布《カンヴァス》に輝かしく灼《や》きつけられた。この自分の熱と生命《いのち》も、また太陽から来たものではないか?……

彼は午後の深い静寂の中で、あたりを見まわした。天地は闃《げき》として、無風の暑熱につつまれていた。動く生き物の姿もなかった。通常の形態の生命は逃げ去ってしまったからだ。大地は待っていた。彼も待っていた。やがて、白熱した直感の閃《ひらめ》きが、歩《あゆ》みの緩《のろ》い知性が見失っていた環《わ》をもたらし、彼は待つものが近づきつつあることを知った。自分は見るだろう。自分が絵に描くことづては、肉体の眼の前にもあらわれるだろう——但し、それは自分が愚かにも期待していたような、壮大な規模のものではなくて、その昔、一つの民族に霊感を吹き込んだ、あの静かな小さい声に等しいものだろう……

彼が寝そべっている焼け残ったヒースの地面を、風がかすかに渡った。焼け焦げた樺《かば》の木の残骸や、炎のために気味悪く白々と色変わりした針金雀枝《はりえにしだ》の茂みの中で、サワサワと音が立った。風はさらに遠くの方では、まばらに立つ松の樹枝《えだ》に歌い、波が遠い岩礁に消えるように消えて行った。焼土《やけつち》の苦い香りと、踏み固められた灰の鋭いツンとする匂いがした。黒ずんだ紫の荒野は、地面の横腹にあいた穴のように、あんぐりと口を開《あ》いていた。数マイル四方にわたって、ヒース地帯の深い空虚が、巨大な暗い魔法の園が広がっていた——駆け抜けた奇蹟の足がそこを真っ黒にし、こんなにも美しい傷跡を残して。恐るべき抱擁の影は今も尾を引いて消え残っている——あたかも、〝真夜中〟がこのいとも柔《やわ》らかな羽根の帷《とばり》で、情熱のひとときを被い隠しているかのように。

それなのに、連中はこの光景を醜いと言い、美しさが損われたとか、見るに耐えないなどと言うのだ！　彼は高らかに笑いながら、あたりの景色に陶然と見とれた。というのも、奇怪な荒々しい輝きはいたるところに解き放たれて広がり、大地から彼の心の本体の中へ滲《し》み込んで来たのだ。影を喰う蛇が石と化したような針金雀枝やヒースの根でさえ、かれらがそこから上って来た永遠の地底界の神秘をまとって、眠りの夜が戻るのを待っていた。〝炎〟がかれらをその眠りから目覚めさせたのだ。かれらは火焔に引き連れられて地上へ出て来た火竜の軍勢の幽霊のように、慣れぬ太陽の日射しの中で身悶《みもだ》え、おびえていた……

彼は午後の深い静寂の中で何かを待ちながら、周囲をつくづくと見た。遠い靄《もや》の中に、クルックスベリーの丘が煙るような松の樹に覆われ、青い頂《いただき》を空に揺らめかせて、信号を送っていた。すぐ近くには、小さな丘や大石が、今も煙の黒ずんだ魔力につつまれ、暗い輝きをおびていた。さらに近くの窪地《くぼち》にたまった灰の中には、大火事のすぐあとに生えてくる草が美しく青々と茂っていた。草は風にそよいでいた。浅黒い胸を飾るエメラルドさながら、輝く蕨《わらび》の芽がここかしこに伸び出して、えもいわれぬ荒廃のさなかに、何千もの小さな手を叩いていた。それらは緑の雲となって、黒い海を渡る風にサヤサヤと鳴った……。オハラはこの一片の土地が感じた炎の途轍もない興奮を実感した。なぜなら、火は――全宇宙の生命の神秘な象徴であり、自らを惜しみなく与えながらけっして減ることのない精霊は、強い力でこの太古からのヒース地帯を過《よぎ》り、土地の魂は裸にされて、しかも羞《はじ》らうことがなかった。太陽がそれを愛した。地下の炎たちが上って来て、応えた。かれらは自らの根源との合一を知った。ある者はそれを死と呼ぶ……

火は今もなお上って来つつあった。彼の内なる詩人の心は突然それを意識し、畏怖《いふ》した。汝《なんじ》ら、火の星々よ！　焼け残ったヒースの野のこの一画は、まだそれに触れられていないが、今、自分の魂の炎が必要な小さな環《わ》を補ったから、自分はきっと見るにちがいない。奇蹟は、もうこちらへ向かっている。それをどう絵に描けば良いかを、宇宙が教えてくれる。太陽という巨大な輝く親に呼ばれて、地球の中心の火が今も上って来つつある。

彼は寝返りを打った。身体の衰弱と歓喜《よろこび》とが各々《おのおの》彼を占有しようとして争っていた。風が顔をそっと撫でて行くと共に、乾いた音がかすかに聞こえて来た。音は遠く、しかもすぐそばから聞こえて来るようだった。それに刺激されて、彼自身のうちにも、何か不思議な巨大なものが湧き上がって来た。それは月よりも大きく、風の渡る森ほども広かったが、春の芝生に生える草の葉のように小さくて優しかった。彼は「内」と「外」が一つになったこと、荒地全体に訪れたこの現象が、自分自身の心の白熱点でも起こっていることを悟った。彼は太陽やもっとも遠い星とつながり、彼の小さな指の中には、宇宙そのものの熱と火が輝いていた。それと同調して、彼自身の火も上って来つつあった。

音がした——足元のヒースの中で、軽くはじけるような音がかすかに。かがんで探すと、暗い、もつれた根の間に、ゆっくりと小さな煙が立つのが見えた。煙は薄青い渦を巻いて、顔の前を通った。その時、彼は深山の恐怖にも似た恐怖に襲われたが、同時に美を認識して、胸はときめき、まばゆい光の中へ跳び込んだ。この妖精の薄煙の香りは彼の魂を引きつけ——空の上の本源へ導いたのだ。彼は震えながら立ち上がった……

煙の条《すじ》がゆっくりと空へ昇り、蒼天に消えて行くのを彼は見ていた。黒ずんだヒース地帯全体が見ていた。風は凪《な》いだ。太陽の光が、その煙を迎えに下りて来た。深く敬虔な期待感が、陽に焼かれた荒野全体に広がり、彼を取り巻く焼け焦げた世界全体が喜びを持って知っていた——サリーのヒースの野に焼け残ったその小さな地面で今起こっていることこそ、燃えてもけして燃え尽きない茂みに宇宙の魂が顕現《けんげん》した時、ユダヤの神秘家が知ったことにほかならないのだと。あのかすかな、はぜるような音に永劫《えいごう》の声の一つの形があったことを、耳を澄まし、見ていたオハラは知った。炎は立たなかったが、彼の内なる全存在が火のような熱を帯び、源《みなもと》へ向かって放たれたかのようだった……。乾ききったヒースの小さな地面が——篩《ふるい》にかけたように細かく、薄青い灰の山が——周囲の黒い地表と同じ高さまで沈むのを彼は見た。ちっぽけな渦巻は消えた。彼はそれが幽《かす》かな美の澪《みお》を引いて、うねりながら空に上って行くのを見とどけた。この奇蹟はかくも小さく、ほのかで単純なものなのだ。それは終わった。そして彼自身の内でも何かが崩れ、灰となって落ち、小さな炎のように、外へ立ちのぼって行った。

しかし、オハラが描くつもりだった絵はついに完成しなかった。手をつけることもなかったのだ。「火の崇拝者」の大きな画布《カンヴァス》は、空白なまま画架に載っていた。画家には絵筆を取る力もなかったからだ。あれから二日と経たないうちに、末期《まつご》の息が彼の唇からゆっくりと吐き出された。急激に悪化して医師を困惑させた奇妙な熱病が、やすやすと彼を囚《とりこ》にしたのだ。彼の体温は異常に高かった。内なる火が放つような熱が彼を喰い尽くし、その顔に最後に浮かんだ微笑は——レニーが言うには——いまだかつて見たこともないほど不思議な素晴らしいものだった。

「まるで大きな、白い炎のようだったよ」とレニーは語った。

スミスの滅亡

十年前、アメリカ西部の州で、私はスミスと出会った。といっても、そんじょそこらのスミスではない。スミスヴィルのエゼキエル・B・スミスである。彼はまさしくスミスヴィルそのものだった。この街を造り、繁栄《さか》えさせたのだから。スミスヴィルは油田地帯にあった。このあたりでは、街が茸《きのこ》のように二、三日で地図上に現われるかと思うと、火事や地震で一夜にして滅びてしまうことがある。スミスは狩りに出かけてたまたま天然の油井《ゆせい》を見つけ、即座にその所有権を主張した。二、三カ月もすると、もう金持ちになっており、彼が裕福になると同時に、荒野の一部分に街路《とおり》や家が建て込み、一晩の賭博からベークト・ビーンズの缶詰に至るまで、何でも金で買えるようになった。スミスは本当に大した男で、元気旺盛な人間発電機とでも言おうか、大きな四角い頭に世にも稀《まれ》な判断力を蔵《ぞう》していた——上流社会でこの種の判断力を持つ人間は政治家になる。スミスはその個性で人生の難局をくぐり抜けて行ったが、手がけたことは何にでも精魂を打ち込み、やすやすと困難に打ち克《か》つのだった。「神様が授けた幸運だ」と仲間は言ったが、実際には、ただ能力と性格と人となりにほかならなかった。あの男には力があったのだ。

「石油の発見」以来、彼はとんとん拍子に成功したが、頭脳《あたま》でほかの大事業を一ダースも企てる一方で、彼の心は小さなスミスヴィルに――彼が創造《つく》った脆《もろ》い茸のような街にとどまっていた。彼自身の生命がこの街にあった。この街は彼の赤ん坊だった。彼はそこの醜い点についても、愛情をこめて語った。スミスヴィルは彼の自我そのものの真率《しんそつ》な表現だった。

私がエゼキエル・B・スミスに会ったのはたった一度で、それも二、三分間のことだったが、あの男を忘れたことはない。あれは彼が死ぬ間際《まぎわ》だった。森が広大なアリゾナ砂漠に向かってひらけて来るあたりへ、狩りの旅行に行って、あの男と出くわしたのだ。スミスの人となりはじつに印象的だった。私は思わず山を連想した――あるいは何か泰然自若《たいぜんじじゃく》とした自然の力を。彼の穏やかさは女性の穏やかさのようだった。偉大な力はしばしば――もっとも偉大な力は常に――優しさを内に持っている――ちっぽけな存在にはわからぬ深い優しさを。

出会ったのは偶然だった。というのも、私たちは距離を時間で計るような地域で狩りをしていたので、白人に出くわすことは非常に稀《まれ》だったのだ。私たちは何日間も、夜のキャンプを景色の美しい場所に張った。そうした場所の寂しさは、エジプトの砂漠の寂しさに似ていた。一方を見ると、山の斜面は密な森に覆われ、そこにはイギリスの芝生のような、やさしい草の生えている小さな牧場が隠れていた。もう一方には、何マイルとも知れぬはるか遠くまで、山艾《やまよもぎ》の茂みだけが唯一の植生である、アリゾナの荒涼たるアルカリ土壌の平原が広がり、その先はコロラド大峡谷の縁《へり》までつづいていた。私たちは、その夜も馬を星空の下につないだ。辺境生まれの男二人が、夕食を作っていた。薪《たきぎ》の火にかけたベーコンの匂いが、冷たく馨《かぐわ》しい空気と混じり合った――その時、不意に馬がいないて、べつの馬が近づいて来たことを知らせた。インディアンか、白人か――たぶん、べつの狩りの一行が――匂いのする距離に入って来たのだ。もっとも、私の街慣れした耳が音を聞きつけたのはそれよりもずっと後で、匂いの主《ぬし》が焚火《たきび》の明かりに入って来たのは、さらに後のことだった。アメリカインディアンのように日焼けした四角い顔の男が、狩猟用のシャツに大きなソンブレロを被《かぶ》って馬から下り、鋭い眼で様子を探りながら、こちらへ向かって来るのが見えた。その瞬間、ハンクは、ベーコンと鹿肉が豚脂《ラード》の中でパチパチいっているフライパンから面《おもて》を上げて、叫んだ。「おやまあ、エゼキエル・Bじゃないか！」鍋を持つジェイクに言った次の言葉は、ヒソヒソ声だった――「あの人、すっかりいってるんじゃねえのかな！　あの目を見ろよ！」私にはその意味がわかった――そこにあったのは、何か尋常《ただ》ならぬ感情に取り乱した人間の顔、悲痛にさいなまれた魂が、苦しみを表わすまいとこらえている顔だった。私は以前新聞記者をしていた時、電気椅子に向かって歩いて行く殺人犯を見たことがある。やはり、あんな表情をしていた。〝死〟は目の中にではなく、目の後ろにあった。スミスは――恐怖を引き連れて来たのだ。

彼はここ数週間狩りをしていたが、今は百四十マイルほど南西のトランターに向かって急いでいるのだ、と言葉少なに語った。トランターは「途中下車駅」で、そこまで行けば、一日一本通る汽車に乗れるというのだ。彼はスミスヴィルへ――彼の掌中の珠《たま》である小さな街へ向かっているのだった。スミスヴィルに「まずいこと」が起こっているのだ。誰もそれが何なのかは尋ねなかった――話し手が自分から言うまで待つのが、このあたりのしきたりなのだ。だがハンクは、やがて鹿肉を取り分けてやりながら（スミスはほとんど手をつけなかった）、さりげなく言った。「旦那さん、そっちの方は獲物《えもの》はとれましたかい？」スミスの短い返事は多くを語っており、しゃべって気持ちを楽にしたがっているのがわかった。「君らのキャンプが見つけられて嬉しい。運が良かった。何かまずいことが起こっているんだ」――そう言ったところで声が詰まった――「スミスヴィルにな」簡潔な言葉の裏に、彼の体験した恐怖がにじみ出ていた。このスミスが弱音を吐き、おまけに「運」が良かったなどというのは、都会の人間がヒステリーになって、笑ったり泣いたりするに等しいのだ。本当に劇的だった。顎《あご》の張った豪胆なこの男が焚火のそばに坐ってごつい顔を火明《ほあ》かりに照らし、これだけの単純なことを言っている――私はなぜと説明はできないが、これ以上に胸を打つ人間の悲劇を見たことがない。そもそも彼はどうして知ったのだろう――？

一同が黙っているうちに連れのインディアンたちがやって来て、馬をつなぎ、無言で腰かけ、ハンクが分けてやった物を食べた。だが、かれらの無表情な顔からは何も読み取れなかった。アメリカインディアンたちは何を感じても、ほとんど表に出さない。そのうち、スミスがまた意味深長なことを言った。「あいつらも聞いたんだ」三人の男を指さして、小声で言った。「わしと同じように、見たんだ」彼は一瞬、星空を仰ぎ見て、「もう、すぐそこまでついて来てる」と、まるで天から何かが降って来るかのように言った。その瞬間から、私たちはみんな背中が寒くなって来た。寂しいキャンプをとりまく闇は、その襞《ひだ》に恐怖を隠していた。乾いた山艾《やまよもぎ》の間にささやく風は、私たちを見張る何者かのささやきと足を引き摺《ず》る音を運んで来た。インディアンたちがテントを張り、薪《たきぎ》を取るためにこっそりと出て行った時、私はその仕事をするのが自分ではなくて良かった、と感じたのを憶えている。だが、こういう不安を戸外で経験することはめったにない。そうした感覚は家や、過剰な想像力や悪人のいる場所に属するものだ。自然は落ち着きと安心感を与える。私たちみなが感じたということは、その恐怖がいかに生々しいものだったかを物語っている。もちろん、それをもたらしたのは、恐怖を一番強く感じているスミスだった。

「スミスヴィルに良くない事が起こっている」というのは、不吉な禍《わざわ》いの予言だった。彼はそれを、ちょうど文明国の人間がこう言うように言ったのだ——「妻が危篤《きとく》だ。たった今電報が来た。私は汽車に乗らなきゃいけない」しかし、千マイルも離れた無人の荒野の片隅にいて、どうしてそんなに確信できるのかということが、私たちを妙に不安にした。というのも、彼の言うことは信じがたいが——本当だったからだ。私たちは全員それを感じた。スミスの空想ではなかった。何かが今にも起ころうとしているかのように、暗い不安が寂しいキャンプにのしかかっていた。怪しいものはすでに大いなる闇夜を忍び歩き、たくさんの目で私たちを見張っていた。風が起こり、樹々が音を立てた。私は寝る気になれなかった。そこに坐って空を仰ぎ、砂漠を覆う暗闇の帷《とばり》を覗き込んでいるスミスの姿が、私の神経を苛立《いらだ》たせたのだ。彼は何かを待ちうけている——だが一体、それは何なのだろう？　そいつは彼を追っている。道なき荒野を越え、輝く星空を渡って、何物かが「すぐそこまでついて来て」いるのだ。やがて、苦痛に満ちた沈黙を破って、スミスは突然饒舌《じょうぜつ》にしゃべり出した——心が深く動揺しているしるしだった。彼は学校生徒のように質問をした——「教育のある人」だというので、この私にもたずねた。だが、アリゾナのキャンプの火のまわりで話すにはあまりにも奇妙なことを言ったので、ハンクは彼の正気を疑っているようだった。ある種の人間を襲う「荒野の狂気」について知っているハンクは、葉巻が消えるのもかまわず、私に気をつけろと合図をした。彼は当惑した子供のような目で、半ば冷笑し、半ば迷信的恐怖にとり憑かれ、じっと耳を澄ましていた。

というのも、手短かに言うと、スミスは私にこんなことを訊《き》いたのだ——死に瀕《ひん》した人間が、遠く離れた場所から、自分を愛する人のもとに現われるという話があるが、それについて何か知っているか、と。自分はそういう物語を読んだことがあるし、「人が話すのも聞いた」が、「ありゃア本当のことなのかね？　それとも、ただのお伽《とぎ》話《ばなし》なのかね？」というのだ。私は信頼すべき話を一つ二つして、できる限り彼の望みに応えた。彼が信じたかどうかはわからないが、敏《さと》い心は即座に要点をとらえた。「それじゃ、もしそういうことが本当なら」とスミスは朴訥《ぼくとつ》に尋ねた。「人間にゃア分身ってものがあるみたいだな——魂っていうやつかな——死ぬ時、そいつは自由に動きまわれるようになって、一等好きな相手のとこへ行くんだ。そうじゃないかね、旦那？」私はその理屈が正しいことを認めた。すると、彼は最後にもう一つ質問をして、私たちを驚かせた。ハンクは思わず小声で神の名を口にしたが——それは、この年《と》老《と》った辺境人が不安に駆られている証拠だった。スミスは肩ごしに暗闇をふり返って、こうささやいたのだ。「そんなら、こういうことはあり得んかね？　人も自然もみんな同じ物からできているんじゃから、場所にも、この分身か生霊《いきりょう》みたいなもんがあって、おっつぶれる時にさまよい歩くんじゃないかね？」

人が時折見る風景の幻を説明するのに、そうした説が実際に唱えられたことがある。街はその全住民——その生活と雰囲気を醸成する多数の人間の気分や、考えや、感情や、情熱から生まれた一個の人格を持っているかもしれないし、人間がべつの街へ引っ越すと、その人間の個性に不思議な変化が生ずるのもそのためかもしれない。しかし、その状況でこういったことを説明するのは難しかったし、そんな時間《ひま》もなかった。スミスが奇態《きたい》な質問をするや否や、馬どもがいななき、インディアンたちはあたかも襲撃に備えるかのように跳び上がったからだ。スミス自身は、焚火のまわりに丸く積もった灰のような顔色になった。その顔には死の表情、アイルランドの農民が言うところの、「ぶっこわれた」表情が浮かんでいた。

「あれはスミスヴィルだ」彼はいきなり立ち上がってそう叫び、ふらついて火の中に倒れそうになった。「わしの可愛い街だ――迷い出て、わしを追っている。あの街をつくり、緑なす大地のどこよりも、あの街を愛しておるわしを！」そう言うと、叫びたいが声の出ない人間のように、喉をゴクンと鳴らして、「あれは粉々になろうとしている――死にかけている――それなのに、わしは救いに行けない――」

スミスはよろめき、私はその腕をつかんだ。彼の怯《おび》えた苦しげな声と、私たちが石を踏んで動きまわる音が、夜の闇に消えて行った。私たちは全員、目を大きく見開いて立っていた。暗闇が迫って来た。馬はいななくのをやめた。しばらくは何も起こらなかった。やがてスミスはゆっくりとふり向き、何かが見えるように星空を仰いだ。「聞こえるか?」と彼はささやいた。「こっちへ来る。この二日二晩、途切れとぎれに聞こえるんだ。ほら!」ささやき声がひどく乱れた。この男は凄まじく苦しんでいた。ほんの一瞬、おそろしく生気を帯びたが――そのあとは死んだように立ち尽くしていた。

だが、虚《うつ》ろな沈黙は針樅《はりもみ》の樹の間を吹く風の嘆息《ためいき》に破られるだけで、初めのうちは何も聞こえなかった。やがて何とも奇怪なことに、風に吹かれる霧のようなものが空一面に流れて来て、星々を覆い隠した。それと共に、遥か遠くから音がぐんぐんと近づいて来るようだった。それは疑いなく、一つの街が天を駆け抜ける音だった。音は四方から聞こえ、そして赤い縞《しま》のような光り物が、星々を瞬時に隠した薄霧の帷《とばり》を横切った。それは燃えるように赤々としていて、恐ろしかった。私は呆然として我を失った。まるで火事場にでもいるかのように、心は冷静に最善の行動を取ろうとしているのだが、身体が言うことを聞かなかった。ハンクはライフル銃を構えて、馬鹿のようにその辺を歩きまわったが、やはり途方に暮れ、小声でひっきりなしに悪態をついていた。というのも、私たちはみな、何か生きているものが空から襲って来たと確信していたからだ。私個人は、あたかも巨大な〝存在〟が闇夜を突き進んで、我々を破壊し、嚥《の》み込もうとしているかのように――しかもそいつは一つではなく、たくさんいるように感じていたのである。私は行動力を失った。現在起こっていることを正確に見とどけることすらできなかった。眩暈《めまい》がしてそちらこちらを呆然と見ていたが、身動きする力は失《う》せ、足は棒のように動かなかった。ただ、アメリカインディアンたちが石像のようにじっと立っていたのは憶えている。

あたりの音は轟々《ごうごう》と鳴り響いた。遠いさざめきが波のように私たちの上を通り過ぎた。混乱したわめき声が聞こえた。数百キロ以内には人っ子一人いない、この年古《としふ》りた深い荒地のただ中に、泣きわめく声や悲鳴が嵐のように湧き起こったのだ。男のしゃがれた叫び声、女子供の甲高い絶叫。その後ろを雷のような轟《とどろ》きが追って来た。しかし、音は頭上から聞こえて来るようでいて、なぜか遥か遠くから聞こえて来るようにも思われた――くぐもっていて、かすかで、静かな星空に薄く広がって行くようだった。現実の騒音を直接《じか》に聞いているというより、混乱と騒動の記憶に似ていた。そしておそるべき倒壊の爆発音と共に、大きな物が倒れ、崩れ落ちる音がその中を過《よぎ》った。頭上に丘が落ちて来るのかと思った。悲鳴を上げる都市が、空を飛び過ぎて行くようだった。

それがどのくらい続いたか、わからない。私は時間を測る能力をまったく失っていたからだ。記憶にある限り、私が感じたのは恐ろしい苦悶ということに尽きる。何か悲惨な災害の場面を見ているか、本で読んでいるか、夢見ているようだった。その災害では、まるで帽子に一杯入れた昆虫を燃えさかる火に投じるように、多くの人命が失われた。燃えるということ――息が詰まる濃い煙と兇暴な炎という考えが、この体験全体を彩《いろど》っていた。そしてふと気がつくと、何事もなかったかのように、すべてが消えていた。星々は澄みわたった空に輝き――革の焼ける匂いが鼻孔をついた。私はあとずさったが、危《あや》うく足に火傷《やけど》をするところだった。興奮して、熱い灰の輪を踏んでいたのだ。ハンクがライフル銃の銃身で、私を荒っぽく押しやった。

しかし、何よりも奇妙なことに、私は不思議な直感の閃《ひらめ》きによって、恐るべき騒ぎが突然熄《や》んだ理由を悟った。あの町の〝人格〟が死の瞬間に解放され、己を生み、己を愛した男のもとへ、町がその生命の表現である人物のもとへ戻って来たのだ。スミスヴィルの〝存在〟は文字通り投影だった。力強い創造者の活発な、生気あふれる人格の流出だった。それが死に際し、彼のもとへ戻って来て、人間には太刀《たち》打ちできない蓄積された力の衝撃を与えたのだ。スミスは長年その町に生命を供給して来たのだが――それは徐々にだった。そいつが今、恐るべき一瞬間に、かくも凝縮された形で本源のスミス自身に襲いかかったのだ。

「この旦那だよ」という声が、どこか遠くからのように聞こえた。「この旦那が最後の一発を撃ったんだ――！」見ると、ハンクがライフルの台尻で死体を引っくり返していた。死体の顔そのものは穏やかに星空を仰いでいたが、手肢《てあし》と胴体の姿勢にはどこか奇妙なものがあり、まるで巨大な砲弾が炸裂《さくれつ》して、凄まじい力で身体中の組織を捻《ね》じ曲げたが、なぜか身体全体はそのままであるという風《ふう》だった。

私たちは亡骸《なきがら》をトランターまで運んだが、鉄道に乗って最寄りのちゃんとした駅に着いた時、電信による報《しら》せを見たのだった――「スミスヴィル、火事で全滅。二昼夜燃え続ける。死者三千人」そして私は道すがらずっと、夢の中でスミスヴィルのあの奇妙な恐るべき叫びを、悲鳴を上げて空をまっしぐらに飛んで行く街の声を聞いていたような気がする。

転移

子供が最初に泣きはじめたのは午後の早いうちで――正確にいうと、三時頃でした。わたしが時間を憶えているのは、乗物が去って行く音を、内心ほっとして聞いていたからです。馬車はフリーン夫人と娘のグラディス――わたしはこの女の子の家庭教師だったのですが――を乗せて、玉砂利を敷いた車回しを遠ざかって行き、わたしは数時間、有難い休憩をとることができました。六月のむっとする暑さの日でした。おまけに、田舎にあるこの小さな家では家中がみんな興奮していて、そのために特に疲れたのはわたしでした。興奮は、午前中のあらゆる出来事の裏を微《かす》かに流れておりましたが、そこには何か秘密があり、秘密はむろん家庭教師には匿《かく》されていました。わたしはあれこれ憶測《おくそく》したり、まわりの様子をうかがったりして、芯《しん》がへとへとになってしまいました。何か深く説明のつかぬ不安がわたしをとらえていて、わたしは妹の言った言葉をずっと考えていました。その言葉というのは、こうです――姉さんは敏感すぎて家庭教師には向かない、〝千里眼〟を職業にした方がよほど成功するだろう、というのです。

フリーン氏の兄、「フランク伯父さん」が、お茶の時間に珍らしくロンドンから来ることになっていました。それだけはわたしも知っていました。また、この人の訪問が何らかの形で、七歳《ななつ》になるグラディスの弟ジェイミーの将来と関わりがあることも知っていました。でも、それ以上のことは結局わからずじまいで、この失われた環《わ》が、わたしの物語を少し辻褄《つじつま》の合わないものにしています――奇妙なパズルの重要な欠片《ピース》が抜けているといった具合です。わたしがみんなから聞いて知ったのは、ただフランク伯父さんの来訪がありがたいものであること、ジェイミーは好印象を与えるように、なるべくお行儀良くしなければいけないと言い聞かされたこと、そしてジェイミーは伯父さんに会ったことがなくて、会わない先からひどくこわがっている、ということでした。そうして、この蒸し暑い午後、馬車の車輪のガタゴトいう音が遠ざかって行くのにまぎれて、子供の奇妙な泣き声が聞こえて来た時、理由はなぜかわかりませんが、わたしの全神経がビリッと電気を放って、わたしは思わず立ち上がり、はっきりとした不安を感じたのでした。本当に、目に汗が流れ込んできました。フランク伯父様が自動車でお茶を飲みにいらっしゃるから、伯父様の前では「うんと良い子に」していなければいけませんよ——あの子はその朝、こう言われて、嫌がって青ざめていたのです。それを思い出すと、わたしはナイフに突き刺されたようでした。じっさい、今日は一日中、この悪夢のような恐怖と幻影が、心につきまとって離れなかったのです。「あの大《おっ》きい顔の人？」子供はおびえたような小さな声でそう訊《き》くと、黙って涙を流しながら、部屋を出て行きました。いくら慰めても泣きやまないのです。わたしが見たのはそれだけで、あの子が「大《おっ》きい顔」という言葉で伝えたかったことは、わたしには、ただぼんやりした予感を与えただけでした。けれども、あの泣き声を聞いて、なんだか拍子抜けがしてしまいました——息苦しい夏の日の静かさの下に脈打っていた神秘《なぞ》と興奮の理由が、突然明らかになったのです。わたしはあの子のために恐れていたのでした。というのも、あの子の家庭教師ではありませんでしたが、あの平凡な一家の中でジェイミーが一番好きだったからです。ジェイミーは神経質で、ひどく敏感な子供でした。誰もこの子のことを理解せず、一番理解していないのが、正直で心優しい両親であるように思われました。ですから、ジェイミーの小さな哀れげな泣き声を聞くと、わたしは助けを呼ぶ声を聞きつけたかのように、ベッドから出て窓辺に立ったのでした。

六月の靄《もや》が広い庭一面に、毛布のようにかかっていました。フリーン氏が日頃自慢している素晴らしい花々は、コソリとも動きませんでした。柔らかくてよく茂った芝草が物音をすべてやわらげ、ただ科木《しなのき》と手毬肝木《てまりかんぼく》の大きな藪に蜂がブンブン唸《うな》っているだけでした。このむし暑い、ひっそりとした空気の中をつたわって、子供の泣き声が微かに——遠くからわたしの耳にとどいたのです。じっさい、あの声が本当に聞こえたのかどうか、今となってははっきりしません。というのも、次の瞬間、あの子が庭の向こうにいるのを見たからです——白いセーラー服を着て、二百ヤードも先にたった一人立っていました。何も生えない醜悪《きたな》い地面——「禁じられた片隅」のそばにいました。ジェイミーがよりによってあの場所に——行ってはいけないと言われ、だいいち、ふだんは怖がって寄りつかないあの場所にいるのを見たとたん、わたしは気が遠くなって、死ぬかと思いました。彼があの異常な場所に一人で立っているのを見、何よりもそこで泣いている声を聞いたことが、わたしから一瞬、行動力を奪ってしまいました。けれども、わたしが気を取り直して、子供をこちらへ呼ぶ前に、犬を連れたフリーン氏が下《しも》の農場から道の角《かど》を曲がって来て、息子を見ると、わたしのかわりにするべきことをしてくれました。フリーン氏は大きな朗らかな声で息子に呼びかけ、ジェイミーはまるで何かの魔法が危機一髪のところで解《と》かれたように、こちらを向いて駆け出しました――駆け出して、優しいけれど彼を理解しない父親の広げた腕へとび込んで行き、父親は彼を肩車して家に戻りながら、「一体、何を大騒ぎしてるんだい?」とたずねました。そのあとから、尻尾《しっぽ》のない牧羊犬たちがついて来て、やかましく吠え、ジェイミーがいう「砂利踊り」をはじめました。この犬たちが湿った平らな砂利を足で掘り起こすのを、ジェイミーはそう呼んだのです。

わたしは見られないように、素早く窓辺から離れました。あの子が火事に遭《あ》ったり、水に溺れて救出されるのを見たとしても、あれほどホッとすることはなかったでしょう。ただフリーン氏は本当に言うべきことを言い、するべきことをしてはくれないだろう、と確信していました。ありもしない危険を想像して、子供をそれから守ろうとするでしょうが、本当にあの子の心を癒《いや》すことのできる説明はしてくれないでしょう。二人は家へ向かって行って、薔薇の樹の蔭に隠れました。それっきりフリーン氏のお兄さんが到着するまで、二人の姿を見ませんでした。

あの醜《きたな》い地面を「異常な」と形容するのは、たぶん正しくはないでしょうが、何かそういった言葉を、家族全体がさがしていたのです。もっとも、けっして――ああ、けっして――口には出しませんでした。ジェイミーとわたしにとっても――やはり口には出さないものの――木も生えず、花も咲かないあの地面は、異常どころではありませんでした。そこは見事な薔薇園の向こう側にあり、草木の生えない嫌な場所で、冬には黒土が露《あら》われて醜く、まるで危険な沼地のようでした。夏になると、地面が照りつけられてひび割れができ、緑の蜥蜴《とかげ》がチロチロと火が燃えるようにそこを通りました。この素晴らしい庭は全体に豊かな草木が茂っているのですが、ここだけはそれと対照的に、生のさなかに死がチラリとその影を覗《のぞ》かせたような、癒さなければ拡がって行くぞと叫ぶ病の中心のようなところでした。けれども、けして拡がりはしませんでした。その場所の向こうには深い白樺の森があって、さらにその彼方には果樹を植えた牧場が輝き、子羊が戯れていました。

庭師たちは、この場所が不毛なことに、ごく単純な説明をつけていました――まわりの地面の傾斜のせいで、水がみんな流れ出してしまい、土を生かせないのだ、と。わたしには何とも言えません。でもジェイミーは――ジェイミーはあの場所の魅力を感じて、始終あそこへ行き、怖がりながら何時間も過ごすのでした。それで、とうとうあそこは「立入厳禁」ということになってしまいました。なぜかというと、あの地面はジェイミーのただでさえ奔放な想像力を、良い方向にではなく、あまりにも暗く刺激したからです——ジェイミーはあそこに人喰い鬼を埋め、あの土地が土の声で泣き叫ぶのを聞きました。じっと見ていると、時々地面が揺れるんだと言って、あの土地にこっそり食べ物をやりました。食べ物というのは、散歩の時に見つけた鳥や鼠や兎《うさぎ》の死骸です。それに、わたしはあの恐ろしい地面を一目見た瞬間から、ある感じを抱いたのですが、それをなんとも突飛《とっぴ》な言葉で表現したのも、ジェイミーでした。

「あすこは悪い場所なんだよ、グールド先生」とジェイミーはわたしに言いました。

「でも、ジェイミー、自然には悪いものなんてないのよ——正確に言えばね。ただ、ほかと違っていることがあるだけよ」

「グールド先生、それじゃ言い直すけど、あいつ、空《から》っぽなんだよ。食べ物がないんだ。食べ物が欲しいのにもらえないから、死にかかってるんだ」

わたしは小さな青白い顔をのぞき込んで、黒い両眼が素晴らしく輝いているのを見ながら、この子に何と言おうかと考えていました。するとジェイミーは強い調子で、いかにも自信ありげにこう言ったので、わたしは急に背筋がぞっとしました。「グールド先生」――この子はものを言う時、いつもこうやってわたしの名前を呼ぶのです――「あいつは腹が減ってるんだよ、わからない？　でも、僕にはあいつがどうしたら気持ち良くなるか、わかってるんだ」

こんな途方もない考えに耳を貸す値打ちがあるとしたら、それは真面目な子供がかたく信じているという、ただそれだけの理由によってでしょう。けれども、想像力豊かな子供が信じることは大事だと感じているわたしにとって、その言葉はぞっとするような現実味を帯び、わたしをひどく不安にさせたのでした。ジェイミーはこうした誇張されたかたちで、ある衝撃的な事実をつかんだのです――暗い未発見の真理の一端《いったん》が、敏感なあの子の想像裡《そうぞうり》に跳び込んで来たのです。その言葉の何が恐ろしかったのかわかりませんが、あの子の言葉が仄《ほの》めかすものの中《うち》を、暗黒の力が隊列を組んで横切って行ったような気がします――「僕にはあいつがどうしたら気持ち良くなるか、わかってるんだ」わたしは怖くて、説明してもらうことができませんでした。そういえば、ほかにも気になる言葉の端々《はしばし》があって、あの子が黙っているおかげで気にもならなかったのですが、そうしたことも考えると、今までわたしの意識の奥に隠されていた恐ろしい可能性が生気を帯びて来ました。それがこんなにも勢いを帯びたのは、わたしの心にもともとあったからにちがいありません。あの子の言葉を聞いているうちに、心臓からドッと血が上りました。膝が震えたのを憶えています。ジェイミーの考えは——初めから、ずっと——わたしの考えと同じだったのです。

そして今、ベッドに寝て思いめぐらしていると、伯父さんの来ることが、あの子にとって、恐怖を内に秘《ひ》めた体験である理由がわかりました。悪夢のような確信が湧いて、わたしは途方もない考えに抗《あらが》う力もなくなってしまいました。まったく、衝撃のあまり、それを理性や分別で否定することもできなかったのです。のっぴきならぬ、どす黒い信念でした。それを言葉にあらわそうとしても、悪夢の恐怖は、口にはうまく言えないものです。わたしに言えるのはこれぐらいです——庭のあの死にかけた地面には何かが欠けていて、足りない物をずっと探し求めていたのです。その何かが見つかって手に入れば、あそこも庭のほかの部分と同じように、豊かな生き生きした場所になるでしょう。しかも——それを与えてやれる生きた人間がいたのです。フリーン氏の兄、「フランク伯父さん」こそその人物であって、自分のありあまる活力によって、欠けたものを補うことができるのです——自分では知らないうちに。

というのも、死にかけた空っぽな地面と、元気旺盛で裕福な成功者の人格の間にこうした関係があるという考えは、いつのまにかわたしの無意識の底に根を下ろしていました。それは明らかに、最初からそこにあって、ただ隠れていただけなのです。ジェイミーの言葉、あの子が急に青ざめたこと、何か恐ろしいものを予期して震えるあの子の感情《きもち》――こういったものが、いわば写真の感光板を現像したのですが、それを焼きつけしたのは、あの子が「禁じられた片隅」にたった一人で泣いていたことでした。写真は額縁に入れられて、わたしの前に輝いていました。わたしは目を被いました。目が赤くなるのをおそれなければ――わたしの顔の魅力は、目がきれいでないと台無しになってしまうのです――泣いていたかもしれません。その朝ジェイミーが言った「大きい顔《おっ》」云々の言葉が、破城槌《はじょうつい》[1]のように襲いかかって来ました。

フリーン氏のお兄さんは、わたしがこちらへ来てからも、よく家族の話題に上《のぼ》りましたし、この人のことで言い争うのを何度も聞きました。新聞にもよく名前が出ました――旺盛な活動家で慈善家でもあり、何を手がけても成功する人として。ですから、わたしの心の中には、この人物の像がすっかり出来上がっていました。わたしは彼が

1　昔、城門などを破るために使われた武器。

どんな人かを心の中で——妹ならきっと千里眼で、と言うことでしょう——知っていました。一度だけ本人にも会ったことがありますが（わたしはその時、彼が議長をつとめる会議にグラディスを連れて行ったのです。あとで、あの人が偉そうにグラディスと話をしていた時、彼の雰囲気と存在を感じたのです）、わたしが描いた肖像画は間違っていませんでした。それ以外は女の由《よし》もない空想だとおっしゃるかもしれませんが、それはむしろ、女と子供が共有する直感的洞察だったと思うのです。もし魂というものを目で見ることができるなら、わたしの肖像画が正確だったことは、賭けたってかまいません。

　というのも、このフリーン氏は一人でいると悄気込《しょげこ》んでしまいますが、人混みの中にいると元気づく人間だったのです——なぜなら、人の生気を利用したからです。彼は他人の労働や生活の結実を奪い取って、自分の役に立てる術《じゅつ》の——意識せざる名人でした。自分と接触したあらゆる人間の血を——自分でも知らないうちに——吸い取るので、相手は消耗し、ぐったりと疲れてしまうのです。あの人は他人を栄養にしているので、人が一杯いる部屋では輝いていても、一人ぼっちになって吸い取る命がなくなると衰弱し、しぼんでしまうのでした。あの人のそばにいると、生気をとられるのを感じました。彼はあなたの考えや、力や、言葉さえも奪い取り、あとで自分の利益や栄達《えいたつ》のために使うのです。もちろん、悪気《わるぎ》があってそうしているのではありません。人柄は悪くないのです。けれども、彼は解き放たれた活力があれば、それをいとも易々《やすやす》と吸収してしまうので、危険だと感ずるのです。あの人の目や声や存在感はあなたの活力を殺《そ》ぎます。未発達で抵抗力のない生命は、彼が近くへ寄って来たら、逃げ隠れしなければいけません。そうしないと同化吸収されて、それはつまり――死を意味するのです。

ジェイミーは、自分ではそれと知らずに、わたしが無意識に描いた肖像画に仕上げの一筆を加えました。あのフリーン氏は何か無言の、うむを言わせぬ仕掛けを持ち歩いていて、他人が蓄えたものをすべて吸い出し――そのままポケットに入れてしまうのでした。最初、あなたは強い抵抗を感ずるでしょう。それはだんだん弱まっていって、倦怠に変わります。意志が弛緩《しかん》して来ます。そうしたら、あなたはどこかへ逃げるか、さもなければ屈服して――気力がますます萎《な》え、今にも倒れそうになって、あの男の言いなりになるのです。相手が男の場合は違うかもしれませんが、それでも抵抗の努力は力を生み、それを吸い取るのは彼で、あって、相手方ではないのです。彼はけっして負けることはありませんでした。身の守り方を、本能で知っていたのです。わたしが言うのは、人間にはけっして負けなかったということです。でも、今回は大分勝手が違いました。あの人はちょうど、途轍《とてつ》もなく大きな――ジェイミーが言う言葉を借りれば――「吸引機」の前にいる蝿のようなもので、到底勝ち目はなかったのです。

要するに、これがわたしの目に映ったあの人です――他人から吸い取った――盗んだ――生命《いのち》や、生命の所産が一杯に詰まっている巨大な人間スポンジ。わたしの考える吸血鬼とは、まさにあれでした。彼はいつも他人の命をたくさん持ち歩いていました。この意味で、彼の「生命」は本当は自分の物ではなかったのです。そしてそれ故に、自分で思っているほど、その生命を統御《とうぎょ》してはいなかったのだと思います。

そして、もう一時間もすると、この人物がここへやって来るのでした。わたしは窓辺へ寄りました。わたしの目は、例の空っぽな地面の方へさまよって行きました。庭の花が豊かに咲き匂う中に、そこだけが鈍い黒のまだらとなっています。わたしにはそれが、腹一杯食い物をくれと口を開《あ》いている、醜悪な空虚の欠片《かけら》のように思われました。ジェイミーがそのあたりで遊ぶなんて、考えるのも嫌でした。わたしは空に浮かぶ大きな夏雲と、午後の静けさと靄をながめていました。熱気につつまれた庭はひっそりとして、鬱陶《うっとう》しいほどでした。一日があんなに息苦しく澱《よど》んだものに感じられたことはありません。あの地面は何かを待ちかまえていました。この家の人たちも待っていました――フリーン氏が大きな自動車に乗って、ロンドンからやって来るのを。

わたしは車のガタゴトいう音が聞こえて来た時の、冷たく身が縮むような苦しさをけして忘れはしないでしょう。あの人が着いたのです。芝生の科木《しなのき》の木蔭には、お茶の用意がすっかりととのっていました。フリーン夫人とグラディスは馬車のドライブから帰って、柳の枝の椅子に坐っていました。フリーン氏は兄を迎えるため玄関の広間にいましたが、ジェイミーは――これはあとで聞いたのですが――ひどくヒステリックに怯《おび》えて、言うことを聞かないため、自分の部屋にいさせることになりました。べつに、あの子が顔を出す必要はないかもしれません。この訪問は明らかに、お金か財産贈与とかいった人生の醜い面に関係があるのでした。くわしいことは知りませんが、ただジェイミーの両親はそれを切に願っていて、フランク伯父の機嫌をとらねばならないようでした。でも、そんなことはどうでも良いのです。あの出来事には何の関係もありません。関係があるのは——さもなければ、わたしはこの話をしないでしょうが——フリーン夫人が人をよこして、「よかったら、素敵な白のドレスを着て、下りていらっしゃい」と伝えたことでした。わたしは恐ろしくなると同時に、嬉しくもありました。なぜなら、それはお客様を迎えるのに綺麗《きれい》な顔で花を添えてほしい、ということでしたから。それに、何とも奇妙なことですが、わたしはそこにいなければならない——これから起こることを見とどけなければならないと感じたのです。そして芝生に下りた瞬間——あまりにも馬鹿げたことのように聞こえるので、本当は言いたくないのですが——あの人と目が合ったとたん、急に暗闇が下りて、あらゆるものから夏の輝きを奪い去ったような気がしました。その原因は、あの人の身体から小さな黒い馬の群れがとび出し、わたしたちのまわりを駆けめぐって——襲おうとしているからなのでした。

あの人は初めにチラと満足げな一瞥《いちべつ》を与えると、それっきりわたしには注意を払いませんでした。お茶とおしゃべりは滞《とどこお》りなくつづきました。わたしはお皿や茶碗をまわすのを手伝い、話が時々途切れると、小声でグラディスに話しかけたりしていました。ジェイミーのことは誰も話しませんでした。見たところ、万事うまく行っているようでしたが、そのじつ何もかも恐ろしくて——言いようのないもののそばをすれすれにかすめて行くような、薄氷《はくひょう》を踏む思いだったものですから、何か言えば思わず声が震えてしまうのでした。

わたしはフランク伯父の硬い寒々《さむざむ》とした顔を見ていました。この人が随分痩せていること、一点を見据える目が妙にねっとりと輝いていることに気づきました。その目はキラキラしてはいませんでしたが、東洋人の目に似た、柔らかくなめらかな光で人を惹《ひ》きつけました。そして彼の言うことなすことすべてが、いわば吸引力を示していました。生まれ持った性質が、自動的にそれをするのでした。彼はわたしたち全員を支配していましたが、いとも穏やかにそうしているため、誰もそのことに気づかないのでした。

けれども、五分と経たないうちに、わたしは一つのことに気をとられていました。わたしの精神《こころ》はそれだけに集中していたものですから、ほかのみんなが叫んだり、走ったり、手荒なことをしたりして、それを防ごうとしないのが不思議でなりませんでした。わたしが感じたのはこういうことです——他人から奪い取った生命力にうち震えるこの男は、満たされようと口を開いて待ちかまえている空虚《うつろ》な地面からほんの十二ヤードほどしか離れていなくて、あの地面が手を伸ばせば容易にとどくところにいたのです。大地が獲物《えもの》の匂いを嗅ぎつけたのです。

これら二つの活発な「中心」は、戦闘を開始する距離にありました。人間の方はひどく痩せていて、厳しく、鋭敏ですが、同化した他人の生命というゆったりした「被《おお》い」をまとって、じつは大きく広がっています——経験を積み、勝ち誇っています。もう一方は忍耐強く、深く、大地全体の大いなる引力を背後に持ち——ああ！　ついに機会がめぐって来たことを意識しています。

まるで二匹の大きな獣が、どちらも無意識に闘いの身がまえをするのを見ているようでした。といっても、もちろん、ある説明のできないやり方で、心の目で見たのであって、肉眼で見たのではありません。闘いは一方にひどく不利なようでした。双方共すでに密使を放っていましたが、それがいつだったかはわかりませんでした。というのも、彼が具合の悪そうな様子をしたのは、その声が急に乱れ、言葉が詰まり、唇が一瞬震えて、だらしなく緩《ゆる》んだ時だったからです。次の瞬間、顔に奇妙な恐ろしい変化があらわれました。頬骨《ほおぼね》のあたりが少しふくらんだようで、顔全体が大きくなり、わたしはジェイミーの言った言葉を思い出しました。人間界と植物界と、二つの王国の密使がまさしくその瞬間に出会ったのだとわたしは悟りました。長い間他人を食い物にして来たフリーン氏が、生まれて初めて、計り知れぬ広大な王国と争う羽目におちいり、そのことに気づいて、彼の本当の自我である小さな部分が震え戦《おのの》いていたのです。途方もない災厄が来るのを感じていたのです。

「そうだよ、ジョン」彼は舌たるい、自分一人で喜んでいるような声で話していました。「ジョージ卿があの自動車をくださったんだ――プレゼントしてくれたんだ。どうだね、ありがたい――」と言いかけて急に口ごもり、息を吸って立ち上がると、不安げにあたりを見まわしました。一瞬、みんなは呆気《あっけ》にとられました。何か巨《おお》きな機械仕掛けが動き出す直前に、カチリと音がしたような――一瞬の間《ま》でした。じっさい、そのあとはすべて発条《ぜんまい》が切れて狂った機械のように、なしくずしに進んで行きました。わたしは目に見えぬ大きな発電機が、音も立てずに回っているさまを想像しました。

「あれは何だ?」あの人は小さな声に不安をにじませて、言いました。「あの恐ろしい場所は何だ?　誰かあそこで泣いているが――あれは誰だ?」

彼は空虚《うつろ》な地面を指差しました。それから、誰も答えないうちに芝生を横切って、しだいに足早になりながら、あそこへ向かって行きました。誰もまだ動かないうちに、あの地面の端に立っていました。かがみ込んで——地面を覗き込みました。

二、三時間も経ったような気がしましたが、実際には数秒のことでした。時間というものは、その中に含まれる感覚の量ではなく、質によって測られるものだからです。わたしは一切を見とどけましたが、全体の混乱のさなかに、細部が写真のように容赦《ようしゃ》ない鮮明さで浮きあがっていました。両者はいずれも激しく戦っていましたが、人間の側だけが全力をふり絞って——抵抗していました。もう一方は、その莫大《ばくだい》な潜在力の中から、ただ触手を伸ばしているだけ——それだけで十分だったのです。いともくとも楽々たる勝利で、ほんとうに可哀そうなくらいでした。力《りき》みかえったようすは、少なくとも一方にはありませんでした。わたしはすぐそばでそれを見ていました。というのは、わたしだけが席を立って、彼を追って来たようなのです。ほかのみんなは誰も動きませんでしたが、フリーン夫人は両手を突然衝動的に動かして、茶碗をカタカタいわせました。グラディスは、今でも憶えていますが、小さな悲鳴のような声を上げました——「ねえ、お母さん、暑さのせいなんでしょう?」父親のフリーン氏は無言で灰のように青ざめていました。

けれども、あの人のそばへ行った瞬間、わたしがなぜとっさにそこへ駆けつけたのかがわかりました。あの地面の向こうにある白樺林に、小さなジェイミーが立っていたのです。彼はじっとこちらを見ていました。わたしは——あの子のために——心臓を揺さぶられる思いがしました。水を浴びたように全身がゾッとし、わけがわからぬだけにいっそう恐ろしいのでした。けれども、もし自分がすべてを——この出来事の背後にあるものを知ったら、恐ろしいのは当然と思うだろう——これは本当に畏怖すべきことなのだ、と感じました。

見るも忌わしいことが起こったのは、それからです——まるで宇宙の運行を見ているようでしたが、すべては一フィート四方の小さな空間で起こったことなのでした。あの男は、もし誰かを犠牲《ぎせい》にすれば自分は助かるかもしれないことを、漠然と理解していたのだと思います。だから、あいつはあの子を見ると、手っ取り早い身代わりがいたと本能的に悟って、空虚な地面のこちら側から大声で呼びかけたのでした。

「ジェイムズ、そら、ここへおいで！」

その声は低い銃声のようでしたが、ライフル銃が不発に終わった時のように、どこか平坦で勢いがなく、鋭いけれど弱い声でした。内に「はずみ」が欠けていました。本当に哀願する声だったのです。そして驚いたことに、わたし自身の声が断固とした強い調子で響き渡っていました――わたしはそれを言った憶えはないのですが――「ジェイミー、動いちゃだめ。そこにじっとしているのよ！」ですが、幼いジェイミーはどちらの言うことも聞きませんでした。例の地面に近づいて来て、そこに立ち――笑っていたのです！ わたしはその笑い声を聞きましたが、あの子の口から出たものとは思えませんでした。空虚な、口をあんぐりと開いた地面が声を立てたのです。フリーン氏は横を向いて、両手をさし上げました。厳しく寒々しい顔がいくぶんか横へ伸び、宙に広がって、下へも伸びたようでした。同じことが彼の全身に起こっていました。身体が空気の中へ流れるように伸び出したのです。その顔を見た瞬間、わたしは子供が引っ張って遊ぶ緑のゴム人形を思い出しました。途方もなく大きくなったからです。けれども、これは見かけ上の印象を言っただけです。現実に起こったのは、わたしにははっきりとわかりましたが、この男が長年他人から転移させてきた活力と生気が、今度はすべて彼から奪われ――他所《よそ》へ転移したということなのです。

彼は一瞬、地面の縁《へり》でひどくよろめきました。それから素早く、でも不様《ぶざま》な横向きの動きをして、地面の真ん中に足を踏みおろすと、どさりとうつ伏せに倒れました。倒れる時、その目からはすっかり光が失せ、顔面には、破滅の表情とでも言うしかないものが、くっきりと刻まれていました。まったく破滅したように見えたのです。音が聞こえましたが――ジェイミーでしょうか？――今度のは笑い声ではありませんでした。ゴクリと物を嚥《の》み込む音で――深くくぐもっていて、地面の中へ消えて行きました。わたしはふたたび、小さな黒い馬の群れを見るような気がしました。馬たちは足元の地面の下を疾駆《しっく》して――深いところへ突き進んで行き――蹄《ひづめ》の音が次第次第に地の底へ消えて行く――そんなことを考えました。鼻孔《はな》には、ツンと土の匂いがしました。

そうして――すべては終わりました。わたしはハッと我に返りました。弟のフリーン氏が芝生にかがんで、兄の頭を抱き起こしていました。兄は暑さにあたって、お茶のテーブルのすぐわきに倒れたのです。実際には、そこから一歩も動いてはいませんでした。そしてジェイミーは、あとで知ったことですが、この間《かん》ずっと二階のベッドで寝ていました。さんざん泣いたり怯《おび》えたりして、疲れていたからです。グラディスが冷たい水と、スポンジとタオルと、ブランデーや何かを持って、家の中から走って来ました。「お母さん、暑さのせいだったのよね？」そうささやくのが聞こえましたが、フリーン夫人の返事は聞き取れませんでした。夫人は今にも倒れそうな顔をしていました。それから執事が来て、一同は客人を抱き上げ、家へ運び込みました。フランク伯父は、お医者様がいらっしゃる頃には、もう元気になっていました。

けれども、わたしにとって奇妙に思われたのは、ほかのみんなもわたしと同じものを見たはずなのに、それについて何も言わなかったことです。今に至るまで、誰一人、その話をしたことはありません。もしかすると、それこそが一番恐ろしいことだったかもしれません。

あの日以来、今日《こんにち》まで、わたしはフリーン氏の兄の噂をほとんど聞いたことがありません。まるで急にこの世から消えてしまったかのようでした。新聞にも彼のことは載りませんでした。実際、あの人の活動は休止してしまいました。ともかく、氏の余生は奇妙に実りのないものとなって、世間が話題にするようなことは何もしませんでした。けれども、それはわたしがフリーン夫人のお宅を辞《や》めたので、噂を聞く機会がなかっただけなのかもしれません。

あの空虚な地面の余生はまったく違いました。わたしの知る限り、庭師たちは水はけも改善しないし、新しい土を入れたりもしませんでしたが、その夏、わたしがあの家を去る前から、様変わりしていました。あの地面は放置されたままに、大きなみずみずしい草や蔓《つる》が生《お》い茂り、力強く、食《く》い太《ふと》って、あふれんばかりの生命《いのち》にわきかえっていました。

解説

南條竹則

今からもう四十年も昔、創土社から出た「ブックス・メタモルファス」という箱入り本シリーズの一冊に、紀田順一郎氏の翻訳による『ブラックウッド傑作集』がありました。

わたしはこの本を暮に渋谷の書店で買って、お正月に少しずつ楽しんで読んだのですが、その箱には、たしかギュスターヴ・ドレの絵が紺のインクで印刷してあり、帯の謳《うた》い文句には「怪奇小説最大の巨匠」とありました。こういう宣伝文句というのは、大概アテにならぬものです。しかし、ブラックウッドを形容したこの言葉だけは、まさにその通りだと今でも思っています。

御存知の通り、作家には色々なタイプがあり、優れた作家、必ずしも巨匠とは限りません。

巨匠といえばスケールが大きくなければなりません。すなわち質の高い作品を生み出すというだけでは不十分で、同時に多作家でなければなりません。例を挙げれば、バルザックは巨匠ですが、ラディゲは巨匠ではなく、ゲーテは巨匠ですが、ノヴァーリスは巨匠とはいえないでしょう。十冊を越える長篇と二百篇以上の短篇を残したブラックウッドは、この条件を満たした稀有《けう》な怪奇小説家だと思います。しかも彼の作品は単に量が多いだけではなく、内容の幅広さという点で余人の追随を許しません。

この本に収めた「空家」や「約束」のような古典的幽霊譚を書くかと思えば、悪魔崇拝、中国魔術、吸血鬼、カバラ、千里眼、輪廻転生、人形妖怪、樹木妖怪、さては壮大な地球霊の思想に至るまで、多種多様な題材が彼の作品を彩《いろど》っています。物語の舞台もロンドン、エディンバラ、ニューヨークといった都会から、アメリカの大平原やカナダの大森林、ドナウ川の沼沢地帯、ジュラ山地、黒森《シュワルツワルト》、さてはエジプト、コーカサスと文字通り世界を股《また》にかけます。

作品の読後感からいっても、ゾーッとするほど怖いものもあれば、薄気味悪いものもあり、怖くて綺麗でもあるもの、ほのぼのとしたもの、寂しいもの、悪《あく》どいもの、慕わしいもの、奇想天外なものとじつに千差万別で、たくさん書いたその中には無論凡作もありますが、傑作の数も多い——まことに万華鏡のような作家であります。

＊

この不思議な小説家は一八六九年、イギリスのケント州に生まれました。

彼はいわゆる上流家庭の子弟でした。

曾祖父ヘンリー・ブラックウッド卿は海軍副提督で、トラファルガー海戦のあと、ネルソン提督の亡骸《なきがら》を送りとどける任務を託された人であります。父親はスティーヴンスン・アーサー・ブラックウッドといい、アルジャノンが生まれた当時は大蔵省に勤めていましたが、のちに郵政省の財政事務官となり、騎士《ナイト》の称号を授けられました。妻ハリエットとの間に五人の子をもうけ、アルジャノンはその第四子で、二番目の男の子でした。またハリエットは前夫との間に二人の子を産んでいたので、兄弟は大勢いたわけであります。

ブラックウッドの父親は熱心な福音派キリスト教の信者でした。彼は若い頃クリミア戦争に従軍し、戦地の悲惨な状況を目《ま》のあたりに見て、宗教心に目覚めたといいます。自分でも説教をしたり、パンフレットをつくったり、禁酒運動を行ったりするほどで、「信仰復興運動」と呼ばれるものの指導者たちを自宅に泊めたりしていました。

このことは明らかに、息子アルジャノンの精神形成に深い影響を与えています。父親ないし両親が熱烈な信心家だった場合、子供はその信仰を受け入れるか、強く反撥《はんぱつ》するかのどちらかであることが多い。そして文学者の中には、たとえば、批評家のエドマンド・ゴスやアーサー・シモンズ、また幻想作家として知られるM・P・シールのように、親に反撥した人が少なくないのです。

ブラックウッドもこのお仲間の一人に数えて良いように思われます。彼は十七歳の時、パタンジャリの『ヨーガ金言集』という書物と出会ったのをきっかけに、東洋的、とくにインド的な思想に惹かれてゆきました。エディンバラ大学ではインド人の医学生と友達になり、精神集中や瞑想のやり方を教わったといいますし、二十歳の頃には仏教徒を自称し、神智学の徒となっていました。

父親はさぞかし困惑したことでしょう。しかし、ブラックウッドの父は息子の思想を束縛せずに、見守ってやる度量を持っていました。また息子の方も、父親の信仰を押しつけられるのはごめんだけれども、父親その人は愛し、尊敬していたようです。

二人には共通点もありました。野外の自然を深く愛したことがその一つ、幽霊話が好きだったこともその一つでした。

ブラックウッドは幼い頃から夢見がちな性格で、いくつかの私立学校を転々としたあと——その中には「秘密の崇拝」の舞台となった〝黒森《シュワルツワルト》〟の寄宿学校も含まれます——エディンバラ大学で農業を学び、やがてカナダに渡って、身を立てる道を探りました。父親は彼に若干《じゃっかん》の生活費と事業の資金、それに山程の紹介状を持たせたのでした。

けれども、彼はおよそ世渡りの下手な人間でした。まあ、作家などというものは大体そのくちが多いのですが、ブラックウッドの要領の悪さは相当なものです。彼の父は、息子の就職をよろしく頼むという手紙を、カナダ太平洋鉄道会社の重役宛てに書いていました。ところが、ブラックウッドはとある舞踏会の席で、その当の重役を侮辱してしまい、初っ端《しょぱな》から見込みが狂ってしまいます。

それからの彼は、昼間、生命保険会社で無給の雑用係をしながら、夜はフランス語、ドイツ語、ヴァイオリンの家庭教師をしたり、「メソジスト・マガジン」の編集を手伝うなどといった半端仕事をしたあと、知人と酪農会社を経営しますが、半年で経営は破綻。残った金で、今度はトロントの「ハブ・ホテル」というホテルを経営しますが、これも失敗します。しかも、ホテルはバーで酒を売るため、禁酒運動に熱心だった父親の不興を買うというおまけまでついてしまいました。

結局、一文無しでニューヨークへたどり着き、新聞記者の仕事などをして、数年間かつかつに暮らしてゆきます。この当時の貧乏生活については、自伝『三十前のエピソード』に詳しく記されていますが、食べ物が買えず、干し林檎をお湯でもどして食べるなど、まことに惨憺《さんたん》たるものです。しかし、やがて億万長者ジェイムズ・スペアーの秘書になると、高給をもらって生活に余裕もでき、一八九九年にはイギリスへ帰りました。

ブラックウッドはアメリカにいる時から短篇を書いていましたが、母国へ戻ると俄《が》然《ぜん》創作意欲が高まり、たくさんの原稿——主に怪奇小説——を書きためていました。それがたまたま友人を介して出版社イヴリー・ナッシュの目に留まり、同社より処女単行本『空家』（一九〇六）が出版されます。『空家』も、その翌年に出した『耳を澄ます者、その他の物語集』も好評を博し、一九〇八年に出した『ジョン・サイレンス』は、宣伝の効果もあって大成功をおさめたため、本格的な作家生活に入りました。

その後の彼は一生気楽な独り身を通し、執筆をしながら、スイス、フランス、コーカサス、エジプトなど世界各地を旅行。語学力を生かして、第一次世界大戦中は情報部の仕事にも携わりました。

中年以降は演劇に手を染め、この分野ではさほど目覚ましい成果は残しませんでしたが、「星影急行《スターライト・エクスプレス》 The Starlight Express」というオペラだけはよく知られています。これは長篇『妖精郷の囚れ人』をもとにヴァイオレット・パーンが脚本をつくり、「威風堂々」の作曲家として知られるエドワード・エルガーが音楽をつけたものです。筆者も今、手元にヴァーノン・ハンドリーが指揮したＥＭＩのＣＤを持っていますが、齢《よわい》六十に近づいた円熟期のエルガーがつけた音楽は、この巨匠の作品としてもじつに魅力的な、心の洗われるような音楽です。

第一次世界大戦後、ラジオやテレビ放送が盛んになると、ブラックウッドは自作を改作した幽霊譚などをマイクの前で語って、国民的な人気者となりました。人々は彼に「幽霊おじさん《ゴースト・マン》」のあだ名をつけましたが、当人はあまりそれを気に入っていなかったようです。

親の信仰に反撥して独自の道を歩んだ作家の中には、親とはちがう宗旨のキリスト教に改宗する人もいれば、無神論者になる人、哲学に熱中する人、あまり形而上的なことを考えない人など、さまざまなタイプがいます。ブラックウッドの場合は、前述のようにインド的な思想に惹《ひ》かれ、神智学の影響を深く受けたことが特徴といえましょう。

＊

ヘレナ・ブラヴァツキーが創始した神智学の教義は、そのうちにさまざまな要素を含んでいますが、基本的には、インドの秘密の教え——すなわち密教——を世に伝えるのだと喧伝《けんでん》していました。かれらの教えが学問的にみて、どの程度本当に仏教的・インド的だったのか、門外漢のわたしには何ともいえませんが、ともかく、それまで宗教といえば、キリスト教とユダヤ教、イスラム教、そしてその敵対者だった〝異教〟しか知らなかった西欧の知識人たちに、これらの宗教とはまったく違う思想体系を「発見」させた意味は大きいと思います。

この運動は英米を中心として、西欧の知性に広く根深い影響を及ぼしました。ブラックウッドはその好個の一例であります。

彼はパタンジャリの『ヨーガ金言集』という書物を手にした時、その内容に、まるで遠い昔知っていたような既視感をおぼえたといいます。その後、『バガヴァッド・ギーター』の英訳を読んだ時は、人類が生んだもっとも深遠な叡智の書だと考えるほどの深い感銘を受けます。しかし、インド学の専門家でもない彼が、こうした古典に接することが出来たのも、翻訳を通じた神智学の布教活動によってでした。彼が手にしたパタンジャリの翻訳は、一八八七年、ロサンジェルスの Theosophy Company が出したもので、編著者ウィリアム・Q・ジャッジは神智学協会の古株です。ブラックウッドがやがてこの協会の会員となったのは、自然の成り行きといえましょう。

輪廻転生、精神能力の拡大、全一者との合一など、ブラックウッドが生涯信じていた思想のうちのいくつかは、神智学協会の教義に由来するものですが、しかし、彼は一つのセクトに忠誠を尽くすタイプではなく、大なり小なり距離を保って、あらゆるものに接する性質《たち》だったようです。

大学時代から心霊現象や心理学、催眠術、降霊術などに興味を抱いていたブラックウッドは、詩人W・B・イェイツを通じて「黄金の暁《ゴールデン・ドーン》」教団というオカルティズムの結社に入ったこともあります。同教団の分裂後は、その指導者の一人であるA・E・ウェイトがつくった新結社にも入りました。グスタフ・テオドール・フェヒナーやウィリアム・ジェイムズの「地球霊」の思想に共鳴するかと思えば、ウスペンスキーやグルジエフにも興味を示し、相対性理論や四次元、連続する宇宙といった物理学の新理論にも関心を持ちました。そんな風に、同時代のあらゆるものに心を開きながら、自分にとっての真理を探していたのだと思います。

彼が求めるのは本質的な霊的真実だった。彼が今日のあらゆる宗教に寛容と敬意を以て臨むのは、それぞれが少なくとも真実の一部分を含んでいると信ずるからだった。

右に引用したのは長篇『ジュリアス・ルヴァロン』（第五章）の一節ですが、語り手が主人公ジュリアスについて述べていることは、作者本人の態度にも通ずると思います。そして、重要なのは、その態度の中核に「自然」への崇拝があったことです。「自然がブラックウッドの神だった」と研究家のマイク・アシュレーは言っていますが、これは大方《おおかた》の評者が認めるところでしょう。

自然、すなわち「大きなもの」と小さな人間との関係が、ブラックウッドの全作品を通ずるテーマでした。その関係が「敵対」である時、人間は恐怖に襲われ、物語は恐怖小説の色彩を帯びます。たとえば、彼の代表作として名高い「柳」では、ドナウ川流域の湿地帯を支配する自然の精霊が、土足で踏み込んできた人間に敵意を抱き、これを監視し、やがて排除しようとたくらみます。一方、大いなる風の怪物が登場する「ウェンディゴ」は、カナダの大森林を舞台としていますが、物語の構造は「柳」と同様です。

こうした敵対関係はたいていの場合、「自然」を離れ、文明の毒に汚された人間の側に原因があるのですが、しかし、その人間とても自然の子にほかなりません。我々の根底には、依然「大きなもの」と同質のものが眠っています。それが「大きなもの」との接触によって目醒めた時、我々の心はやがて恐怖の段階を通り越して、自然と一体になる忘我の恍惚境に達します。この過程を描く時、彼の小説は恐怖小説から神秘小説の領域に入ってゆきます。そして、彼の最良の作品は、この二つの領域の接点に位置するものだと私は思っています。

ともかく、ブラックウッドはこうした「自然」と人間との関係を、あらゆるスケールで、あらゆる素材を用いて、生涯書き続けました。その姿勢は本当に一徹というべきであります。

*

ブラックウッドは、イギリスの同世代の怪奇作家のうちでも、日本人に早くから知られた人物の一人です。アーサー・マッケンなどは、江戸川乱歩が「鬼の言葉」や「幻影城」に収められた文章によって、紹介の先鞭をつけたといっても良いでしょうが、ブラックウッドの場合は、乱歩以前に、芥川龍之介という鋭い批評・紹介者がいました。

芥川龍之介は大正十年一月一日発行の雑誌「新家庭」に、「近頃の幽霊」という一文を寄せ、その中で「ジョン・サイレンス」を「云はば心霊学のシヤアロツク、ホオムス氏」と形容しています。さらに「双子」「柳」を紹介していますが、「双子（原題は The Terror of the Twins）」については、「……外界には何も起らずに、内界に不思議な変化の起る所が、頗る巧妙に書いてある」と評し、「柳」については次の如くです。

幽霊――或は妖怪の書き方が変わつて来ると同時に、その幽霊――或は妖怪にも、いろいろ変わり種が殖《ふ》えて来る。一例を挙げるとブラックウッドなどには、エレメンタルスと云ふやつが、時々小説の中へ飛び出して来る。これは火とか水とか土とか云ふ、古い意味の元素の霊です。（中略）ブラックウッドの「柳」と云ふ小説を読むと、ダニウブ河へボオト旅行に出かけた二人の青年が、河の中の洲に茂つてゐる柳のエレメンタルスに悩まされる。――エレメンタルスの描写は兎も角も、夜営の所は器用に書いてあります。この柳の霊なるものは、かすかな銅鑼《どら》のやうな声を立てる所までは好いが、三十三間堂のお柳などとは違つて、人間を殺しに来るのださうだから、中々油断はなりません。（岩波書店版「芥川龍之介全集」第七巻より引用。以下同様）

これはブラックウッドと「四大《エレメンタルス》」についての、まことに的確な説明ではないでしょうか。

芥川は翌大正十一年一月一日発行の「秀才文壇」にも、「英米の文学上に現はれた怪異」という文章を発表していますが、これは「近頃の幽霊」とかなり重複の多いものです。ただし、ブラックウッドに関しては、大分内容を改めています。

この人は彼自身、セオソフィスト――実際さういふことを信じてゐる。だからその小説は悉く化物の小説ばかりである。よくまあ、化物にばかり興味が持てるものだと思はれるほど、化物ばかり書いてある。

といって、「セントオル（ケンタウロス）」と「柳」について語っています。

彼はまた随筆「点心」（大正十年二月）でもブラックウッドに触れていますが、ブラックウッドをビアスと較べて、作家としての腕前ではビアスの方がはるかに勝るとしているのは、一面もっともな評価でしょう。

「近頃の幽霊」が出た大正十年は、我が国に於ける「ブラックウッド元年」と言うべきかもしれません。というのは、この同じ年に二松堂書店から『奇絶怪絶幽霊の話』（西条隆治訳著）という本が出、「A Haunted Island」と「The Occupant of the Room」

がそれぞれ「印度人の幽霊」「恐ろしき一夜」という邦題で紹介されているからです。
筆者はまだこの本を見ておらず、西条隆治という人についても詳《つまび》らかにしませんが、おなじ西条でも、詩人の西条八十《やそ》がブラックウッドの小説を愛読したことは、娘・西条嫩子《ふたばこ》の回想録に記されています。

晩年孤独の椅子の上で父は絶えまなくブラックウッド、ライトハガードなどの幻想小説を一日一、二冊、いずれも原書で読みあさっていたようである。骨の蕊まで詩人精神をもっているかにみえる父はその読書時間だけ、妻のない繁雑で寂しい現実から逃れえたらしい。(『父　西条八十』)

西条八十は、一九五五年に世界大衆小説全集の一冊として小山書店から出た『魔法医師ニコラ・犬のキャンプ他』に、「古い魔術」「憑かれた島」「犬のキャンプ（抄訳）」の三篇を訳しました。フランスの古い街を舞台に、街人が猫と化してサバトの魔宴に赴く様子を描いた「古い魔術 Ancient Sorceries」は、ブラックウッドの傑作中の傑作ですが、初の日本語訳がこの八十訳であるかどうかは、わたしにはわかりません。

ただ、江戸川乱歩が「怪談入門」に収められた「猫町」（昭和二十三年）という一文を書いた時、この作品の邦訳を見ていなかったことは確実です。乱歩は萩原朔太郎の短篇小説「猫町」に触れて、「私はこの怪談散文詩をこよなく愛している。朔太郎の詩集や数々のアフォリズムと同様に、或はそれ以上に愛している」といったあと、次のように記しているからです。

ところが、この頃私は西洋の怪談集を幾つか読む機会があって、その中に「猫町」とそっくりの着想を発見し、朔太郎のこの作を今更らのように懐しみ、前記の支那怪談にまで類想したのであった。（光文社文庫版「江戸川乱歩全集」第二六巻）

彼はこう言って「古い魔術」のあらすじを述べるのですが、右の文章の口調からして、この時まだ邦訳はなかったか、あっても乱歩は知らなかったと思われます。このことは、萩原朔太郎が「古い魔術」を知っていたかどうかという問題にもかかわって来ますが、それはともかく、乱歩の「猫町」という一文は、わたしたち日本の読者の印象の中で、朔太郎の作品と「古い魔術」とを分ちがたく結びつけてしまいました。

萩原朔太郎の「猫町」を敷衍《ふえん》するとブラックウッドの「古き魔術」になる。「古き魔術」を一篇の詩に抄略すると「猫町」になる。私はこの長短二つの作品を、なぜか非常に愛するものである。（同）

のちに日影丈吉は「猫の泉」という短篇で、「古い魔術」に魅力的なオマージュを捧げましたが、これなどを見ても、ブラックウッドの「古い魔術」は、すでに日本文学の血肉と化している観があります。

＊

雑誌やアンソロジーに紹介されたブラックウッドの作品がどのくらいあるか、今正確なことはわたしにはわかりませんが、他の作家との抱き合わせでない単行本に限ってみると、これまでに次のようなものが出ています。

短篇集（連作集を含む）
『幽霊島』平井呈一訳　東京創元社　一九五八年
『ブラックウッド傑作集』紀田順一郎訳　創土社　一九七二年
『妖怪博士ジョン・サイレンス』紀田順一郎、桂千穂訳　国書刊行会　一九七六年
『ブラックウッド傑作選』紀田順一郎訳　創元推理文庫　一九七八年
『ブラックウッド怪談集』中西秀男訳　講談社文庫　一九七八年
『死を告げる白馬』樋口志津子訳　朝日ソノラマ　一九八六年
『心霊博士ジョン・サイレンスの事件簿』植松靖夫訳　創元推理文庫　二〇〇九年

長篇
『ケンタウロス』八十島薫訳　月刊ペン社　一九七六年
『ジンボー』北村太郎訳　月刊ペン社　一九七九年
『妖精郷の囚れ人』高橋邦彦訳　月刊ペン社　一九八三年

『王様オウムと野良ネコの大冒険』相沢次子訳　ハヤカワ文庫　一九八六年

こうして見ると、日本語の翻訳はけして少ない方ではありません。しかし、前にもいったように、彼は多作家であります。まだ訳されていない重要な作品も多く、それに彼の作風の幅の広さは、一冊の単行本では中々紹介しきれない恨《うら》みがあります。思えば、アーサー・マッケンやラヴクラフトの場合は、全集や作品集成といったものが出たおかげで、それらを見た読者には作者の全体像が伝わったはずです。この点、ブラックウッドは恵まれていません。わたしは、せめて彼の中短篇だけでも、五巻くらいの傑作集として刊行されていれば、と思うのです。

さて、このたび本集を編むにあたって考えたのは、処女単行本『空家』に収められた作品を中心に、短い佳品を集めようということでした。

訳出した作品のうち、「空家」「壁に耳あり」「秘書綺譚」「窃盗の意図をもって」の四篇は、いずれもジム・ショートハウスという男を主人公にしています。彼の性格は作品によって多少違いますが、若き日の作者の分身であることに変わりはありません。有名なジョン・サイレンス博士の蔭に隠れている、このもう一人のゴースト・ハンターに着目いただきたいというのが、本集のささやかな趣向であります。

＊

収録した作品について、初出等を以下に記しておきます。

「空家 The Empty House」
初出は単行本『空家 *The Empty House*』（一九〇六）。ブラックウッドはブライトンの幽霊屋敷を訪れたことがあり、その時の体験にヒントを得て、この作品を書いたと「真夜中 The Midnight Hour」（一九四八）という文章に記しています。

「壁に耳あり A Case of Eavesdropping」
初出は「ペルメル・マガジン」一九〇〇年十二月号。これは、作者がニューヨーク時代に滞在した不気味な下宿が舞台となっています。

「スミス――下宿屋の出来事 Smith: an Episode in a Lodging-House」

初出は『空家』。H・P・ラヴクラフトは評論「文学に於ける超自然の恐怖」の中で、「柳」や「ウェンディゴ」と並べて、この作品に言及しています。御覧の通り、ユダヤ教のオカルティズムを題材にした作品ですが、作者は後に長篇『人間和声 *The Human Chord*』で、同じテーマを展開させています。

「約束 Keeping His Promise」

初出は『空家』。この作品は平井呈一の訳した『幽霊島』に収められており、それに基づいて水木しげる氏が漫画化したことがあります。水木版は舞台を日本に移した、じつに雰囲気のある作品です。

「秘書綺譚 The Strange Adventures of a Private Secretary in New York」

初出は『空家』。ニューヨーク時代、個人秘書をした経験のあるブラックウッドですが、彼を雇った億万長者は、作中のサイドボタム氏のような人ではなかったようです。この作品はブラックウッドの小説にしては超自然的要素がないこと、そして狼狂を題材としている点が異色です。

「窃盗の意図をもって With Intent to Steal」
初出は『空家』。

「炎の舌 Tongues of Fire」
初出は「ザ・イングリッシュ・レヴュー」一九二三年四月号。

「小鬼のコレクション The Goblin's Collection」
初出は「ザ・ウエストミンスター・ガゼット」及び「ザ・サタデー・ウエストミンスター・ガゼット」一九一二年十月五日号。ここに出て来る「小鬼《ゴブリン》」はアイルランドの妖精ですが、ブラックウッドの母親はアイルランドの名家の出身でした。彼の夢想家的資質は、そちらから伝わっているのかもしれません。

「野火 The Heath Fire」

初出は「カントリー・ライフ」一九一二年一月二十日号。この作品は「焔の丘」(竹下昭訳)という邦題で、「幻想と怪奇」創刊号に紹介されています。ブラックウッドは地水火風の四大元素の中でも、「火」にとりわけ深い共感を抱いていたようで、この自然力をテーマにした小説に、中篇「アーニー卿の再生」、長篇『ジュリアス・ルヴァロン』とその続篇『輝く使者』などがあります。本篇は短いながら詩的幻想の結晶した名品だと私は思っています。

なお、文中「ユダヤの神秘家」云々のくだりは、「出エジプト記」第三章冒頭のエピソードを念頭に置いた言葉です。参考のために、文語訳聖書からその部分を少し引用しておきましょう。

モーセその妻の父なるミデアンの祭司エテロの群《むれ》を牧《か》ひをりしがその群を曠野《あらの》の奥にみちびきて神の山ホレブに至るに　エホバの使者《つかひ》棘《しば》の裏《なか》の火焔《ほのほ》の中《うち》にて彼にあらはる彼見るに棘火に燃《もゆ》れどもその棘燬《やけ》ず　モーセいひけるは我ゆきてこの大《おほい》なる観《みもの》を見何故に棘の燃《もえ》たえざるかを見ん　エホバ彼が来たり観《み》んとするを見たまふ即《すなは》ち神棘の中よりモーセよモーセよと彼をよびたまひければ我こゝにあ

りといふに　神いひたまひけるは此《ここ》に近よるなかれ汝の足より履《くつ》を脱ぐべし汝が立つ処《ところ》は聖《きよ》き地なればなり（後略）（『舊新約聖書』日本聖書協会）

「スミスの滅亡 The Destruction of Smith」

初出は「目撃者」一九一九年二月二十九日号。原題に「destruction」とあるのは、人間の死を指していう言葉としては少し変な気がしますが、アイルランド方言で人の死に顔を「destroyed」と形容する、と文中にあります。そこから来た表現であって、もちろん、スミスヴィルという街の「壊滅」にかけた言葉ですが、わたしには、この趣向をうまく日本語に表わすことはできませんでした。

「転移 The Transfer」

初出は「カントリー・ライフ」一九一一年十二月九日号。吸血鬼と千里眼をモチーフとした傑作。まったく、こういうものはブラックウッドでなければ書けないでしょう。

翻訳に使用したテクストは以下の通りです。

「空家」「壁に耳あり」「スミス——下宿屋の出来事」「約束」「秘書綺譚」は *The Empty House*, John Baker, 1964 を、「小鬼のコレクション」は *Strange Stories*, William Heineman, 1920 を、「転移」「野火」「スミスの滅亡」は *Tales of Terror and Darkness*, Spring Books, 1977 を、「炎の舌」は *Tongues of Fire and Other Sketches*, Herbert Jenkins 1924 を用いました。

なお、「窃盗の意図をもって」をわたしは以前ちくま文庫の『イギリス恐怖小説傑作選』に訳出しました。そのときに底本としたのはAnne Ridlerのアンソロジー *Best Ghost Stories*, Faber and Faber でしたが、今回は前記の *The Empty House*, John Baker, 1964 を参照して、若干手直しを加えました。この作品を敢えてここに収録したのは、この際に〝ジョートハウス物〟を全部読みたいと思われる読者の便宜を図ってのことです。

翻訳にあたっては、平井呈一、紀田順一郎、竹下昭、樋口志津子、伊藤欣二といった方々による既訳を参考にさせていただきました。それぞれの訳者に感謝いたします。

またパタンジャリの英訳について御教示を賜った赤井敏夫氏、調べものを手伝ってくださった坂本あおい氏、鈴木聡氏、文献の閲覧などでお世話になった学習院大学図書館および英語英米文化学科研究室、そして光文社編集部の皆様に厚くお礼の言葉を申し上げます。

ブラックウッド年譜

※この年譜の作成には、マイク・アシュレーの労作『アルジャノン・ブラックウッド、伝記と書誌』を参考にした。

一八六九年

アルジャノン・ヘンリー・ブラックウッドは、三月一四日、ケント州シューターズ・ヒルに生まれる。父親はスティーヴンスン・アーサー・ブラックウッド。母親はハリエット（旧姓ドッブズ）。

一八八三年　一四歳

九月、バークシャーのウェリントン・コレッジに入学。

一八八五年　一六歳

ドイツのケーニヒスフェルトにあるモラヴィア兄弟団の学校に入学。

一八八七年　一八歳

父と共にカナダとアメリカ北東部を旅行。

一八八八年　一九歳

エディンバラ大学に入り、農業を学ぶ。

一八九〇年　二一歳

四月、カナダに渡る。生命保険会社の雑用係、フランス語やヴァイオリンの家庭教師、「メソジスト・マガジン」の編集助手などをしたのち、一一月に酪農業の会社をつくる。

一八九一年　二二歳
神智学協会トロント支部の創立委員となる。酪農会社の経営が破綻。その後、友人と「ハブ・ホテル」を経営。

一八九二年　二三歳
「ハブ・ホテル」の会社は解散。一〇月、ニューヨークへ行き、「ニューヨーク・サン」紙の仕事をする。

一八九三年　二四歳
一〇月九日、父死去。

一八九四年　二五歳
金鉱発見のニュースを知り、レイニー・リヴァーに赴く。

一八九五年　二六歳
オーデコロンの会社経営に携わるが、失敗。「ニューヨーク・タイムズ」紙の記者になる。

一八九七年　二八歳
年俸二千ドルで、億万長者ジェイムズ・スペアーの個人秘書となる。

一八九九年　三〇歳
三月、英国に戻る。短篇「幽霊島」が「ペルメル・マガジン」に掲載される。

一九〇〇年　三一歳
ドナウ川をカヌーで下る。「黄金《ゴールデン・》の暁《ドーン》」教団に入団。

一九〇一年　三二歳
ふたたびドナウ川流域を旅行。

一九〇三年　三四歳
粉ミルク会社の経営に携わる。

一九〇六年　三七歳
イヴリー・ナッシュ社から初めての短

篇集『空家』を出版。

一九〇七年　三八歳

五月三〇日、母死去。『耳を澄ます者、その他の物語集』短篇集。

一九〇八年　三九歳

『ジョン・サイレンス、異能の医師』連作短篇集。この本の成功により、専業作家として立つ。

一九〇九年　四〇歳

『ジンボー』長篇。『アンクル・ポールの教育』長篇。

一九一〇年　四一歳

コーカサス旅行。『迷いの谷、その他の物語』短篇集。『人間和声』長篇。

一九一一年　四二歳

『ケンタウロス』長篇。

一九一二年　四三歳

初めてのエジプト旅行。ヴェネチアでライナー・マリア・リルケと会う。『牧神の園、自然の物語集』短篇集。

一九一三年　四四歳

『妖精郷の囚れ人』長篇。

一九一四年　四五歳

『十分《じゅっぷん》物語』短篇集。『信じがたき冒険』中篇集。

一九一五年　四六歳

オペラ「星影急行《スターライト・エクスプレス》」キングズウェイ劇場で初演。

一九一六年　四七歳

英国秘密情報部に招集される。『ジュリアス・ルヴァロン――一つのエピソード』長篇。『波』長篇。

一九一七年　四八歳
『昼と夜の物語集』短篇集。

一九一八年　四九歳
英国赤十字社に行方不明者の捜索人として参加。

一九二〇年　五一歳
戯曲「横断」初演。戯曲「隙間ごしに」初演。

一九二一年　五二歳
『神の狼、その他の物語』短篇集。『輝く使者』長篇。戯曲「白魔術」初演。

一九二三年　五四歳
『三十歳以前のエピソード』自伝。

一九二四年　五五歳
『炎の舌、その他のスケッチ』短篇集。

一九二九年　六〇歳
『王様オウムと野良ネコの大冒険（原題は*Dudley and Gilderoy : A Nonsense*）』長篇。『奇妙な物語』復刻作品集。

一九三四年　六五歳
初めてのラジオ出演。

一九三六年　六七歳
テレビ番組「ピクチャー・ページ」に出演。

一九四一年　七二歳
初めてのラジオ劇「ショックス」が放送される。

一九四八年　七九歳
テレビ番組「サタデー・ナイト・ストーリー」にレギュラー出演。

一九四九年　八〇歳
英帝国勲爵士の叙勲を受ける。テレビ

協会メダルを贈られる。最後の小説「イライザと煙突掃除人たち」を完成。

一九五〇年　八一歳
卒中を起こすが、回復。

一九五一年　八二歳
一二月一〇日、脳血栓と動脈硬化症のためロンドンで死去。

訳者あとがき

わたしがポーやブラックウッド、ラヴクラフトらの所謂《いわゆる》怪奇小説に惹《ひ》かれたのは、中学二、三年の時でした。

邦訳で知った作家たちの未訳の作品を、丸善や芳林堂などの洋書屋で買い求めて来ては、辞書を片手に読もうとするのですが、当時の語学力ではとてもスラスラ読むことは出来ません。一行ずつ訳しては、その訳文をノートに書きとめ、何度も読み直してやっと納得するといった調子で、これがわたしの翻訳家人生の始まりだったといえます。

それ以来、もう長いこと翻訳の仕事に携《たずさ》わっていますが、今回のブラックウッドの短篇集は、良くも悪くもわたしにとって忘れがたい一冊になると思います。というのは、この本のゲラを手直しするために温泉へ行って、三月十一日の大震災に遭遇《そうぐう》したからであります。

わたしがいたのは山形県の赤倉温泉というところで、「三之亟《さんのじょう》」という宿に滞在していました。

赤倉温泉は小国川の清流をはさんで、大小の旅館が並び立つ情緒ある温泉町です。旅館の多くがじつに大きな浴場を持っていることが特徴で、くだんの「三之亟」も川べりの自然石を掘ってつくった岩風呂が名物なのですが、天井が高く、なにか宇宙的な感じさえする壮大な風呂場で、わたしはそれが気に入って泊まっていました。またほかの旅館の風呂もそれぞれに味があるので、昼間は毎日、「湯めぐり」をしていました。

あの日も昼に「湯めぐり」から帰って、蒲団の中でうたた寝していると、グラグラッと来ました。揺れが大きいし長いので、玄関に飛び出しましたが、ふつうの地震なら、飛び出した頃にはたいがいおさまるのに、この地震はいつまでも熄《や》みません。

電気とガスはすぐに停まりました。

大変なことが起ったのは直感しましたが、テレビもつかず、電話も通じず、ほとんど情報が入って来なくて、わたしも宿の人もなすすべもなく、その晩は囲炉裡《いろり》で餅を焼いて食べ、酒に酔った勢いで寝てしまいました。

電気のつかない部屋はさぞかし真っ暗だろうと思いながら、懐中電灯を手に廊下を歩いて行くと、思いのほか窓の外が明るいのにビックリしました。雪明かりというものです。月が出ればもちろんのこと、月がなくとも一面の雪の原は、夜中でも明かりなしで歩ける、と土地の人が言っていました。なにしろ、地震のために時代が変わってしまったような一夜でした。

そのあと、わたしは交通手段の復旧を待って東京へ帰り、何とか無事な日々を過ごして、本書もこうして世に出る運びとなりました。

地震や原発事故による被災地の復興――というよりも、日本全体の復興はいまだ道半ばですが、わたしたちみんなが、地震だの放射能だのの不安に怯えることなく、楽しく本を読める日の早く来ることを願ってやみません。

二〇一一年師走

訳者しるす

この本の一部には、「インディアン」という今日の観点からみて差別的な呼称がありますが、作品の時代背景、古典としての歴史的・文学的な意味を尊重して使用しました。差別の助長を意図するものではないことをご理解ください。

（編集部）

光文社古典新訳文庫

秘書綺譚《ひしょきたん》
ブラックウッド幻想怪奇傑作集《げんそうかいきけっさくしゅう》

著者 ブラックウッド
訳者 南條《なんじょう》 竹則《たけのり》

2012年1月20日 初版第1刷発行
2020年4月10日 第3刷発行

発行者 田邉浩司
印刷 新藤慶昌堂
製本 ナショナル製本

発行所 株式会社光文社
〒112-8011東京都文京区音羽1-16-6
電話 03(5395)8162(編集部)
03(5395)8116(書籍販売部)
03(5395)8125(業務部)
www.kobunsha.com

ISBN978-4-334-75232-3 Printed in Japan

いま、息をしている言葉で、もういちど古典を

長い年月をかけて世界中で読み継がれてきたのが古典です。奥の深い味わいある作品ばかりがそろっており、この「古典の森」に分け入ることは人生のもっとも大きな喜びであることに異論のある人はいないはずです。しかしながら、こんなに豊饒で魅力に満ちた古典を、なぜわたしたちはこれほどまで疎んじてきたのでしょうか。

ひとつには古臭い教養主義からの逃走だったのかもしれません。真面目に文学や思想を論じることは、ある種の権威化であるという思いから、その呪縛から逃れるために、教養そのものを否定しすぎてしまったのではないでしょうか。

いま、時代は大きな転換期を迎えています。まれに見るスピードで歴史が動いていくのを多くの人々が実感していると思います。

こんな時わたしたちを支え、導いてくれるものが古典なのです。「いま、息をしている言葉で」——光文社の古典新訳文庫は、さまよえる現代人の心の奥底まで届くような言葉で、古典を現代に蘇らせることを意図して創刊されました。気取らず、自由に、心の赴くままに、気軽に手に取って楽しめる古典作品を、新訳という光のもとに読者に届けていくこと。それがこの文庫の使命だとわたしたちは考えています。

このシリーズについてのご意見、ご感想、ご要望をハガキ、手紙、メール等で翻訳編集部までお寄せください。今後の企画の参考にさせていただきます。
メール　info@kotensinyaku.jp

光文社古典新訳文庫　好評既刊

月と六ペンス

モーム
土屋 政雄 訳

天才画家が、地位や名誉を捨て、恐ろしい病魔に冒されながら最期まで絵筆を離さなかったのは何故か。作家の「私」が、知られざる過去と、情熱の謎に迫る。（解説・松本 朗）

ジーキル博士とハイド氏

スティーヴンスン
村上 博基 訳

高潔温厚な紳士ジーキル博士と、邪悪な冷血漢ハイド氏。善と悪に分離する人間の二面性を追究した怪奇小説の傑作が、名手による香り高い訳文で甦った。（解説・東 雅夫）

ドリアン・グレイの肖像

ワイルド
仁木めぐみ 訳

美貌の青年ドリアンに魅了される画家バジル。ドリアンを快楽に導くヘンリー卿。堕落するドリアンの肖像だけが醜く変貌し、なぜか本人は美しいままだった…。（解説・日高真帆）

サロメ

ワイルド
平野啓一郎 訳

継父ヘロデ王の御前で艶やかに舞ってみせた王女サロメが褒美に求めたものは、囚われの預言者ヨカナーンの首だった。少女の無垢で残酷な激情と悲劇的結末を描いた傑作！（解説・田中裕介）

幸福な王子／柘榴の家

ワイルド
小尾 芙佐 訳

ひたむきな愛を描く「幸福な王子」、わがままな男と子どもたちの交流を描く「身勝手な大男」など、道徳的な枠組に収まらない、大人にこそ読んでほしい童話集。（解説・田中裕介）